TopBook
饕书客

一个人，遇见一本书

TopBook
饕书客

大唐奇妙故事集

精选《酉阳杂俎》中最有趣、奇异的传奇故事

仙佛鬼怪 道妖人物
宫闱秘闻 市井怪谈

[唐] 段成式 著 秦 瞳 译注

陕西新华出版传媒集团
陕西人民出版社

图书在版编目（CIP）数据

大唐奇妙故事集 / 段成式著；秦瞳译注. —西安：陕西人民出版社，2021.6
ISBN 978-7-224-14089-7

Ⅰ. ①大… Ⅱ. ①段… ②秦… Ⅲ. ①历史故事-作品集-中国-当代 Ⅳ. ①I247.81

中国版本图书馆CIP数据核字(2021)第057602号

出 品 人： 宋亚萍
总 策 划： 刘景巍
出版统筹： 关　宁　韩　琳
策划编辑： 王　倩　王　凌
责任编辑： 晏　藜　张启阳
封面设计： 哲　峰

大唐奇妙故事集

作　　者 段成式
译 注 者 秦　瞳
出版发行 陕西新华出版传媒集团　陕西人民出版社
（西安北大街 147 号　邮编：710003）
印　　刷 陕西金和印务有限公司
开　　本 787 毫米 × 1092 毫米　1/16
印　　张 19.75
字　　数 300 千字
版　　次 2021 年 6 月第 1 版
印　　次 2021 年10月第 2 次印刷
书　　号 ISBN 978-7-224-14089-7
定　　价 58.00 元

如有印装质量问题，请与本社联系调换。电话：029-87205094

序

本书脱胎于《酉阳杂俎》。

今天我们谈论唐朝的鬼怪奇谈，总绕不过一本叫《酉阳杂俎》的书，甚至中国唐以后的所有怪谈，其品味和气质，都受其影响。这是一本志怪源头的书，撰者是唐人段成式。

段成式出身于唐朝老牌的政治家族，其祖上是开国元勋段志玄。段成式的父亲是段文昌，官至穆宗朝宰相。段文昌娶了武元衡的女儿，武元衡是武家后人，其直系高祖是武则天的爷爷。武元衡官至宪宗朝宰相，是中唐名相，在辅佐宪宗平定淮西之乱时，被淄青节度使李师道派人刺杀在长安大街上，悲壮殉国。

段成式就生在这样的家族里，他父亲是穆宗宰相，姥爷是宪宗宰相，祖爷爷是凌烟阁功臣，祖姑姥姥是武则天，段成式正经算是含着钻石汤匙出生的豪门公子哥。

他自幼就聪明剔透，天分极高，偏偏不肯走仕途进身，前半生最喜欢的就是架鹰策马，驰骋畋猎。大家族孩子众多，管束也严厉，但对这个儿子，段文昌却是极爱，走到哪里带到哪里，由他任性长大。

咱们一起来看看段成式的人生轨迹：

公元 803 年，段成式出生在成都。

公元 806 年，3 岁的段成式随父进京。

公元 820 年，段文昌拜相，一年后，段文昌辞相，出镇剑南西川，18 岁的段成式便跟着父亲回到了成都。

公元 824 年，段文昌官拜兵部尚书，21 岁的段成式又跟着父亲从成都回到长安。

公元 827 年，段成式 24 岁，段文昌把他送到浙西观察使李德裕的幕府去历练。没多久，段文昌外调淮南节度使，李德裕赶紧把儿子给他送过去，这样段成式又来到了扬州。

公元 830 年，段文昌任职荆南，27 岁的段成式就跟着父亲从扬州去了荆州。

公元 832 年，段文昌出任剑南节度使，段成式也跟着回到了自己的出生地成都，这一年他 29 岁。

公元 835 年，段文昌病死在成都任上，32 岁的段成式带着一家老小回到长安。

公元 837 年，服丧期满之后，34 岁的段成式靠着父荫入职集贤殿修纂。集贤殿相当于国家出版总署兼皇家图书馆，段成式在这里得以博览群书。

公元 847 年，43 岁的段成式被外调为吉州刺史，治所在今天的江西吉安，在吉安做了四年刺史后，他又回到长安。

公元 853 年，段成式出任处州刺史（今浙江丽水），这一年他 50 岁。

公元 860 年，57 岁的段成式任职江州刺史，年老后返回长安，任职太常少卿。

公元 863 年，段成式 60 岁，死于任上。

可见，段成式的一生实为“行万里路，读万卷书”的一生。他本性闲适，爱仙怪，善于结交三教九流，在皇家图书馆工作的时候又最喜杂书，收集了不少秘闻怪事，他将这些素材整理后，以笔记体形式成书，命名为《酉阳杂俎》。

《酉阳杂俎》的选材包罗万象，既有宫廷内苑的奇闻秘史，也有草根民间的鬼怪故事；既有古籍里的荒诞段子，也有佛经中的古怪轶闻。段家累世为官，贵族圈里的八卦也听了不少，段成式将它们也都记在《酉阳杂俎》里，连唐玄宗赏赐安禄山的礼物单子，他都在书里抄了一份。总之段氏选材只有一个标准，就是“有趣”，他自己在序言里说：

我这本书不像《诗经》《尚书》那么正儿八经。《诗》《书》是用史料做材质，用哲思做调料，烹饪出来的自然是豪华大餐，而我这本小书呢，有点像是烤个猫头鹰，炖个龟壳汤，上不了什么台面。但是我依然兴致勃勃，不以为耻，是因为喜欢它们奇怪有趣，不记下来多可惜……所以饱食之余，记录下一些怪异有趣的东西，取名《酉阳杂俎》，这是因为传说重庆酉阳县有大酉山，小酉山，山下石洞里藏着很多遗世古书，我借此名头，不过是想说这本小书也是沧海遗珠之谈，“杂俎”二字意为“大杂烩”。

《酉阳杂俎》在段成式尚在世的时候就已经流行，颇得世人赏识，全书分前二十卷和续十卷，一共三十卷。每卷一个主题，有皇家八卦，道教秘籍，佛教传奇，境外秘史，还有动物、植物、寺庙、盗墓、刺青、礼仪、侠客、怪术、美食、美酒、医术、花卉、乐器等等，写什么全凭他自己高兴，连怎么养鹰玩鸟他都专门列了一卷。

但细观此书会发现，前二十卷和后十卷风格有异，很可能不是一个时间写的，他在续卷（《续集卷五・寺塔记上》）里唯一一次提到自己写书的时间是“大中七年”，也就是公元 853 年。可见续卷至少写在他五十岁之后，续卷中多做老人语，常感岁月流失，不似前二十卷那么意气风发，百无禁忌。若以完成时间来看，前二十卷与后十卷是分开完成的，中间有个比较长的时间跨度，大概是因为出版之后大受欢迎，成了当时流行的大 IP，于是段成式才开始写续集。当然，这是我的猜测，未必是真相，也未必不是。

段家一门怪才，都不作寻常文字，段成式本人写《酉阳杂俎》，他儿子段安节善音律，能自度曲，写《乐府杂录》。他父亲段文昌好美食，写了一本五十卷的《食经》，世称《邹平公食宪章》，可惜今已不存。

唐朝是个包罗万象的朝代，唐朝知识分子讲究“出将入相”，有侠气，不拘泥，在价值观的束拢上，也远没有后面几个朝代那般冷峭，所以知识分子被允许千奇百怪，可以胸怀天下，忧国忧民，也可以怪力乱神，荒诞无稽，于是，历史的缝隙中，留下不少妙人妙语。

《酉阳杂俎》的所谓“有趣”是目的，不是手段，所以无论多么荒诞不经，全书亦文气充沛，风骨皎皎，不见一丝邪佞造作，这是时代气息，不服不行。仔细追究，后代的一些传奇、志怪难以望其项背的原因正在于此。今天若叫我们再写《酉阳杂俎》，文字虽可得，天真浪漫的神气哪里去寻？

鲁迅爱其志趣超群，说它“或录秘书，或叙异事，仙佛人鬼，以致动植，弥不毕载，以类相聚，有如类书。虽源或出于张华《博物志》，而在唐时，则犹独创之作。”周作人年少时读此书，一读之下喜不自胜，年老之时也常读常新，他是散文家，所以尤爱段氏的文章笔法，简洁有力。周氏兄弟都是识货之人，一个大格局着眼，一个精细处留心，目光如炬。

有轶闻说，苏轼晚年避谈政事，要求来的客人闲聊必须说鬼，如果对方说不出来，苏轼就鼓励他说：瞎编也可。

政事涉及价值观，有人工矫饰的欺骗性，但谈神画鬼却能见真性情，苏轼是个妙人，看得透彻。所以今天我们读《酉阳杂俎》，不妨效仿苏轼，就当是一个极有趣的朋友坐在对面，大开脑洞，侃侃而谈，

本书是对《酉阳杂俎》的白话注译，虽然在分门别类上有所增减，顺序也有微调，但是在内容上却严格参照原书原文，不敢稍加演绎。若笔者在过程中有所感悟，或者认为某个点值得详细展开，就用小字体在一旁标注。当然，苦于水平有限，肯定有所纰漏谬误，还望方家指正。

最后，祝大家阅读愉快。

目 录

第一卷 志异

第二卷 精怪

第三卷　奇技方术

第四卷　咫尺仙凡

第五卷　博物征兆

第六卷　境外异闻

第七卷　禽虫

第八卷　草木

第九卷　佛门逸闻

第十卷　寺塔旧记

第十一卷　道家往事

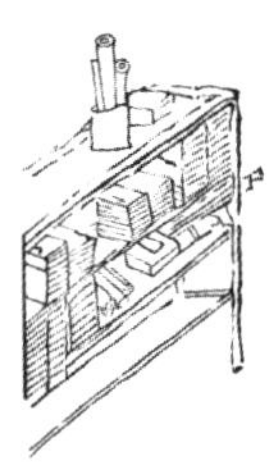

第十二卷　杂录：黥雷梦道

第一卷

志异

壹　古异

这是唐朝时流行于市井的一些传说。

儛溪古岸的石窟里有一面方镜，直径一尺多长，能照出五脏六腑，《西京杂记》中曾记载，秦始皇有一面镜子，取名“照骨宝”，可以照人肝胆，大概属于类似的镜子。儛溪在无劳县（今越南广平省）镜山境内。

东方朔从西那汗国出使回来，带回十条树枝，风吹树枝，能发出击玉的声音，所以称其“风声木”。

汉武帝把“风声木”赐给群臣，如果主人有凶，木枝就会出水，好像流汗一样；如果主人不久于人世，木枝就会折断。

俗话说：“年未半，枝不汗。”意思是说，寿命还没过半，树枝也没出汗，不必担心。

汉高祖初入咸阳宫，发现里面好多奇珍异宝，其中有几样特别奇特。有一盏青玉灯，灯高七尺五寸，下面是一条盘龙，张嘴衔灯，点燃灯，龙身上的鳞甲会动，流光溢彩，好像群星。

西汉上林苑有十池，其中“积草池”中有一株巨型珊瑚。这株珊瑚高一丈二尺，上有三个大枝丫，分出四百六十二条小枝，是南越王赵佗所献，名叫“烽火树”，晚上会发出光影，好像一团火焰在燃烧。

贰　地异

无劳县（今越南广平省，就是前面出宝镜的地方）山里出产石墨，用来生火做饭，一年也烧不完。

无劳县镜山西边有一座石壁，石壁上有一千多字，形如蝌蚪，颜色发黄，不像是刻上去的，无人能识。

华阳雷平山（今江苏茅山北部）有一眼“田公泉”，喝了它的水，可以去除肠道中的寄生虫，用来洗衣服，比柴草灰还好。

华阳良常山有“萤火芝”，叶子像草，果实如豆，开紫花，晚上发出微光。吃一枚，心中一窍通明，吃七枚，七窍通明，可以在黑暗中读书写字。

江西寻阳山上有石人，高一丈有余，老虎走到这里，都会倒在石人前面。

东晋的高衡任魏郡太守的时候，戍守在石头城，他的孙子高雅之有一天在马厩中遇到一件怪事。有神仙从天而降，自称“白头公”，手里拄了一根拐杖，这拐杖通体发亮，能照亮一整间屋子。这神仙还手持一件宝物，形状像个冬瓜，上面布满了眼睛。

汉长安的昆明池，是用来操练水兵的地方，池中停泊着“豫章船”，可以载上千人。

山东临邑县北面有座华公墓，碑已经不见了，只有驮碑的趺龟还在。关于碑的遗失有个说法。传说后赵时期，石碑还在，但是石龟到了晚上经常驮着石碑入水，天亮才出来，所以石碑上总挂着浮萍水藻。有人好事，躲在一旁偷看，石龟就要入水的时候，这人跳出来大叫，石龟吓得乱跑，石碑也掉下来折断了。

叁　境异

昆吾国（今新疆哈密一带）有个陆盐池，方圆十余里没有水，天然出产细盐。满月的时候，细盐就好像积雪，味中有甜；月亏的时候，细盐就好像薄霜，味苦涩。没有月亮的时候，也就没有盐。

颍阳有石碑，是当年曹丕受禅的地方，碑文最后六个字慢慢变成金色的了。司马氏政权五行属金，六字变成金色，似乎预示着曹魏六世之后将被司马氏取代。

允街县（今甘肃永登一带）有一眼泉，泉水涌动，状如盘龙，就是用手去搅乱，手一停，盘龙的形状又会回来，驴马在这里饮水都会被吓走。

高奴县（今陕西延安一带）有一条石脂水，水面上浮着一层黑色的水腻，好像漆一样（今天的石油）。这个水腻可以用来润滑车轴，也可以用来点灯，非常明亮。

建城县（今江西高安）出产燃石，色泽发黄，纹理稀疏，用水一浇就会发热，把锅放在上面就可以做饭。

冀县（今甘肃甘谷一带）有天鼓山，山上有一块石头好像大鼓，天上的河鼓星摇动的时候，石鼓就会发出声音，石鼓一响，关中地区就会遭殃。

河目县（今内蒙古包头一带）有一块石阜石，破开石头，可以看到有鹿、马的足迹。

肆　器异

有一种捕鱼的器具叫作“簄”，在水中做圈套，三面围堵，只留一面开放，呈漏斗状，鱼只能进不能出，以此捕鱼。晋朝时，钱塘江有人擅长做簄，他的簄每年可以捕鱼上亿，号称“万匠簄”。

晋朝时，有个叫徐景的人在宣阳门外偶尔得到一个丝锦麝香袋，到家打开一看，里面有一只虫子如蝉，五彩斑斓，后腿各绑了一枚五铢钱。

梁武帝大同八年（542），驻守边疆的杨光欣得到一枚玉龙，长一尺二寸，高五寸，精雕细刻，不像是出自人工。玉龙肚子是空的，可以容纳一斗多的水，龙颈弯曲，也是中空的，把玉龙放在水里，灌满水，然后倾倒，水从龙口中出来，水声美妙，好像琴瑟，水流尽了声音就没了。

南齐建元初年（479），延陵（今江苏武进）季子庙有一口涌井，井的北边突然发出金石之声，于是人们掘地两尺，挖出一眼泉水。在沸动的泉水里发现了一片木简，长一尺，宽一寸二分，上面隐隐有字凸起，写着：“庐山道士张陵再拜谒”，木片坚实，白色，字是黄的。

宗庙所在的地方如果生长出红木，就说明人君祭祀礼制相宜。

炼制丹砂成黄金色的时候，研碎丹砂，用毛笔蘸着在石头上写字，颜色可以深深嵌入石头中，用刀子去刮，越刮颜色越清晰，这种颜料就叫“红沫”。

济南境内有座方山，传说有个叫奂生的人在这里得道成仙，山的南边有一座明镜崖，方圆三丈，明亮如镜，山里野妖小怪的行径在镜子里都一目了然。

南燕时，石镜上被涂满了漆，据说是山神故意为之，因为他讨厌这个镜子能照见行踪。

筑阳县（今湖北谷城县北）的一处潭水中，有一块孤石耸立，潭水清澈，偶尔有人能看到石头的石根，颜色是黄的，像竹根。见到石根的人多半会有祸事，大家都称它为“承受石”。

曹魏时，河南中牟县“任城王台”下的水池中，有汉代的铁锥，长六尺，入地三尺，铁锥指向西南方向，无法移动。

夷道县（今湖北宜都）有一处浅滩，水中的石头都好像生活用具，大的像是锅釜，小的像是斗，远远看上去就跟真的一样，只不过是实心的罢了。

衡阳湘乡县有座石鱼山，山石皆黑，纹理就像雌黄，凿开一层，就能看到鱼的形状，有鳞有鳍，有头有尾，好像画的一样，长数寸，用火一烧竟然还有鱼腥气。

河南永宁（今济宁）人士王盐铁以前有一张蝾螈皮，一个巴掌大小，须尾上的斑点像狗。

伍　水异

衡阳重安县东面有个略塘，传说塘里有个铜神，当水塘中传出铜声时，塘水就会激荡，变成绿色，继而散发出铜腥味，塘中鱼便都死了。

中宿县（今广东清远附近）山下有座神庙，溱水流到这里，马上就会沸腾咆哮，将漂流至此的木筏吞没，再也不能浮出水面，世人都说这是河伯在取用木材。

含洭县（今广东英德附近）翁水口下东岸，有一个圣鼓槌，当年秦始皇凿阳山，桂阳县的鼓自己跑了，被称为“圣鼓”。广东的这个鼓槌就是“阳山圣鼓”的鼓槌，它横在河流的一侧，水流不停冲击，但是鼓槌岿然不动，鸟群在上面飞来飞去，从来不会落在鼓槌上，船夫撑篙的时候如果碰到它，回来后一定会得疟疾。

石阳县（今江西吉水附近）有个水井，水分两半，半青半黄，黄色的水好像灰汁，如果用来煮粥，粥就呈现出金黄色，气味芳香。

江苏句容县吴渎塘有个半汤湖，湖水一半冷一半热，热的那边可以用来烫鸡，两边都有鱼，但是不能交叉，冷水鱼进了热水或热水鱼进了冷水，都会马上死掉。

重庆朐朋县有一口盐井，产的盐一寸见方，中间隆起，好像撑了一把伞一样，名字叫“伞子盐”。

甘肃玉门军营有一处“芦葭泉”，方圆两丈，深一丈，驼马千头也喝不枯这泉水。

陆　植异

南齐始安王赐沈约茯苓，一枚重达十二斤八两，沈约有谢表传世。

河南虢州陵县石城岗有一口很大的古锅，里面长了一棵树，有好几围粗。

重庆白盐崖一带出产像水晶一样的盐，称为“君王盐”。

柒　遇异

刘宋王朝时，山阳王刘休祐桀骜不驯，经常触忤皇帝，为此很不受皇帝待见。有一个叫庾道敏的人，善于占相手版，刘休祐就把自己的手版拿给他看，假称是别

半汤湖

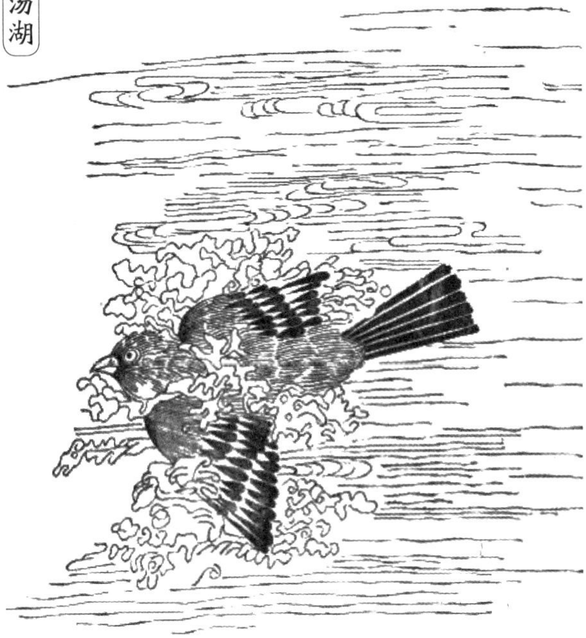

人的。庾道敏看了手版说："此版贵气，但是会让主人失言。"

当朝第一美男子褚渊，不仅颜值高，为人更是审慎优雅，刘休祐就跟他换了手版，褚渊拿了手版之后，果然脑子坏掉了，在皇帝面前自称"下官"。南北朝时，在皇帝面前应该称"臣"，在上级面前才称"下官"，皇帝听了很不高兴。

《论衡》里记载了一个无稽之谈，说：西汉李子长断案的时候，想要知晓案情，就用梧桐木雕成嫌犯的样子，在地上挖个深坑，把木头人浑身裹上芦苇，将其置于坑中，如果嫌犯有罪，木人就不动，如果嫌犯确有冤情，这个木人就会奋而起身。

刘宋王朝元徽年间，滕景真罢官回家，住在广州七层寺。一日，婢女做饭，锅里突然发出雷一样的响声，声音越来越响，米粒也在里面纷纷隆起，腾景真急忙跑去查看，只见蒸饭用的甑子上长出几十朵花，越长越高，如同莲花，只是颜色赤红，发出金光，只一会儿工夫就枯萎了，仿佛妖孽。

十天以后，滕景真得病死了。

醯石，段家有几个兄弟小时候掏鸟巢，得到一块石头，肉酱色的，鸟蛋大小，圆滑可爱，偶尔放在醋坛子里，这个石头竟然开始动了，仔细观察发现，石头长出四只脚，细如丝线，拿起石头，四只脚也就缩起来不见了。

水部员外郎杜陟，曾在江淮一带的集市上见人用核桃壳量米，一壳正好一升米，问他是哪里得的核桃壳，他说是在湖南九嶷山的溪谷中找到的。

江淮有个读书人，居住在乡下庄子里，他儿子二十多岁了，常年生病。这人有一天喝茶，茶杯里突然冒出了水泡，比茶杯沿儿还高，晶莹剔透，好像琉璃，里面现出一个小人，高一寸，站在水泡里，也高出茶杯沿儿，仔细看去，衣着打扮、神态样貌都好像他儿子一样。一顿饭的工夫，水泡突然爆裂，一切消失，茶杯还跟以前一样，只是有一点儿裂痕而已。过了几天，他儿子就神灵附体，能传神语，断人吉凶，分毫不差。

捌 金异

官金中，“蝼顶金”是最好的，一锭六两重，有蝼蛄形的，还有水皋形的，当中凹陷处，叫作“趾腹”，凹陷的地方呈紫色的，称作“紫胆”。

开元年间，市面上印有“大唐金”字样的，就是官府做的金锭。

在唐朝，金锭是财富的象征，但不是流通货币。唐朝的流通货币主要有三种：铜钱、粮食和丝绢。铜钱沉，不好携带；粮食容易腐烂，更不好携带；最常用的货币其实是轻巧易携带的丝绢。《酉阳杂俎》多次提到以丝绢作为货币进行买卖或者馈赠。

近几年丝路上大量的唐代文物被发掘，发现以丝绢为货币的交易占了绝大部分，特别是大宗的买卖，其他小宗买卖多以银币交易，这里的银币是拜占庭的银币。

唐代在葱岭附近设安西都护府以来，军饷主要是以丝绢的形式发放，从公元730年到750年间，每年朝廷往安西都护府输送90万匹丝绢作为军饷。这些丝绢再被驻军用作货币，拿到当地市场上购买粮食等生活必需品。丝绢就是通过这种方式进入中亚，之后迅速成为硬通货，被接受的范围可以达到波斯帝国。那个时代，唐朝丝绢就跟现在的美元一样，承担着国际货币的职能。

20世纪初，德国地质学家李希霍芬首次提出了“丝绸之路”的概念，他认为这条路主要用于丝绸贸易，近来越来越多的学者认为，丝路的主要货物并不是丝绸，但是所用货币却是“丝绸”。

唐太宗的时候，山西汾州有一份奏报说：天上突然出现两条龙，一青一白，口中吐物，此物携火带光，砸入地中两尺。就地挖掘，得到一块黑色金属，宽一尺多，高七寸，名为“玄金”。

玖　道异

德宗建中四年（783），河北赵州宁晋县沙河北，有一棵大棠梨树，百姓以其为神，经常在树下祈祷。有一天，忽然从东南面来了数十条蛇，渡河到达北岸，聚集在棠梨树下，分成两堆，留在南岸的还有一群蛇，聚集成一堆。

这时出现了三只乌龟，均一寸来长，围绕着这三堆蛇绕行，不知道施了什么邪术，这些蛇竟然全死了，乌龟爬上死蛇堆，昂首而立。

这些死蛇的腹部都有创口，好像被箭射中了一样。赵州刺史康日知让人画出棠梨树的图样，又把这三只龟捉住，连图带龟，进献给了朝廷。

德宗贞元二年（786）的时候，长安城大雪，平地积雪就有一尺多深，雪上面有熏黑色。

德宗贞元四年（788）的时候，河南陈留出现怪事，天上下木条，手指粗细，长约一寸多，每根木条中间都有小孔，落下的木条遍插地上，如同种植的一样，遍及方圆十余里。

有个叫荀讽的人，擅长用药，也爱读道书，能讲经义，刺史樊晃经常接济他些布匹和棉絮。荀讽有一面铁镜，直径五寸多，镜鼻像拳头那么大，说是从某某道士手里传下来的，也没有什么特异之处，只是好几个人一起去照镜子的时候，各自只能看到自己，看不到别人。

处士元固说，德宗贞元初年，曾经和道友游华山，在山谷中发现了一条人腿，鞋袜还都是新的，断面光滑，看不出任何创伤痕迹。

拾　释异

梵衍那国（西域古国，位于今阿富汗）保留着金轮王的牙齿，有三寸长。

劫比他国（位于今印度境内）有一根石柱，高七十多尺，相传为阿育王所建，色泽光润，青中透红，依据各人的祸福功业，柱子会显现出不同的影像。

阿育王是孔雀王朝的第三位帝王，也是印度历史上第一个真正统一大帝国的雄主。在位时间为公元前 273 至公元前 232 年，与秦始皇同时代人。

阿育王执政初期非常残暴，四处征战，杀戮无数，晚年皈依佛教，对战争带来的灾难深表忏悔，决心用佛法而不是刀剑去征服人心。他在印度各地敕建了三十余根“阿育王石柱”。

其中最著名的是贝拿勒斯城外鹿野苑的石柱，这里是佛陀诞生地，所以阿育王做了一根最漂亮的石柱放在这里，其柱头上刻有四只背对背蹲踞的雄狮，中间层是饰带，刻有一只大象、一匹奔马、一头瘤牛和一只老虎，这四种动物间都用象征佛法的宝轮隔开；下一层是钟形倒垂的莲花。整个石柱华丽而完整，并且打磨得如玉一般的光润。

鹿野苑的“阿育王石柱”已经成为印度的标志，其图案被运用到国徽设计上。在佛教寺庙中也可看到阿育王石柱，比方上海的静安寺。

于阗城（今新疆和田）东南有一条大河，是整个国家灌溉的水源，有一天忽然断流了，于阗国王问罗汉僧怎么回事，罗汉僧说：“一定是河里的龙王干的。”国王于是在河边祭祀龙王。

这时水面上出现一名女子，踏水前来，行过礼之后说：“并非故意难为陛下，只是我的丈夫死了，希望能从贵国大臣中挑选一位做我的丈夫，河水自然就会流动如常了。”

有一位大臣主动请缨，这位大臣仪表堂堂，举止不俗，龙女也表示满意，于是举国举行了盛大婚礼。婚礼结束后，大臣骑着白马走进水中，人和马行走在水面上不沉，直到河中央才没入水中不见了。

第二天，白马浮出水面，背上驮着一面檀香鼓，还有一封信，信上说："把这面大鼓悬在都城的东南方向，以后只要有敌寇，大鼓就会自动响起。"

东迦毕试国（那揭罗曷国，位于今阿富汗西部喀布尔河流域）有舍利塔，舍利子串好如同珠幡，绕挂在表柱之上，供人瞻仰。

犍陀罗国（位于今阿富汗东部）石壁上有个佛像，起初这面墙壁上什么都没有，一天石壁上出现了一群金色蚂蚁，大的如手指，小的像米粒，啃咬石壁，如同雕刻，渐渐石壁上就出现一个直立的佛像。

还是犍陀罗国，以前尸毗王的仓库起火，有些粳米被烧焦了，至今还留存少许，吃上一粒，就永远不得疟疾。

拾壹 祆教

俱得建国（中亚古国，今乌兹别克斯坦境内）有条乌浒河，沙洲之上有一座火祆祠，相传当年祆神大展神通，从波斯来到这里，多次显灵，于是当地人就为他立了个祆祠。

里面没有神像，只是设置了大小两个祭炉，祭炉中常年有火。庙朝向西，人向东行礼。庙门口有座铜马，比一般的马小一些，该国人说这个铜马是从天而降的。

这匹马前腿屈起，腾空对着神祠，后腿没入土中，自古有不少人想知道马腿到底有多深，挖了几十丈，却从来没看到过蹄子。

西域各国以五月为一年之首，每到元旦，乌浒河中就出来一匹金色马，与铜马相对嘶鸣，之后金马又很快没入水中。

近年来有大食王不信拜火教，进入祆祠想捣毁它，忽然兵营着火，于是就不敢了。

隋唐时期，丝路上西域各国信奉的宗教，主要是祆教，也称为拜火教。拜

火教起源于波斯，是当时世界上数一数二的大宗教，之所以今天全球只剩下不到十万的信徒，是与阿拉伯帝国，也就是此处的“大食国”的扩张有关。我们前面讲过那烂陀寺的泯灭，说的是阿拉伯帝国对佛教的摧毁。

大食信奉伊斯兰教，在扩张过程中不断消灭其他宗教，要求教徒们改宗，这一篇说的是其对祆教的毁坏。

另外一个小小知识点，此处段老先生说到“西域各国以五月为一年之首”，西域各国信奉祆教，用的是波斯的“火祆历”，全年365天，分12个月，每月30天，余5天置闰。但是这种历法有一个缺陷，那就是一年与天行差6个小时，4年共差1天，所以“火祆历”每4年提前1天岁首，正是因为这样的“时差”，史料记载中的西域各国的岁首各不相同，有说五月的，有说六月的，都正确。此处段老说五月为岁首，到了《新唐书》就说“以十二月为岁首了”。

拾贰　西异

在拘夷国（龟兹古国，今新疆库车）北山有块大石，形似骆驼，身体下渗出液体，如同撒尿，这液体腐蚀性极强，如果用金、银、铜、铁、瓦、木质的容器去接，都会漏，就算用手去接，也会皮绽骨穿，只有用瓢去接才不会漏。喝了这种液体，会让人身上的臭毛脱光，成为仙人。这是《论衡》里面记载的。

大食国（阿拉伯帝国）西南两千里有一个国家，名字不可考，山谷里有种奇树，树梢上长出人头，如同开花。这些人头听不懂人话，跟它说话，它只是笑笑，如果笑多了就会从树上跌落下来。

俱位国（今克什米尔地区）用马来耕种，大食国的马听得懂人话。

大食马

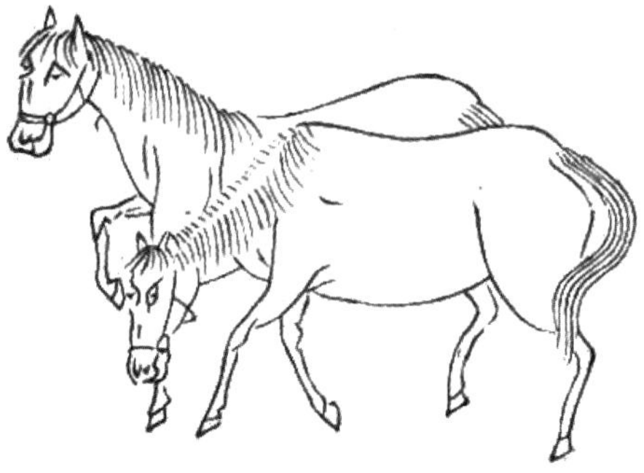

拾叁　东异

古莱子国（今山东沿海一带）海上有石人，高一丈五尺，有十抱那么粗，当年秦始皇派这尊石人去追崂山，没追上，就立在这里。

拾肆　兽异

东曹国的西北处有一片不长草木的沙石之地，南北纵横五百多里，遍地是蛇，所以叫“蛇碛”。蛇在里面喷毒气，有如烟瘴，鸟儿飞过就会掉下来，被蛇吞食，也有大蛇吃小蛇的，偶尔也吃草。

在私诃条国的金辽山寺中，有一只石雕的鳄鱼，有灵验，众僧人快没饭吃的时候，就向石鼍行礼，然后食物就出现了。

俱振提国（今塔吉克斯坦北部）崇拜鬼神，在城北过珍珠江二十里的地方有神灵，春秋两季举行祭祀，届时不用准备金银器皿，需要什么，神庙的厨房里会自动出现，祭祀完毕，这些器皿就消失了。武则天曾让人去验证过。

拾伍　武异

南蛮有支毒槊，没有开刃，样子像块废铁，砍中了人也不出血，但是这人就死了。据说这支毒槊是从天而降，一下子插在地里有一丈多深，怎么也拔不出来，祭祀大地之后才挖出来的。

辽城东有一具锁子甲，据高丽人说，是前燕的时候，从天而降的。

锁子甲：一种小铁环编制的铁衣，采用环环相扣的原理，主要用来防弓弩。出现于公元前 5 世纪或更早，可能是黑海北部的斯基泰人首先发明的，汉末传入中国。曹植的《先帝赐臣铠表》提到的“环锁铠”，就是锁子甲。

锁子甲对冶铁术的要求很高，制作不易，所以刚开始主要由高级将领穿戴，比方说由曹操赐给曹植穿戴，到了南北朝时期才较大规模地进入军队。

锁子甲的主要优点是柔软，比成片的鳞甲更轻便，比较贴身，所以可以作为内甲穿戴，外罩布袍，还可以减少生锈的问题。

拾陆　药异

土槟榔，一种果子，样子就好像槟榔，新鲜的土槟榔是软的，可以放在土穴中储藏。这东西并不常见，相传是蟾蜍的大便变的，主治恶疮。

鬼屎，一种菌，见于阴湿之地，浅黄白色，偶尔才会碰到，也主治恶疮。

石栏杆，　种珊瑚，生在海底，高一尺有余，有根茎，根茎上有很多小孔，渔夫打鱼的时候用网捞上来，刚出水的时候是正红色的，遇到风就慢慢变成青色。主治尿道结石。

拾柒　壁异

江苏高邮县（今高邮市）有个寺庙，名字不记得了。讲堂的西墙临街，每天晚上，透过墙壁能看到大路上的车马行人，甚至连官员的大红官服都模糊可辨。这面墙厚好几尺，竟然可以透影，这事很奇怪，无法用常理解释。大白天就看不到。据说这种情况持续了有二十几年，有时一年半载也没影子出现。大和初年，扬州一些寄宿的客人和僧侣们曾说过这件事。

拾捌　宝异

肃宗还是小孩子的时候，玄宗很喜爱他，经常让肃宗坐在自己面前，仔细端详他的容貌，跟武惠妃说："这个孩子相貌不俗，将来一定是我家有福天子。"还让人取来上清玉珠，用红纱裹起来，系在肃宗脖子上。这颗珠子是开元年间罽宾国（西域古国，今克什米尔一带）的贡品，光明洁白，可以照亮一整间屋子，如果仔细观察，珠子里还能看到仙人、玉女、云鹤、绛节的形状。

后来肃宗继位，有一天，掌管库房的人禀告：宝库中经常发出神光。

肃宗说："莫非是上清珠？"令人去查看，果然，上面的红纱还在，肃宗见了不免垂泪，跟自己的近臣说："这是我小时候，明皇赐给我的。"

于是命人把珠子收在翠玉盒里，放在卧房之内，每当天下有水旱或者兵变，肃宗就虔诚地向珠子祈福，无不灵验。

玄宗封武惠妃，时为开元十二年（724），这个时候肃宗已经14岁了，还要被父皇在脖子上系个珠子，事后想起还要自称"小时候"，不大可能，所以这则故事，纵不是空穴来风，也应是发生在李亨的长子李豫，也就是后来的代宗身上。代宗生于开元十五年（727），时间吻合。《新唐书》也记载为代宗事。

汉代皇帝有传国之宝，其中最珍贵的有两件，一件是秦王子婴奉上的传国白玉玺，还有一件就是高祖斩白蛇时用的剑。

剑用七彩珠和九华玉做装饰，剑匣是用五彩玻璃制成的，就算收在匣子里，外面也可以看到剑刃的光芒，如同持剑在手一样。这把剑每隔十二年要打磨一次，所以总是剑刃如霜，每次开匣拔剑，都锋气凛然，剑气逼人。

拾玖　山物异

楚州（今江苏淮安）境内有座小山，山上有房子，但是却没有水。智一和尚在山上挖井，挖了三丈的时候碰到一块大石，凿穿石头之后是土，又挖了五十尺，挖出了一块玉，长一尺二寸，宽四寸，通体赤红，好像石榴花。这块玉正反两面各刻有六个小乌龟，呈紫色，非常可爱，玉的中间盈盈清澈，好像蓄的水。和尚不小心击破了一角，里面隐隐渗出血来，半个多月才止住。

山西虞乡的山里有座道观，非常幽寂，有位涤阳道士在此修行。

大和年间，有一天晚上，道士独自登上醮坛观望，发现庭院之中有道奇异的光芒，好像是从井里发出来的。过了一会儿，光芒中出现一个东西，似乎是只兔子，颜色纯金，绕着醮坛奔跑，跑完又回到井里去了。

就这样，道士每天晚上都能看到这只兔子出来，道士觉得此事有异，不敢声张。后来道观淘井，淘出一只小金兔，小巧玲珑，异光闪烁，道士就把它收在巾箱里了。

当时的御史李戎在山西蒲津任职，道士与他交好，就把这只小兔子送与李戎。

李戎一直带在身边，后来，他从奉先县令升为忻州刺史的时候，金兔突然不见了，过了一个多月，李戎就去世了。

李师古修建山亭的时候，挖出一个东西，类似铁斧头，当时李章武正好游历东平，李师古就给他看，李章武大惊失色说："这是妖邪之物啊，能饮三斗血。"李师古试验了一下，果然。

山物异

第二卷

精怪

壹　旁㐌

新罗国（位于今朝鲜半岛）第一贵族名叫金哥，他的远祖叫旁㐌，旁㐌有个弟弟，兄弟二人早就分家了，弟弟富有家财，旁㐌却过得非常清贫，常常乞人衣食。

有人给了旁㐌一亩空地，旁㐌去求弟弟给些蚕种和谷种，弟弟表面上答应了，暗地里却把蚕谷种子蒸熟了才给他。

蒸熟的蚕卵只孵化出一只蚕，这蚕长得很快，每天能长一寸有余，十多天之后，竟跟牛一样大，吃几棵桑树的桑叶都不够。旁㐌的弟弟知道了，非常嫉妒，伺机杀死了这蚕。第二天，百里之内的蚕从四面八方飞来旁㐌家，拼命吐丝，左邻右舍都过来帮他缫丝，就这样也忙不过来。国人说，他弟弟杀死的是蚕王。

旁㐌的谷子也只长了一棵苗，结的谷穗有一尺多高。旁㐌经常过去守着，不料被鸟折断叼走了。旁㐌追上山，追了有五六里远，只见鸟飞进一个石缝里去了。这时天色已黑，旁㐌找不到回家的路，只好在石缝边过夜。

到了半夜，月亮升起来了。只见一群红衣小孩出来玩耍，一个小孩说："你要什么东西？"另一个说："要酒。"问话的小孩就拿出一个金锥子击打石头，一会儿工夫酒和酒杯都有了。

又有一个小孩儿说："我要吃的。"问话的小孩又拿出金锥子击打石头，一会儿工夫饼饵羹炙都陈列在石头上了。

过了好久，小孩儿们吃饱喝足，各自散去，临走把金锥子插在石缝里，旁㐌大喜，取了金锥子回家。

之后，无论旁㐌想要什么，只要击打金锥子就可以满足。从此旁㐌富可敌国，常送些珠宝给他弟弟。弟弟这才后悔以前拿熟种子欺骗哥哥的事情，就对旁㐌说："你也用熟蚕种和熟谷种骗我试试，说不定我也能得到金锥子。"

旁㐌知道他犯傻，说他又不听，就按弟弟的话做了。

弟弟养蚕，只得到了一只平常的蚕。谷子种上了，只长出了一棵苗。快要成熟的时候，一只鸟过来把它折断衔走了。弟弟大喜，跟着鸟进了山，也来到那个石缝所在，结果出来一群鬼，一起呵斥他："可找到你了，把偷我们的金锥子还来！"上前一把抓住他说："给你两个选择，要么帮我们用糠筑三板墙，要么鼻子长一丈长。"

弟弟请求用糠筑墙，米糠松散没有黏性，三天下来又饿又困，也没筑起三板高。弟弟就去苦苦哀求那些鬼，要不还是拔鼻子吧，于是弟弟就拖着这样一条长长的大象鼻子回家了。

国人都觉得稀奇，纷纷围观，弟弟羞惭而死。

后来，旁㐌的子孙闹着玩，击打金锥子要狼粪，突然电闪雷鸣，金锥子不见了。

贰 树精

临湍（今河南邓州一带）西北有寺，寺里有僧叫智通，经常持念《法华经》入禅定。每次禅定，都要找一处寒林净境，就这样一连几年无事。

有一天晚上，智通正打坐，突然来了个人满院子乱转，边转边喊僧人的名字："智通！智通！"一直喊到天亮。就这样过了三个晚上，喊声直达室内，智通被吵得不耐烦，回应说："你找我什么事？有话进来说吧。"

只见一个东西走进来，六尺多高，黑衣青面，环目阔嘴，也很懂规矩，看到僧人合十见礼。

智通瞪了它半天，说："你冷吗？过来烤烤火吧。"

这东西就过来，靠着火坐下。智通不理它，只顾念经。到了五更天的时候，这怪物烤得舒舒服服的，竟然打着呼噜睡着了。

智通趁其熟睡，用香匙舀了些炭火填到怪物嘴里，这怪物大喊一声夺门而出，走到门口绊了一跤。

天亮之后，智通查看怪物绊跤的地方，发现了一块树皮。寺后是一座山，智通上山寻找，走了几里，看到一棵大青桐树，树梢已经有些秃了，树下凹根处好像新缺了一块，智通拿捡到的树皮贴上去，严丝合缝。

在树腰处，有樵夫为攀爬树木砍的缺口，深六寸多，恰好是树精的嘴，里面满满都是炭火，还在幽幽地燃烧呢。智通把这棵树给烧了，这个怪物也就不再出现了。

叁 叶限

南方人相传，在秦汉之前，当地有位洞主姓吴，人称吴洞。这位吴洞先后有两任妻子，第一位妻子死后，留下一个女儿，叫作叶限，年少聪慧，擅长陶艺，很受父亲的疼爱。

后来父亲去世，后母对叶限不好，经常让她干些粗活，进深山砍柴，或者去险滩汲水。叶限有次打水捉到一条鱼，两寸多长，红背鳍，金眼睛，非常漂亮，叶限就偷偷把鱼带回家，养在水盆里。

鱼一天天长大了，换了好几个器皿，器皿放不下，叶限就把鱼放在后院池子里，叶限每有吃剩食物，就投到水里喂鱼。叶限一走到池边，鱼就会把头露出来搭在池塘边上，别人来了，鱼不会出现。

后母知道了这件事，就想抓鱼，但是去了几次都没见到鱼。后母就想了个办法，骗叶限说："你平日里也很辛苦，我为你做了件新衣服。"

借此换下了叶限的旧衣服，后母又打发叶限到几里之外的泉水去打水，等叶限走后，后母穿着叶限的旧衣服，袖子里藏了一把利刃，走到池边招呼鱼，鱼刚刚浮出水面，后母就一刀砍死了鱼。这时鱼已经一丈多长了，烹饪之后非常美味，不是普通的鱼肉可以比拟。后母吃了鱼，把鱼骨藏在粪堆下面。

第二天，叶限去池塘见不到鱼，就到野外痛哭。忽然有个穿着粗衣，披着头发的人从天而降，安慰她说："不要哭，你后母杀了鱼，鱼骨就藏在粪堆之下，你回去，把鱼骨取出来找个地方藏好，需要什么就跟鱼骨祈祷，必会如愿。"

叶限听从了这个建议，无论锦衣玉食，想要什么就有什么。

转眼到了洞节，后母去参加节日庆典，让叶限在家看着庭院树上的果子。叶限等后母走了之后，换上翠鸟毛织的上衣，穿着金缕鞋，也去了庆典。

后母生的女儿见到叶限，对母亲说："这个人太像姐姐了。"后母也产生了疑心，叶限察觉到后母心疑，赶紧往回跑，匆忙中遗失了一只鞋子，被当地人捡去。

后母回到家中，发现叶限正抱着后院的树睡觉呢，就不再怀疑了。

在不远处的海岛上有个国家叫作陀汗国，国力强盛，辖几十个岛屿，水界有几千里。当地人捡到鞋子之后，就去陀汗国卖鞋，结果被国王买下了。国王喜欢这鞋精巧可人，命令身边的人试穿鞋子，发现没一个人合适的，就是最小的脚都比鞋子大一寸。

国王就让全国的妇人试穿鞋子，也找不到合适的。这只鞋子轻如毛羽，踏石无声。陀汗国王怀疑这鞋子来路不正，就把捡鞋子的人抓起来严刑拷打，这人也实在说不出鞋子从哪里来的，国王就把这鞋子放在大路边，挨家挨户地搜捕，如果有人能穿上这只鞋子，就抓来上报。

搜到叶限家时，叶限穿着翠鸟毛织的衣服，踩着另外一只金缕鞋走了出来，貌若天仙。见到国王之后，叶限就把前因后果都告诉了国王，国王就载着鱼骨和叶限一起回国了。

陀汗国王回国之后，把叶限封为上妃，国王通过鱼骨祈求财物无数，一年之后，要的太多了，鱼骨就不再灵验了。

国王把鱼骨埋葬在海岸上，用黄金作为地标，里面藏了珍珠百斛，预备在国家用兵时用作军费，不料有天晚上，鱼骨坟被海潮冲没了。

相传后来，叶限后母和她的女儿都被飞石击中而死，当地的人颇为感叹，把她们埋在石坑里，取名"懊女冢"。当地人把这里当作求姻缘的所在，有求必应。

这个故事是李士元说的，他本来就是邕州（今广西南宁）土著，记得好些南方异事。

肆 毕院

文宗大和五年（831），复州（今湖北沔阳）有个医生叫王超，擅长针灸，手到病除。

一天中午，王超突然无病而亡，过了一夜又苏醒过来了。说自己做了一个梦，梦中来到一个地方，里面亭台雄伟，好像王者的住处。一个人卧在床上，脱下衣服请王超上前诊视，只见他左胳膊上有个肿块，杯子大小。王超当即用针，扎出一升有余的脓血。

这人就转头对黄衣官吏说：“可以带他去看看‘毕’。”

王超随着黄衣官吏进了一道门，门额上题着“毕院”两个字，庭院当中有数千只人眼，堆积成山，人眼忽明忽暗，闪烁不定。黄衣人说：“这就是‘毕’。”

不一会儿，来了两个人，体貌魁梧，分列左右，挥动大扇子去扇这座眼睛山，那些眼睛或被扇飞，或自己走开，或成为人形，一会儿工夫就不见了，

王超问是怎么回事，黄衣官吏说：“凡有生命的，死后先来到‘毕’这里……”

话刚说到这里，王超就复活了。

伍 夜怪

前秀才李鹄，回颍州（今河南许昌）看望父母。夜间走到一处驿站，刚刚躺下，看见一怪物，样子像猪，突然冲上台阶。李鹄惊走，从后门去了马厩，藏身到草堆里，大气都不敢出。

那怪物也来了，绕着草堆跑了好几圈，最后瞪着眼睛盯着李鹄的藏身之处，忽然变成一颗巨大的星星，直飞上天，发出数道光芒照亮天空。李鹄的随从秉着蜡烛

来寻找，发现他已昏死在草堆里了，过了半天才苏醒过来，说了刚才的见闻。不到十天，李鹄就无疾而终。

宪宗元和年间，国子监有个学生叫周乙，很用功，经常读书到半夜。有次忽见一个小鬼，头发乱蓬蓬的，高两尺多，满头碎光闪烁好像星星，一闪一闪，很讨厌。这小鬼跑过来玩灯玩砚台，不停地折腾。

周乙素来有胆量，大喝一声，小鬼退去，过了一会儿又回来折腾，周乙就趁着他不注意的时候，悄悄靠近，把他一把抓住。这小鬼就跪在那里讨饶哭泣，言辞恳切，一副可怜巴巴的样子。

天将要拂晓的时候，周乙听到有东西折断的声音，一看，手里抓的原来是块破木头，上面沾了百余粒粟米。

德宗贞元年间，成都有个僧人叫志功言，在宝相寺持念经书。夜深了，忽然有五六只金色飞虫，大小像苍蝇一般，或交替扑火，或蹲在灯芯上扇动翅膀，与火相融，很久才消失在火焰中。

这样过了几个晚上，飞虫被童子击落了一只，原来是薰陆香，也没有什么特别之处，从此就再也没出现了。

陆　借寿

宪宗元和初年，长安城有个恶棍叫李和子，父亲名叫李努眼。李和子性情残忍，经常偷吃猫狗，是坊间一害。

有一次，他架着鹞子站在街头，来了两个穿紫衣的人，上前招呼他："你不是李努眼的儿子李和子吗？"李和子低头拱手作揖，紫衣人说："有点儿事情，借一步说话。"

到了一处人少的地方，这两人说："阴间追拿公子，跟我走吧。"

李和子起初不信，说："你们明明是人，不要跟我恶作剧。"

两人说："我们就是鬼。"

说着从怀里掏出公文，上面的印迹还没有干。只见公文上写得清清楚楚：李和子因为偷吃猫狗四百六十只而被起诉。

李和子又惊又怕，把鹞子一扔，下跪求情："我该死，但请二位暂留，让我略备酒食表表心意总是可以的吧？"

两个鬼起先坚决推辞，最后不得已只好答应。路过一家饽饦店，两个鬼掩着鼻子死活不肯进去，后来又去了杜家酒楼，两个鬼勉强跟着进去。大家只见李和子一个人又是作揖又是自言自语的，还以为他又发狂了。

李和子要了九碗酒，自己喝三碗，剩下的六碗放在西面的座席上，席间不停恳求两个鬼行行方便，免他一死。

两个鬼互相商量："我们既然吃了他一顿饭，吃人家的嘴短，没奈何，就帮他想想办法吧。"

于是站起来说："你稍等片刻，我们一会儿就回。"

过了一会儿工夫，果然回来，说："你准备四十万钱吧，我们帮你借了三年寿命。"

李和子连连答应，说好以明天中午为限，于是算了酒钱，没喝完的酒还给店家，一尝，味淡如水，冰冷彻齿。

李和子急忙回家，典当了衣服买好纸钱，按期把祭奠的酒洒在地上，焚烧纸钱，眼看着二鬼拿着钱走了。

过了三天，李和子死了，鬼嘴里说的三年，就是人间的三天吧。

柒　画技

德宗贞元末年，开州（今重庆开县）将军冉从长，仗义疏财，州里的儒生道士都来亲近。有一个画师叫宁采，为他画了一幅《竹林会》，画的是竹林七贤，非常精美。

冉从长的闲客中有两位秀才，名叫郭萱和柳成，经常喜欢斗嘴互相贬损。一天，柳成一边斜着眼睛端详画，一边跟冉从长说："这幅画布局巧妙，但是缺少意趣，我现在只要略施小技，不用动笔，就可以让画更加精彩生动，您意下如何？"

冉从长吃惊地说："竟然不知秀才还有这样的本事，但是不动笔就能让画更精彩，哪有这样的道理？"

柳成微笑说："我钻到画里修改。"

郭萱拊掌大笑说："骗人，你当我们是三岁的小孩吗？"

柳成就激他："要不就打个赌？"郭萱说："好，赌五千个铜钱。"冉从长当保人。

只见柳成猛然跳起，冲着画奔去，转眼便消失了，在座的客人都大惊失色。

图画挂在墙壁上，众人在画上一阵摩挲，也没洞也没什么的。过了很久，忽然听到柳成的声音："郭先生这回信了吗？"声音好像是从画里传来的。

又过了一顿饭的工夫，眼见着柳成从画里出来，指着画上的阮籍说："我只能做到这一步了。"

众人凑过来一看，画上的阮籍确实不大一样了，看那嘴角好像正在长啸。宁采也过来仔细辨认，确定这不是自己画的。

冉从长这才知道原来柳成是个得道之士，与郭萱一起向他致歉。过了几天，柳成就走了，不知所终。

宋存寿处士在冉家的时候，亲眼见到这件事情。

捌　鬼头

奉天县（今陕西乾县）国盛村有个百姓姓刘，有精神病，一犯病就到处乱跑，遇到水井沟渠也不知道躲避。他家人就为他请了一个会念咒的人来给他治病，这人叫侯公敏。

鬼头

侯公敏刚到，刘某忽然站起来说："我先出去一下，不用你治。"

说完就拄着扁担出门了。只见他去了田里，光着膀子挥舞扁担，好像在击打什么东西。过了好久，回来说："我的病好了，刚才打落一个鬼头，埋在地里了。"

刘家的兄弟和侯公敏都不信，还以为他说疯话，大家一同去验证，果真从地里掘出一个骷髅，头上还有十多根红发，刘某的病就这样好了。这是武宗会昌五年（845）的事情。

玖 梦兆

柳璟主持进士考试那年，国子监里有位明经，名字叫什么忘掉了。这人某日白天做梦，梦见自己在国子监门口徘徊，一个黄衣人背着衣袋，过来问明经叫什么。明经就告诉他，这人笑了笑说："先生明年春天就及第了。"

明经就顺便也问了问邻房的五六个老乡的情况，也有不中的，也有及第的。明经邀请黄衣人去长兴坊的饆饠店，坐在他常坐的地方一起吃饆饠。这时店外有狗追逐打闹，不觉惊诧时间过得好快，转眼日落西山了。

这人就此醒来，喊邻房的几个老乡过来，讲自己的这个梦，正说着呢，长兴坊的店家推门而入，说："郎君和客人吃了二斤饆饠，怎么不给钱就走了？"

明经大吃一惊，脱下外套以充饭资，然后跟着店家前去查验，只见梦里坐过的床榻和用过的器具，无不历历在目。

明经问店家，"我与客人都是梦中到了你这里，那么客人吃了吗？"

店家说："我们也很奇怪，客人面前的饆饠都完好未动，我们还以为客人嫌弃里面放了蒜呢。"

到了第二年春天，明经和梦中询问过的几个老乡，果然都中了。

拾　迁坟

潞州（今山西长治）军校郭谊，以前在邯郸做郡牧使，因为兄长过世，就从郓州（今山东东平一带）迁出祖坟，想合葬于磁州滏阳县（今属河北）的西岗上。

滏阳县临山，山上很多石头，如果占卜好的墓地碰到石头，有经济实力的人家并不避开，而是直接把石头凿出一个洞穴下葬。郭谊卜好的这块墓地，恰巧也碰到了石头，需要开凿。费了好大劲凿出一个洞来，洞里还有块石头，长约四尺，形状好像壁虎，头尾四肢无不齐全，结果挖掘的时候被工匠不小心弄断了。

郭谊觉得这事不祥，就想重新找块地，跟自己的上司刘从谏请示，刘从谏不同意，于是就这么下葬了。

过了一个多月，郭谊不小心掉进厕所里，差点儿死了。家里人和奴婢接二连三死了二十多个人，他本人也常常心悸不安，胡言乱语，于是恳求辞职。

刘从谏让都押衙焦长楚跟郭谊对换了职位。后来刘从谏的侄子刘稹举兵为乱，郭谊是得力干将，等到叛乱被镇压了，郭谊斩杀了刘稹的头，刘稹家里无论老幼，都被扔到井里淹死。

盐州从事郑宾于说："那个石头壁虎现在就在磁州的官库里。"

这一段涉及唐武宗时的"泽潞之战"。

刘从谏是昭义节度使（又称泽潞节度使），他一向与朝廷不和，担心自己死后，朝廷会跟他的后人算总账，所以打算扶植自己的侄子刘稹上位，成为继任节度使，以保后事无忧。

但是这事还在运作的时候，刘从谏就死了。当时的手下大将，也就是此处的主人公郭谊出了个馊主意，让刘稹秘不发丧，要挟朝廷同意他的继承权。申请报告打到唐武宗跟前，武宗让大臣们拿个意见，大部分人都倾向于批准刘稹的申请，生怕把刘稹逼反。只有宰相李德裕不同意（李德裕，一代名相，与段家交好，在本书中多次出现），他认为昭义所在地（今山西一带）离京畿太近，不宜示弱，一旦接受要挟，后患无穷。武宗同意李德裕的意见，驳回了刘稹的申请。

刘稹于是起兵造反，朝廷派兵镇压，势如破竹。还是这个郭谊，眼见大事不妙，又出了个阴招，他诓骗刘稹说：现在大势已去，早晚要兵败身死，反正是死，不如把这个功劳交给自己，他可以保全刘家。刘稹无奈之下，只好同意了他的意见，郭谊砍下刘稹的头请降朝廷，但是郭谊并没有信守承诺保护刘家，相反，他在杀了刘稹之后，灭了刘家满门。

如此不信不义，这个郭谊也没有好下场，他被带回长安，当市斩杀。

拾壹 天石

伊阙县（今河南伊川）县令李师晦有一个兄弟在江南做官，在其结交的朋友中有一个僧人。

这个僧人有次进山采药，遇到暴风雨，跑到一棵歪脖树下躲雨。突然巨震，有个东西掉在地上。接着天晴了，僧人前去查看，原来是块石头，状似个可以悬挂起来的击打乐器。

石头上面齐平好像刀削，里头有个洞可以放东西，下面渐渐变宽、变圆，整体像是个垂下来的皮囊。长有二尺，厚三分，左边有个小缺口，斑纹好像碎锦一样漂亮，光泽可鉴，叩击还有声音。

僧人认为这是一件奇物，就放在药筐中带了回来。收在小柜子里，又埋在禅床下，如此隐秘却还是被徒弟看到了，渐渐就传开了。有一次，有位李生恳求一见，僧人一口否认，声称没有这种东西。

忽然有一天，僧人来见李生，握着他的手说：“贫僧最近气力渐衰，看来无常将至，您以前想要看的东西，我一直推辞，现在就送给您做个告别的留念吧。”然后僧人支开侍从，带着李生进入内室，搬开禅床往下挖，手捧木盒交给李生后就死了。

拾贰 异兆

刘稹反抗朝廷的那年，临洺（今河北永年）有家百姓，家里一头推磨的瞎骡子无缘无故地死了，就卖给屠户。屠夫剖开骡子肚子，发现了两块石头，有拳头大，紫色红斑，莹润可爱，屠夫将其献给刘稹，刘稹就留下了。

韦温在宣州（今安徽宣城）任职的时候，头上长了恶疮，于是向女婿托付后事，跟他说："我二十九岁做校书郎，梦见渡长安城的浐水，船到中流，只见两个官员拿着公文召唤我。又过来一个官员说：'他的坟太大了，完工需要一万天，现在还不到时候。'屈指算来，到今天正好是一万天，我躲不过去了。"

不几天就去世了。

拾叁 妖道

醴泉县（今陕西礼泉）县尉崔汾，他二哥居住在长安崇贤坊。

某年夏天，崔生在院子里乘凉，月朗星稀，令人心旷神怡。刚到午夜时分，夜风吹来一股异香，就听到南墙泥土簌簌在动，崔生想，可能是老鼠或者蛇。

忽然看到一个道士，大剌剌地说："大好月色啊。"

崔生惊起而走，道士缓步走到庭中，只见这人年方四十，风仪清古。又过了良久，有十几个歌伎从大门鱼贯而入，她们个个身披薄纱，头戴翠翘，无不妖艳绝世。随从在院中铺下香垫，众伎就列坐在月色之中。

崔生怀疑这是一群狐狸精，就拿起枕头扔在门板上警告她们。道士回过头来发怒说："我本来没打算久留，只是这里清静，月色娴雅，多待一会儿怎么了？至于这么粗鲁吗？"又厉声喝道："这个地方还有人管吗？"

天石

唰地就出来两个人，身高仅有三尺，头大耳长，上前拜倒。

道士抬抬下巴指了指崔生说，“这人有没有阴间的亲属，去领来。”

两个小人儿疾驰而去。一顿饭工夫，崔生就见到他父母还有兄长都来了，被几十个护卫又揪又打，道士叱责他们说：“我在这里待一会儿而已，你们竟敢纵子无礼？”

崔生的父母叩首不已，说：“幽明隔绝，我们也教育不到啊。”

道士喝令拖下去，又跟两个小鬼说：“把这个蠢货给我捉来。”

两个鬼就跳到门边，拿出一枚红色弹丸一样的东西，远远地扔到崔生嘴里，后面连着一根细细的红绳，把崔生钓鱼一样钓到庭院中，又给狠狠侮辱了一番。

崔生惊恐得说不出话来，他的仆人和侍妾都在一旁号哭，歌伎们也看不下去了，过来求情说：“他只是个凡人，从没见过仙人，少见多怪，顶撞了您老，您大人不记小人过，算了吧。”

道士这才不生气了，拂袖而去。

崔生就此病倒，中了邪一样，过了五六天才痊愈，赶紧备下祭酒，打点谢神，从此相安无事。

崔生当初隔着窗户纸看到自己死去的兄长，嘴唇上盖着巾帛，好像受伤的样子，讲给家里仆人听，大家都不明所以，这时一个婢女哭泣道：“几郎入殓的时候，面衣忘记开口，就匆忙用剪刀剪开，误伤了下唇，当时没有其他人看到，哪知他在阴曹都二十多年了，竟然还要承受这样的痛苦。”

拾肆　异丐

辛秘五经及第之后，回常州（今属江苏）成亲，走到陕县（今属河南），在树荫下歇脚。

树荫下坐着一个乞丐，脸上有疮痂，衣上有虱子，坐姿也不雅，叉着两条腿。

乞丐询问辛秘行程，辛秘厌恶，不理他走开了。这个乞丐就跟在他身后，辛秘的马不快，甩不开这个乞丐，这个乞丐不停地跟他说话，非常烦人。

走着走着，碰到一个绿衣人同行，辛秘见过礼之后，与绿衣人边聊边走，这个乞丐也跟在后面不停地插嘴。走了一里多，绿衣人突然快马加鞭先走了，辛秘觉得很奇怪，自言自语说："这人这是急什么？"乞丐说："他的时辰快到了，岂能由得了自己？"

辛秘觉得这话怪异，就第一次开口问他："你说他时辰快到了，这话是什么意思？"乞丐说，"一会儿你就知道了。"

快到前方客店的时候，只见几十个人围在门口。辛秘一问才知，原来是绿衣人死了。

辛秘大吃一惊，马上对乞丐刮目相看，把衣服脱下来给他穿，把马让给他骑，乞丐坦然受之，并没有表示谢意，说出的话越发玄妙费解。

到了汴州（今河南开封），乞丐对辛秘说："我到了，先生是要去办什么事啊？"辛秘就把要成婚的事情告诉了乞丐。乞丐笑着说："先生是个读书人，事业无量，眼下这人可不是先生的妻子，您的婚期还远着呢。"

过了一天，乞丐扛了一坛子酒来和辛秘话别，指着相国寺的塔说："到了中午就会着火，先生过了这个时候再走吧。"

果然，到了中午，相国寺无故起火，烧坏了塔上的相轮。

辛秘临走时，乞丐赠予辛秘一个绫帕，上面打了一个结，跟辛秘说："将来如果有疑问，就打开手帕看看。"

过了二十来年，辛秘做了渭南县尉，娶了裴氏，裴氏生日那天，大宴宾客，辛秘忽然想起乞丐的话，打开绫帕上的结，里面有一张手版大小的字条，上面写着："辛秘的夫人，是河东裴家人士，某月某日生。"竟然说得一丝不差，辛秘算了一下，告别乞丐的那天，妻子还没有出生，这乞丐难道是蓬莱仙人游历人间吗？

那些衣衫褴褛，却傲骨铮铮、不受嗟来之食的人，大概就是乞丐这类人物。而那些看起来明白事理，却如睁眼瞎一般，对自己的人生茫然无知的人，大概就类似辛秘吧。

拾伍　戒鱼

和州（今安徽巢湖）有个刘录事，在代宗大历年间罢官回乡，就住在和州下属的县里。这个刘录事饭量惊人，一人顶好几个，尤其能吃鱼，据他自己说，吃鱼从来就没吃饱过。有人好事，网了一百多斤鱼，跟刘录事约好了，在郊外的亭子里请他吃鱼。

刘录事自然很高兴，就大快朵颐起来，刚吃了几盘鱼片，好像被什么卡住了，咳出一个鱼骨珠子，跟黑豆一般大小。刘录事没当回事，把珠子放在旁边的茶碗里，盖好，继续吃。还没吃到一半，茶碗开始颤抖，摇摇欲坠，刘录事揭开茶碗一看，刚才那枚珠子长大了好几寸，变成个人形。

在座的人都跑过来看，这个小人儿就一直长，顷刻之间就长到跟普通人一样大小，这人从茶碗中一跃而出，揪着刘录事开始殴打，直把他打得满身是血。

刘录事挣脱开绕着亭子西面跑，这人就绕着亭子东面追，二人跑到后门，竟然合二为一了，再定睛一看，哪有什么小人，就是刘录事本人而已，只是神志不清，过了好半天才开口说话，问他刚才的事，竟然一概不知。但从此之后改了毛病，看见鱼就恶心，再也不吃鱼了。

拾陆　药蛇

有个叫冯坦的人，有次生病，医生给他开了个方子，让他泡蛇酒喝。冯坦喝了一坛子蛇酒，挺见效的，病好了一半。冯坦让家人再从园子里抓条蛇，继续做蛇酒。泡了七天，准备喝的时候，一开盖子，这条蛇突然昂首而出，足有半尺高，瞪了他一眼，顺出酒坛跑掉了，所过之处，地面都隆起几寸的小土包。

戒鱼

陆绍郎中曾经说过一件事：有人常年泡蛇酒喝，前后杀了几十条蛇了。某天，这人亲自去查看酒瓮，忽然有个东西从瓮里跳出来，差点儿把他鼻子咬掉，仔细一看，原来是枚死蛇的头骨。这人的鼻子从此生疮烂掉了，就好像受了劓刑一样。

拾柒　槐树

宪宗元和年间，有个叫陈朴的人，家住长安崇贤坊北街。他家门外种了一棵大槐树，陈朴经常在傍晚时分看见有妇人、狐狸、狗还有乌鸦之类，飞到大槐树里。陈朴好奇，就把槐树砍了，想看个究竟。槐树一共三个树杈，一个树杈是空的，一个树杈里有一百二十枚独头栗，剩下的树杈里有一个死孩子，还包在襁褓中，有一尺多长。

拾捌　虫龙

无可和尚给香客讲了个故事。

近来盛传有位白将军，在长安曲江池洗马，马突然从水里跳出，似乎受到什么惊吓，只见马前蹄缠了一个怪东西，好像白色的衣带，缠了好几圈。白将军赶紧命人解开，马还是流了好几升的血。白将军觉得这事很奇怪，就把这个像虫子一样的东西用纸包好，收在衣箱里。

有一天，白将军出城送客，走到浐河边，把这怪东西拿出来给大家看。有人说，“何不放在水里试试看？”

白将军就用马鞭在地上挖了一个小坑，把虫放在坑里，又灌满水，只见这虫开始蠕动，慢慢长大。坑中也开始涌出泉水，这虫渐渐盘成一团，好像一张席子。然后有黑气升起，仿佛香炉里的青烟，这虫子竟然驾着烟飞走了。大家都惊恐说：“这肯定是龙啊，龙行于天，必有风雷。”

众人急忙往回赶，还没走几里路，风雨骤至，雷声大作。

拾玖　八角井

长安景公寺那条街上，以前有一口很大的井，俗称“八角井”。宪宗元和初年，有位公主经过这里，正值夏日，百姓都在井里打水，公主于是也让婢女用银棱碗去接水，结果不小心把碗掉到井里去了，过了一个多月，竟然在渭河发现了这个碗。

贰拾　驿客

东平用兵之前，有个叫孟不疑的举人，客宿昭义（今河南安阳一带），晚上来到一处驿站，刚要洗脚准备休息，驿站又来了一位客人，据称是淄青节度使的评事，姓张，带着几十名仆从。孟不疑前去拜见，但是张评事喝了酒，竟不肯见，孟不疑只好回到西房。

一会儿听到张评事要吃煎饼，连声招呼驿站的小二，孟不疑冷眼旁观，觉得这位张评事傲慢无礼，令人不喜。

过了很久，煎饼熟了，被人端进张评事房间，孟不疑发现有个东西跟着煎饼进了屋，黑乎乎的好像是只猪。这东西老是走在灯影里，跟着进出，来来回回五六次，张评事竟然毫无察觉，孟不疑吓得睡不着觉，但是张评事却呼呼大睡。

三更天之后，孟不疑刚要合眼，忽然看到张评事在房间里跟一个黑衣人打起来了，打了很久，一路打到东偏房里去了。只听到拳落如杵，一会儿工夫，张评事披头散发光着膀子出来了，没事人一样回到自己屋里睡了。

才刚刚五更，张评事就亲自来到孟不疑的住处，只见他梳头洗脸，打扮体面，仆人在一旁张着灯，张评事见礼说：“昨天我酒醉，竟然不知道秀才也在此客宿，怠慢了您，还望恕罪。”

说完就命人准备吃喝，跟孟不疑推杯换盏，高谈阔论。同时小声提醒孟不疑说：“昨天晚上的事您可能也看到了，让您见笑了，还请您不要透露出去才好啊。”

孟不疑唯唯称是。张评事又说：“我要赶路，明天一早出发，但是还请秀才先我一步出发才好。”

说完从靴子里摸出一块金子，交给孟不疑说：“不成敬意，今天的事还望您保密。”

到这个份上孟不疑也不敢不答应，只得收了钱走人。

走了几天之后，听说官府正在捉贼，孟不疑询问路过的人，大家都说：“淄青张评事出事了，他某日天不亮就从某个驿站出发，天亮时随从才发现马鞍上空无一人，大家赶紧折回驿站寻找，结果在驿站西阁发现一张席子，一掀开，里面一堆白骨，一丝血肉不剩，地上也没有血，只有他的一只鞋子遗落在那里。”

当地一直传说这所驿站有凶煞，也不知是何方妖怪。

举人祝元膺曾亲耳听孟不疑讲起这事，还说孟不疑从此变得很神道，每天晚餐时必要敬祷鬼神。以前他可不是这样，过去他不信神佛，还能写诗，写过：“白日故乡远，青山佳句中。”这件事之后，他就信了佛，念经云游，不再走仕途了。

“东平用兵”指的是元和十三年（818），宪宗发兵镇压李师道造反的事情。

淮西之乱发生在元和九年（814），淮西节度使吴元济拥兵自重，与朝廷分庭抗礼，公然造反。而当时的淄青节度使李师道坐拥十州，实力超群，也蠢蠢欲动，他采取了两面派的做法，表面上不支持吴元济，但实际上暗中支持，派人烧了河阴粮仓，把江淮一带的税赋一把火烧光，这还不算，他的割据地盘在今天山东省境内，离京畿比较近，便于派遣刺客，于是他刺杀了主战派宰相、段成式外祖父武元衡。

后来吴元济的淮西之乱被宪宗镇压，李师道赶紧见风使舵，上表称臣，又把长子送入长安作为人质，但是很快又改变主意，举兵造反。元和十三年，绝不姑息军阀的宪宗皇帝派遣唐军前往山东平叛，在大兵压境的情况下，李师道军内部矛盾激化，其都知兵马使刘悟杀李师道，投降中央，淄青齐莱诸地复为唐有，这就是“东平用兵”。

贰拾壹　庄客

进士刘积中的田庄在京郊附近，这事就发生在他庄子上。

当时刘积中妻子重病，他忧心忡忡，很晚还没睡，只见灯影下走出一个满头白发的老妇人，非常矮小，才三尺高，跟刘积中说：“夫人是不是生病？只有我能治啊，何不求我？”

刘积中是个刚正不阿的人，看她模样必定是鬼怪无异，又讨厌她出言轻薄，于是便叱责她，老妇人伸出一根手指，指指点点说：“别后悔，别后悔。”说完就不见了。

刘积中的妻子心口疼得越来越厉害，快不行了，刘积中没办法，只好祷告老妇人，话音未落，这老妇人就出来了。刘积中郑重给她作揖，还请她坐下，这老妇人要来一杯茶，对着茶杯口念念有词，好像在施咒，然后让人拿去给刘妇人灌下，这茶才入口，夫人的病竟然就好了。

后来这老妇人也不避讳，在刘积中家里进进出出，大模大样的，刘家上下也都认识她。

过了几年，老妇人对刘积中说：“我有个女儿到了及笄之年，麻烦主人给她找个好女婿吧。”刘积中笑了说：“人鬼殊途，我能有什么办法呢？”老妇人说：“我又不是让你给她找人，你只要用桐木刻一个人偶就好，但是雕刻的时候需要细致些。”

刘积中就答应下来，木偶刻好之后，当天晚上就不见了。

老妇人对人偶很满意，不久又来跟刘积中说：“小女要成婚了，烦请你们夫妇二人去做为新人纳福的铺公铺母，我挑一天晚上备车来接二位。”

刘积中无可奈何只好答应。到了某天傍晚，酉时一过，果然有仆人备好车马来到大门口，老妇人亲自来接，说：“请主人跟我上车吧。”

刘积中和妻子各上了一辆车，一直走到天黑，来到一个朱门高墙的去处，门外两行灯笼火烛，列队相迎，客人接踵而至，一派繁盛景象，好像王公之家似的。

刘积中被领到一个厅上，已经有几十个穿紫袍的人在那里了，这些人里，有活着的人，也有死去的人，大家见了都相对无言。

刘积中的妻子被领到一间内堂，只见蜡烛大如手臂，朱环翠绕，里面也已经有十几个妇人等在那里，也是一半认识的，一半已经死掉了，大家只是面面相觑罢了，不知道说些什么才好。

就这样折腾到五更之后才回家，刘积中夫妇二人就好像酒醉初醒一样，迷迷糊糊的十件事里倒有八九件记不清楚。

又过了几个月，老妇人又来了，说：“我小女儿也要出嫁了，还要再麻烦主人啊。”

刘积中不耐烦，把枕头扔过去说：“老鬼，有完没完，怎么这么烦人呐。”枕头一扔过去，这老妇人就不见了。不久，刘积中妻子的心口疼又犯了，刘积中只得领着儿女们祷告，但是老妇人竟再也不肯出来。后来妻子到底还是因为心口疼去世了。

不久，刘积中的妹妹也得了心口疼病，刘积中就想搬家，结果发现搬不了，家里的所有东西都好像粘在原处一样，就算鞋子这样轻便的东西也拿不起来。刘积中就请了道士和尚来家里作法念经，但都不管用。

刘积中就这样被困在庄上，有天闲来无事，在家读药方，突然他家的丫鬟小碧从门外进来，双手垂下，缓步而行，一边走一边嚷嚷：“刘四，还记得以前的事吗？我是你的好友杜省躬啊。”又用嘶哑的嗓音哭泣着说：“我刚刚从泰山回来，你猜路上碰到谁了？飞天夜叉啊，这厮手里拿着令妹的心肝，还好我眼疾手快，一把夺下，令妹这下有救了。”

说完举起自己的袖子，袖子里有什么东西在蠕动，小碧又扭头对着左面说：“去安置一下。”只见袖子里生起一股风，冲破帘幌进了堂内去了。

这小碧就大剌剌地上堂，一屁股坐在刘积中对面，跟他说起以前的事情，刘积中和杜省躬是同年及第，颇有情分，这个小碧的言谈举止，没有一处不像杜省躬的。

只聊了一会儿，小碧说："为兄现在身不由己，不可久留。"说完拉着刘积中的手哭泣，刘积中也不禁悲从中来。小碧忽然倒地，等醒过来的时候，什么都不记得了。刘积中的妹妹也就此康复了。

贰拾贰 馆娃坊

临川郡南城县（今属江西）县令戴察，在馆娃坊买了宅子。"馆娃"二字起源于春秋，吴王夫差得到西施之后非常开心，建造了"馆娃宫"给西施居住。但这毕竟是一千多年前的事情了，为什么此处起这么一个香艳的名字，戴察也不明白他们是怎么想的。

有天他和弟弟在厅中闲坐，忽然听到有妇人嬉笑的声音，忽远忽近，戴察非常诧异。笑声慢慢靠近，只见有几十个妇人散布厅前，忽然又不见了，莫非是自己眼花了？但这事接连发生好几天，戴察越来越觉得奇怪。

且说厅堂台阶前有一棵枯萎的大梨树，非常粗壮，有一个人合抱那么粗。戴察觉得是树妖在作怪，就命人伐树。砍倒后发现树根下有块大石头，越挖越大，像是个大号的平底煎锅，戴察就命人用火烧石，还浇上醋，想炸裂石头，还往下又挖凿了五六尺，石头依然没有穿透。

正忙活得一头大汗，那些妇人又出现了，都围在坑边拍手大笑。戴察心想有什么好笑的？谁想这些妇人过来拉着戴察的手跳到石头里去了。

一家人正惊恐不已，妇人又出现了，还是在那儿大笑，戴察也跟在后面出来了。家人刚刚松了口气，回头一看，戴察的弟弟又不见了，到处找也找不到，从此失踪。

好好的一个大活人不见了，戴家人好长时间无法接受，一想起来就恸哭不已，只有戴察不同声色，终于有一次忍不住了，说：“有什么好哭的？他正开心快活呢。”

戴察直到临死也不肯说出他在石头里到底看见了什么。

贰拾叁　井怪

独孤叔牙家里发生过这样一件事，家人打水，但是井辘轳变得非常沉重，好几个人一起用力才把水桶绞上来。只见桶里面坐了个人，戴着一顶草帽，攀在井栏上大笑，接着又跌回井里，打水的人上去一抓，仅抓到草帽。家人顺手把帽子挂在树杈上，每有下雨的时候，帽檐滴水的地方就长出黄菌。

有一位史秀才，宪宗元和年间，曾经和一些道士同游华山。当时正值盛夏，一行人坐在小溪边纳凉，忽然顺着溪水漂来一片叶子，手掌大小，红润可爱，被史秀才捞到，收在怀里。坐了一顿饭的工夫，史秀才觉得怀里的叶子越来越沉，就悄悄起身查看，只见叶子上面凸起鳞片，簌簌而动。史秀才非常害怕，赶忙把叶子扔在林子里，对众人说：“这肯定是龙，被我这么一惊动，只怕要发飙，我们赶紧走吧。”很快，林子里就生出白烟，弥漫山谷，史秀才一行刚刚下到半山腰，便风雷大至。

史论当将军的时候，看到妻子居住的屋子里有光透出来，前去搜了个遍，也没见有什么异常。有一天，妻子梳妆，打开妆奁，里面竟然有一只乌龟，通体金色，铜钱般大小。这乌龟口吐五色气，弥漫了一整间屋子，后来他们就养着这只龟了。

贰拾肆　太岁

工部员外郎张周封曾经说过：旧庄城东，狗脊嘴西边的地方，有次筑墙，不小心筑到太岁头上，结果墙体不稳，一晚上就倒塌了。他以为工程队偷工减料，没把地基打牢，于是亲自指挥庄客筑墙，还没筑几尺，做饭的人大呼小叫：“出怪事了！”只见锅里煮的几斗饭全都蹦出来，撒到地上和墙上，好像蚕一样，非常均匀，没有两粒是叠在一起的，而且只撒到墙一半的高度，整齐得像是画了条界线。于是请来巫师，以酒祭地，跳了一顿大神之后就好了。

民间常说的“太岁头上动土”指的就是这种东西，这是一种“肉灵芝”。现代科学认为这是一种大型黏菌复合体，医用价值成谜。但是古人并不这么认为，东晋道家葛洪在《抱朴子》中记载，“诸芝捣末，或化水服，令人轻身长生不老”。据说秦始皇派人远赴东海求的长生不老之药，就是它。

贰拾伍　山鬼

山萧，也叫“山臊”，是传说中的山鬼精灵。《神异经》里面写作“猱”，《永嘉郡记》里面写作“山魅”，也叫“山骆”“蛟”“濯肉”“热肉”“晖”“飞龙”，这些名字都是它。

山萧样子好像是斑鸠，青色，也被称作“治鸟”，窝有五斗容器那么大，用白土装饰，它在窝里爬来爬去，粘上白土，把自己搞得红白相间，跟个箭靶一样。最好不要招惹它们，它们会报复，有时驱使老虎来伤人，还烧人的房子，俗称“山魈”。

有一种精怪叫“伍相奴”，有时会骚扰人，传说是伍子胥的奴隶变的，所以有人说，“伍相奴”作怪的时候，去伍子胥的庙祷告就管用。

相传，“伍相奴”要么姓姚，要么姓王，要么姓汪，他们曾经遇到大洪水，没吃的，只好啃大树皮，结果还是饿死了，化作“鸟都”，皮骨化作“猪都”，女奴化作“人都”。

“鸟都”的左胳膊底下有一块地方无毛，宽两寸一分，右脚没有大脚趾，右手没有第三指，没有左耳，右眼是瞎的。

在树根处居住的叫"猪都"，在树半截可攀爬处居住的叫"人都"，在树梢处居住的叫"鸟都"。

要治它们有办法，比方"打土垄法""山鹊法"。还有一些掌诀，比方，右手第二指上节遮挡山都的眼，再用左手瞄准山都的咽喉。

南中人经常吃"伍相奴"的巢，吃起来味道好像是木芝，巢皮可以制成鞋垫，治脚气。

贰拾陆 野狐

以前传说，野狐也叫紫狐，晚上甩尾巴的时候会出火，要作怪的时候，一定是头顶骷髅拜北斗星，如果骷髅不掉下来的话，就变成人形了。

元和十二年（817），宪宗平定淮西之乱，唐军雪夜袭蔡州，生擒造反的吴元济。蔡州经历过战事之后，一片残破，粮仓一带闹狐狸。当时在蔡州任职的是刘元鼎，刘元鼎就安排人捉狐狸，捉来的狐狸放在球场里，让狗追着取乐，这样一年之内杀了上百只狐狸。

后来捉到一只长着疥癣的狐狸，看似不起眼，但是连放五六条狗，都不敢追它，这狐狸也不走，就在附近徘徊，神态自若。

刘元鼎大为诧异，到处寻访灵犬，不信治不了它。大将家里，或者监军家里的猎犬和巨犬都被他搜了个遍，但是这些狗来了也都是俯首帖耳地绕着狐狸趴着，狐狸总是一副不慌不忙的样子，后来直接就登堂入室，穿过桌子，大摇大摆走了，到城墙那边就消失了，从此再也没人见过它。

刘元鼎欣赏这狐狸与众不同，于是下令不再捉狐狸。

道术中也说，天狐自有自己的行为模式，跟别人不同，说天狐有九条尾巴，金色的，效力于日月宫，有符箓，享祭日，能够洞晓阴阳。

南中有一种野兽叫作"风狸"，长得像猴子，眉毛长，性害羞，见到人就低下

野狐

头，风狸的尿可以治风痹。风狸最厉害的宝贝是“风狸杖”，术士们都说，“风狸杖”比隐身草还难得。

想得到“风狸杖”，南人需要先用长绳，把自己缒到野外深谷的大树下，人就藏在树旁的洞穴当中。机警的风狸观察三天之后，以为没有人在，就会在草中寻找一种特殊草茎，如果找到，就折成一尺多长的杖抓在手里。树上有鸟，就举杖一指，随指随掉，风狸就捡起来吃掉。这就是“风狸杖”。

旁边的人趁着它懈怠的时候，猛然蹿出来，一把夺走“风狸杖”，这样最好。如果来不及夺，风狸有时会赶紧吃手里的风狸杖，就算不吃，扔回草丛中，人也分辨不出哪一根才是。还有的风狸死活不肯撒手，这时就要抓着它抽打，要抽打好几百下才有可能交还给人。

“风狸杖”非常有效，任何禽兽，随指随毙，有什么想要的东西，也都是一指就能如愿。

南中在历史上指今天的云南、贵州和四川西南部。南中分布着众多的少数民族，一直是蛮夷不开化的代名词。

虽然从汉武帝时起，就在南中设郡——“牂牁郡”，就是中原政权在南中设立的第一个郡——但是南中真正进入中华政治体制，是诸葛亮的功劳。诸葛亮对南中采取刚柔并济的策略，类似“七擒孟获”之举，真正把南中地区划入汉体制的有效管理中。

贰拾柒　打井

文宗开成末年，长安永兴坊的百姓王小二凿井，比平常多挖了一丈有余，还是没有见到水。但是，下面竟然传出说话的声音，还有鸡鸣，非常喧闹，好像就在隔壁似的，井匠都害怕了，不敢继续挖掘。

街上小吏赶紧把这件事报告给金吾卫的将军韦处仁，韦处仁觉得这件事不祥，于是也没有上报朝廷，令人赶紧把井填回去了。

据说，王莽曾经搜集周朝和秦朝的故事，当时的谒者令在内阁翻出一本有关骊山筑陵的记载，说是："李斯领着七十二万刑徒开凿陵墓，按照既定的计划挖掘，碰到地下水，就用熔化了的金属堵塞，一直挖到秦始皇三十七年，李斯奏报说：'已经挖掘到极限了，再也凿不下去了，点火也不燃，敲一下，里面有空空的响声，好像已经到了下天。'"

由此可以知道，厚地之下，别有洞天。

贰拾捌　半边身

文宗大和三年（829）的时候，寿州（今安徽寿县）虞侯景乙，从京西防秋前线回来，他的妻子已经病了很久，刚刚见面，她就急急地说："夫君，我半边身子没了！去往东园，快点儿追，只怕还来得及。"

景乙急忙跑到东园，当时天色昏暗，只见一个东西，长六尺有余，样子好像是个婴儿，赤身裸体，拿着一个竹器。

景乙上去就打，那东西赶紧走避，竹器掉在原地，景乙上前一看，里面鲜血淋漓，正是他妻子的半个身子。景乙吓得一屁股跌倒在地，眼前的一切都消失了。

回到家，再看自己的妻子，发现她身上出现一条裂缝，从发际到眉间，再到胸口，有一指粗细，隐约可见里面红色的血肉。

她跟景乙说："不妨，夫君去准备两升乳汁，洒在东园里你见到那怪物的地方，我自然就会痊愈。此事说来话长，我上一辈子是别人的后妻，因为克扣他孩子的奶粉，而让孩子夭折了，所以在阴间被告，冥司竟然判我还他半个身子，也不知道怎么想的，半边身子没了还能活吗？还不如直接判我死得了。刚才要不是夫君你，我就死定了。"

贰拾玖　壁虎

文宗大和末年，荆南松滋县南（今湖北松滋），有士人寄居在亲友的庄子上读书。

刚到第一天，这人晚上掌灯读书，二更之后，忽然见到一个小人儿，只有半寸高，戴葛巾，拄着拐杖进门，对士人说："以前怎么没见过你啊，你初来乍到，没有主人相伴，一定寂寞吧。"

他的声音不大，跟苍蝇嗡嗡似的，这个士人素来很有胆气，对此视而不见。这小人儿就跳到床上责怪他说："怎么没有一点待客之道呢？"

又跳到案桌上乱翻书，一边翻一边骂骂咧咧的，还把砚台打翻在书上。士人很不耐烦，扔笔过去，将它击倒在地，它乱叫了几声，出门不见了踪影。

一会儿工夫就来了几个妇人，有年纪大点的，有年纪轻点的，都只有一寸来长，上来叽叽喳喳地埋怨士人："你自己一人在这里读书，真官怕你孤单，所以才命郎君过来陪你言谈，也可以讨论精妙的学问，你为何如此顽痴狂率，让我家郎君受伤呢？现在跟我去见我家真官。"

说着就陆续来了一些打扮如仆役的小人儿，蚂蚁一样络绎不绝地扑上来。士人感觉自己好像做梦一样，但是四肢确实被啮咬，很疼。这些小人儿又说："你若不去，我们就戳你眼珠。"说完就有四五个直奔他头脸而来。士人吃不住有些惊慌，只好跟着它们出门了。

到了草堂东面，要进一个极小的门，这门虽小，但打造得却非常气派，好像节度使的大门，士人不肯进，大喊："哪里来的妖孽，简直欺人太甚！"

这些小人儿哪里管他，又推又咬，这人迷迷糊糊竟然进了小门。被推搡到一处大殿，上面坐了一个峨冠博带的小人儿，好有威严。阶下排列着侍卫数千，都只有一寸来长。这个峨冠小人儿说："我可怜你独处，命我小儿前往，你何苦伤害他？你罪当腰斩！"

只见有十来个人，手持利刃，撸起袖子朝他逼近。士人大惊，连忙谢罪说：“请恕我愚钝，肉眼不识真官，还望饶我余生吧。”祈求良久，小人儿才说：“看在你知道悔改的分上，就饶了你吧。”

喝令退下，士人不知不觉中已到了门外。等回到书堂，已经五更了，残灯犹在。

士人越想越气，天一亮就去寻找昨夜的踪迹，结果在东面墙壁的小土堆下，发现一个好像栗子大小的洞穴，有壁虎出出入入。士人喊来几个人，合力挖开洞穴，挖了好几丈，挖出十几石的壁虎，有一个大个儿的颜色赤红，竟有一尺多长，应该就是它们的首领了。里面的土垒得好像楼台一样，士人用柴火一把火烧了，从此之后就再也没有怪事发生了。

叁拾 卖油者

在长安宣平坊，有一个官人晚上回家，经过一条小巷子，迎面走来一个卖油的，头戴大檐帽，赶着一头驴驮着俩油桶，大模大样的也不躲闪。开道的仆役上去抽打，结果轻轻一碰，这人的头竟然掉了下来，但他没事人一样，急匆匆进了一家大宅子。

官人觉得奇怪，就尾随进去，只见他到了一棵大槐树下就不见了。官人赶忙通知这家主人，马上挖树，挖了几尺，发现树根早就枯了，下面有个碟子大小的蛤蟆，带着两个铜笔套，里面满满的装的都是树的汁液，旁边还有一枚很大的白蘑菇，好像殿门上的浮沤钉，蘑菇上的冠盖已经掉了。

原来蛤蟆就是驴，笔套就是油桶，白蘑菇就是卖油人，他在坊里卖油已经一个多月了，大家都很奇怪他卖的油又便宜又好，等到这怪事败露了，凡是吃了他的油的人都上吐下泻。

叁拾壹 黑琥珀

陵州（今四川仁寿）龙兴寺有个和尚叫惠恪，这人力大无穷，可以徒手举起石臼。虽是和尚，但他不守戒律，反而热情好客，经常呼朋引伴。

一天晚上，他邀约十来个寺僧夜宴，席间大家吃煎饼。到了二更天，有一只毛茸茸的巨手伸进来，这手形如箭袋，竟发出声音道："给个煎饼吃吧？"其他和尚都吓跑了，只有惠恪不怕，抓起几张煎饼塞进巨手。这怪物抓着煎饼刚想撤，惠恪一把抓住，怪物无法抽手，只得连声讨饶，非常恳切，惠恪呼唤"拿刀来"，一刀下去，怪物手臂被斩断，原来是一只鸟的翅膀。

等到天亮，众人顺着血迹一路出寺去寻，往西南方向进入小溪，遇到一处岩隙，血迹就在这里没了，惠恪带着人在这里挖掘，挖出一坑黑琥珀。

叁拾贰 转世驴

文宗开成初年，长安东市有家百姓丧父，就骑着驴去买下葬的东西。走了百来步，那驴突然开口说话道："我姓白叫元通，给你家当差用力已尽，不要再骑我了，但我还欠你五千四百钱，南市有家卖麸的欠我五千四百钱，数目相当，你可以把我卖给那家抵账，我们就两不相欠了。"

这人听了非常吃惊，赶紧翻身下驴，牵着它寻找买家，驴非常健壮，但是四处问价，都只肯出五千钱，只有到了麸行，出价到五千四百钱，这人就把驴卖给他家，过了两个晚上，驴死了。

叁拾叁　乳母

郓州（今山东东平）有个掌管仓库的官员姓阚，家在荆州，他女儿的乳母钮氏有一个儿子，他妻子很喜欢这个孩子，就跟自己的孩子一样对待，吃穿用度都是一例的。

有一天，他妻子偶尔在林中摘得一枚沙果，就随手给了自己的孩子。钮氏非常生气，说："你家女儿是不是已经长大了，不需要我了？以前有好东西都跟我儿子平分，现在为什么偏心？"说完就张牙舞爪，反复颠倒主人家的孩子，主人家大惊，赶紧上前把孩子夺了下来。

钮氏的孩子跟主人家的孩子相貌个头都相差不远，他妻子心怵这个钮氏古怪，连忙谢罪。于是钮氏又轻言慢语地哄主人家的孩子了，跟以前一样。

阚某觉得这人是个祸害，于是暗中指使下人用镐打她，结果镐头击中脑门又弹回来，打在大门上。钮氏大怒，骂道："你这样对我，将来不要后悔！"

阚某这才知道奈何不了她，只得跟自己的妻子下拜谢罪，钮氏的怒气才消。这个钮氏现在还在，阚家上下对她敬若神明，关于她的事还有很多。

叁拾肆　异伤

荆州有个处士侯又玄，有一次行于郊外，在一个荒冢上如厕，下来跌了一跤，伤到手肘。走了几百步，看到一个老人，问他："你这是怎么了？"侯又玄给他看自己的手肘，老人说："伤得不轻啊，恰好我有良药，敷上，十天不要揭下来，一定痊愈的。"侯又玄就听他的吩咐，等到十天后，整个手臂都掉下来了。

侯又玄有五六个兄弟接连生病，生的病都差不多，连着一个多月出血。侯又玄的哥哥两条手臂忽然生疮，有五六处，小疮像榆钱一样，大疮像铜钱，都好似人脸，到死都没有痊愈。

当时的荆州秀才杜晔，和座客闲聊的时候说起这件事。

数十年前，江东有个商人，左胳膊上长了个疮，也没有多大痛苦，就是长得好像一张脸。商人有时闹着玩儿，把酒滴到它嘴里，这张脸也会红，用食物喂它，它也会吃，吃多了，感觉胳膊也会涨起来，怀疑它的胃就在胳膊里。如果不给它东西吃，那么一整条胳膊都会麻麻的。

有个医术高明的人给他出了个主意，让他用各种药物去喂这个疮，不管是金石类的药物，还是草木类的药物，都给它吃。当试到贝母的时候，这个疮就皱起眉头闭着嘴不肯吃。

商人高兴地说："找着克星了，这味药一定能治好。"就拿小芦苇管撬开它的嘴，把药灌下去，几天之后疮就结痂慢慢痊愈了。

叁拾伍　旋风

工部员外郎张周封说过："今年春天的时候，我拜扫假（法定的扫墓假期）结束，回京时路过湖城（今河南灵宝）客栈，听到这样一个故事。说是去年秋天，有个河北将军路过这里，走到郊外数里地的时候，忽然刮起旋风，好像漏斗一样，就在马头前面飞舞。将军就用马鞭击打，结果旋风越击打越大，最后把马头都笼罩进来，只见马鬃一根一根竖了起来，将军恐惧，下马仔细观看，只见马鬃长有几尺，中间出现一根细梗好像红线。马很痛苦，不时立起来嘶鸣。将军大怒，取出佩刀斩断红线，旋风随即消失，马也死了。将军剖开马腹查看，无伤，不知道是什么东西作怪。"

第三卷

奇技方术

壹　无手书

代宗大历年间，在洛阳的天津桥上，有一个无手乞丐，用右脚夹着笔写经文乞讨，每次书写之前，都要把笔抛高一尺有余，再用脚接住，如此炫技几次才开始写。他写的全是标准楷书，比别人手写的还工整。

唐代有两个都城，分别是京都长安和东都洛阳。洛阳在唐代与长安齐名，二者并称为“两京”，共同承担着唐代政治文化中心的职责。

武则天偏爱洛阳，将武周的国都定为洛阳。在她的执政生涯中，一大半时间待在洛阳。后来的玄宗皇帝虽然把都城重新设定为长安，但是他并没有废除洛阳的东都地位。玄宗皇帝生于洛阳，即位之后还返回洛阳居住，前后达十年之久。

天津桥横跨于洛河上，为连接洛河两岸的交通要道，隋朝时为浮桥，唐代改为石桥。桥正北是皇城（太微城）和宫城（紫微城），桥南为百姓生活区，天津桥附近酒肆林立，十分繁华。李白有诗云：“忆昔洛阳董糟丘，为余天津桥南造酒楼。黄金白璧买歌笑，一醉累月轻王侯。”

贰　蜘蛛阵

于頔相国在襄州做刺史的时候，有一个叫王固的隐士前来拜访他，于頔性格爽利，不喜王固行事磨磨叽叽的，所以对他并不十分礼遇。

有一天府僚举办宴席，座上宾都请了，唯独没有请王固。王固闷闷不乐，独自一人到官署解闷，恰好使院的判官曾叔政在，这人倒不势利，反而对王固十分客气。

王固叹口气说：“我以前以为于相公善待士人，为常人所不能，所以长途而来，现在看来不过是沽名钓誉罢了。我有一门绝技，可说空前绝后，反正我要回去了，承蒙大人青眼，请让我为您展示吧。”

二人去了曾叔政的寓所，王固从怀里掏出一节竹筒，还有一面寸许大的小鼓，又鼓捣了半天，才把竹筒的小木塞拔去，折了一根树枝击打小鼓，状若战前擂鼓。

这时从竹筒中爬出几十只蜘蛛，先是鱼贯而出，继而分成两队，好像两军对垒一样。王固每次击鼓如同指令，这些蜘蛛要么三只一组，要么五只一组，就随着鼓音变换队形——天衡阵、地轴阵、鱼丽阵、鹤行阵，令人眼花缭乱，关键是还能进退有据，就是真的军队也有所不及。如此变化的阵形有几十种，演练之后，小蜘蛛们慢慢再回到竹筒里去了。

曾叔政看得目瞪口呆，真是奇人绝技啊，赶紧去跟于頔禀报，还在说的时候，王固已经走了。于頔后悔不迭，到处让人寻找，但终究是找不到了。

崔郊深爱姑母的一个美貌婢女，但是这个婢女被姑母卖给了另外一个有权有势的大户人家，崔郊含泪写了四句诗：“公子王孙逐后尘，绿珠垂泪滴罗巾。侯门一入深如海，从此萧郎是路人。”没想到这诗成了爆款，很快被大户知道了，大户就把婢女叫来，问明情况之后将婢女赠予崔郊，成就了一段佳话。这个大户就是于頔。

于頔是宪宗朝的宰相之一，他喜欢延接奇士，以此招揽名声，曾经有道士想把匡庐山买下来修行，就遣小道童来找于頔，狮子大张口，要一百万钱，于頔二话没说就给了。

据《新唐书》记载，于頔出身世家，祖上是北周太师于谨。于頔虽然能干，但是为官雷厉骄横，德宗还算庇护他，到了宪宗上台之后，对他很不待见，于頔也有所收敛，但终究难以扭转宪宗的看法，后来于頔的儿子于敏杀了人，宪宗没有袒护，把于敏杀了。

叁　神技

南康郡王韦皋帐下有一位猛士，名叫张芬，此人膂力过人，能举起七尺长的石碑，徒手定住双轮水碾，有次在福感寺踢球，他一脚把球踢到半塔高。

他能拉五斗弹弓，这种弹弓非同寻常，材料用的是特殊培育的竹子。首先挑选向阳生长的巨型竹笋，编织一个竹笼罩住它，随之生长，然后用土掩埋，只露出地面上寸许长的高度。等到竹笼离地差不多四尺了，就停止培土，让竹子随意生长。到了深秋，去笼伐竹，这样的竹子，一尺有十节，色如黄金，非常强劲有力，张芬就用这种竹子做弹弓。

他曾经把墙涂抹整齐，一丈之外，用弹弓弹出“天下太平”四个大字，字体端严，好像手写的一样。

德宗建中初年，有位姓夏的河北道军将，孔武有力，能拉数百斤的弓。他在球场玩耍，把十多枚铜钱垒成一摞，然后骑马奔驰，用击鞠杖击打，每击打一次，一枚铜钱就能飞出六七丈远，其他铜钱屹立不倒，技艺精妙如此。

他还在新涂抹的墙上插上荆刺数十根，然后于一丈开外投掷煮烂的豆子，每一颗豆子都能准准地穿到荆刺上，百发百中。

他还有一个本事，可以骑在快马上写字，写一页纸没有问题。

肆　驭物

宪宗元和年间，江淮有一个术士叫王琼，曾经住在段君秀家里。有次宴席，王琼要露一手，他让在座的宾客随意取一片瓦，画上一只乌龟，放在怀里，吃完饭再取出来，这瓦片就变成真乌龟了，放在庭院中，还会沿着墙根西行。过了一个晚上，这乌龟就又变成瓦片了。

他还曾经把一个花骨朵密封在容器里，早上一打开，里面是一朵花。

元和末年，均州郧乡县（今湖北郧县）有一个百姓，七十多岁了，养了十来只水獭。这老人平常捕鱼为生，两日一捕。捕鱼之前，先把水獭关在深沟水渠里，让它们饿着，然后再放出去，它们就嗷嗷地捕鱼去了。

这样捕鱼，不用罗网，非常轻松，捕的鱼还一点儿也不少，每次捕完后，老人拍手召唤，这些水獭就乖乖地回来，围绕着他的膝盖磨蹭，温顺得好像看家狗一样。

户部郎中李福亲眼所见。

伍　奇画

代宗大历年间，有一个南方术士，四处云游，走到荆州陟屺寺，借住在此。这人好酒，很少有清醒的时候，大家也不大理会他。有次寺中举行大斋会，来了几千人，非常热闹。术士突然发声：“投珠掷瓦的游戏有什么好玩的，我有一项绝技，比这个有意思。”

他拿来一个器皿，盛上水，又把几种颜色混在里面，然后扎了个马步，在脸上胡乱抓挠，嘟嘟囔囔祝祷了几十句，然后用口吸水，喷在墙上，竟然就成了一幅《维摩诘问疾变相》，五色鲜艳，就好像画上去的一样。

过了大半天，颜色慢慢变淡了，到了傍晚，图画几乎不可分辨，只有维摩诘头上的头巾，还有佛陀大弟子舍利弗袈裟上的一片花还在。两天之后，这些印迹依然在。

寺里和尚惟肃跟我说起过这事，只是他忘记这个术士的名字了。

根据佛经故事创作的绘画作品称作“变”或者“变相”。《维摩诘问疾变相》讲述的是《维摩诘经》的故事，整个《维摩诘经》就讲

了一件事，就是文殊菩萨带人去看望生病的维摩诘的故事。

维摩诘是佛陀的弟子，某次他生病了，佛陀让弟子们去看望他，没一个人肯去，因为维摩诘平常喜欢用佛法怼人，他伶牙俐齿、学问深厚，常常怼得对方哑口无言。所以大家都觉得维摩诘这次生病是假，想教育人是真，去了也是自讨没趣，所以没一个弟子肯去。

佛祖一再询问，最后文殊菩萨出列，答应前去看望维摩诘。文殊菩萨是佛陀弟子中公认最有智慧的，大家觉得这下有热闹看了，刚才还没人肯去，现在跟着文殊菩萨前去看热闹的菩萨、天女、天王等等有上万。

文殊带着一大堆人去探望维摩诘，一见面，双方就开始了唇枪舌剑，上演了一场惊天地泣鬼神的佛学辩论，精彩程度以至于要专门写一本经书来记载。

讲到兴致高昂的时候，维摩诘身边一个天女太兴奋了，撒下漫天花雨，有一片花瓣落在佛祖大弟子舍利弗的袈裟上面，怎么弹也弹不掉，舍利弗不开心，心想“说不过维摩诘，还说不过一个天女吗？”就首先发难，责问天女。但想不到这个天女口舌厉害，反唇相讥，舍利弗几轮下来就落了下风，最后舍利弗出了个阴招，问天女：“你是怎么回事？你前世做了什么，导致成为女身？”这下踩了天女的筋儿，一通女权意识爆棚的反击，从人情讲到佛法，锵锵锵说了好几百字，直说得舍利弗哑口无言，最后舍利弗举手投降，说：“我错了我错了，女身色相，无所在也无所不在，这样行不行？”

这一段是《维摩诘经》的一个小高潮，所以凡画“维摩诘问疾图”，不能漏掉舍利弗衣上一花。

陆　难陀

这事发生在张延赏任剑南西川节度使的时候。

巴蜀有一个叫难陀的天竺僧人，这人通晓佛家变幻之术，能入水火、贯金石，变化无穷。

他刚刚入川的时候，身边带着三个妙龄女尼，四个人不仅同行，还经常饮酒狂歌，被戍川的士兵捉到，觉得这四人行为惊世骇俗，实在看不下去了，送到戍将这里来。

难陀说：“我是佛门弟子，会法术。这三个女尼，别看是出家人，但都擅长歌舞。”戍将一听，反而对他另眼相看，于是留他们大办宴席。晚上客人来了，大家豪饮。梵僧借来粉黛钗环，又给三个尼姑穿上吊带背心，戴上头巾，装扮成妙龄歌姬的样子。这三人顾盼生姿，眉目含情，真是绝世佳人。

喝得差不多了，难陀说：“给大人们踏歌一曲吧。”

于是这三名女子徐徐对舞，长袖翩翩犹如落雪，纤腰婉婉仿佛风柳，众人为之神魂颠倒。一曲过后，这三个女子依然舞蹈不已。难陀喝道：“是不是疯了？”拔出戍将的佩刀，上去就砍，大家都说，“和尚息怒，莫要冲动！”哪里还来得及，只见那三个尼姑早就被砍得血肉模糊，委顿在地。

戍将大惊，命令左右把和尚拿下，难陀笑了：“不要草率，看清楚了再抓。”说着慢慢扶起三个女尼，原来是三根竹竿，地上流的血也不过是酒而已。

又是一次宴席，这和尚喝得兴起，让人把自己的头砍下，长钉穿耳，将头颅挂在柱子上，整个过程没有流一滴血。难陀身子还坐在席上，酒送上来，就直接倒进裸露的胸腔里，竟然还能把自己喝醉，柱子上的头面红耳赤高歌不已，座席上的身子还跟着打节拍。酒席结束，和尚自己走过去把头取下来，重新安到肩膀上，看不出一点儿痕迹。

难陀常常预言吉凶祸福，只是说的时候禅锋深沉，跟谜语似的，过后大家才恍然大悟，无不应验。

成都的百姓竞相供养他，难陀厌烦得很，要走，大家就关上门不让他走。难陀径直往墙角走去，有人上去牵住他的僧衣，只见难陀一点点穿墙而过，只剩下这人手里牵住的一角袈裟，一会儿，连这个也不见了。

第二天，墙上就出现一个和尚的画像，跟他一模一样。画像的颜色日渐淡下去，七天之后，只剩下墨迹，第八天过后，连墨迹都不见了，这个时候难陀已经在彭州了。后来，再无人见过他了。

柒　李秀才

这事发生在宪宗元和年间。

虞部郎中陆绍常常去定水寺看望自己的表兄，他每次去都不空手，总带一些干果蜜饯、新鲜水果什么的，分给庙里的僧人。

这天陆绍又去了定水寺，大家坐在一起闲聊，因为陆绍跟隔壁的僧人也很熟，就让侍从去请。过了好一会儿隔壁的僧人才到，还带来一位李秀才。众人坐定，住持和尚吩咐弟子煮今年的新茶，奉茶奉了一圈，唯独没给李秀才。陆绍打抱不平说："为什么没有给李秀才奉茶？"

住持笑着说："这样的人也配喝新茶吗？喝陈茶就好了。"

隔壁和尚就说："秀才是有法术的人，座主不要轻慢他。"

住持不以为然，说："不学无术的东西，就轻慢又怎样？"

这时秀才忍不住了，怒道："我跟你素昧平生，你凭什么说我不学无术？"

住持说："整天找酒馆、看杂耍的人，有好东西吗？"

李秀才强忍胸中怒气，拱手跟在座的客人说："不好意思了，诸位，我今天要造次了。"

说完把手笼在袖中，放在膝上，叱责住持说："粗野和尚，竟敢如此无礼！拄杖在哪里？给我打！"住持房门后有一根拄杖，真就自己跳出来，追着打住持，在座的人纷纷帮他躲避，但是竹竿就从空隙间继续击打，好像有人手持的一样。

李秀才又斥道："把这和尚捉到墙角！"

住持就好像被人拎到墙根一样，背墙而立，脸色发青，气喘吁吁，他拱手作揖，一个劲地说饶命。李秀才不肯罢休，又发出指令说："和尚给我跌下台阶吧！"

住持果真踉踉跄跄滚落台阶，好像有人把他扔下去一样，刚要起来，又被摔倒，反复几次，直到头破血流。大家都为住持求饶。李秀才缓缓说道："今天看在诸位的面子上，就算了，让大家见笑了。"说完拱手而去。住持经过这么一折腾，半天说不出话来，好像中了邪一样，谁也不知道这到底是什么法术。

捌　脚力

元和末年，江苏盐城有一个送文书的脚力，名叫张俨，他要送文书进京，走到河南宋州（今商丘）的时候，遇到一个人，两人结伴同行。

这人说他打算晚上在郑州歇脚，跟张俨说："你这样行走太慢了，按我说的做，可以疾行几百里。"说完挖了两个小坑，每一个深五六寸，让张俨背对着小坑站立，两个脚后跟站在坑边，然后用针扎他的两只脚，倒是一点儿不痛。这人又从膝盖开始，反复捋张俨的小腿，竟然捋出满坑的黑血。这么一弄，张俨顿感腿脚轻便，才刚刚中午，就到了河南汴州（今开封）。

这人又提议说晚上留宿河南陕州（今三门峡），张俨觉得自己力不能及，这人说："你可以把膝盖骨卸下来，一点儿也不疼，当天就可以疾行八百里。"张俨觉得挺吓人的，婉拒了，这人也不勉强，说："我有事，晚上必须到陕州，那就告辞吧。"说完疾步如飞，一会儿就不见了。

玖　费鸡师

巴蜀有一位费鸡师，红眼睛，没有瞳孔，濮人。我在长庆初年见过他，当时他已经七十多岁了。

这位法师每次为人化解灾难时，必在中庭用一只鸡设祭——这大概就是大家管他叫费鸡师的原因吧——作法的时候，他取一块鸡蛋般的江石，让病人握着，然后踏罡布斗，运气叱咤，只见那鸡扑腾扑腾就死了，病人手里的江石也四分五裂。

我家的用人永安一开始不信这一套，费鸡师对他说：“你最近有大灾。”又掏出一个符咒，团成丸子逼他咽下，接着脱了永安左脚的鞋袜一看，符咒平平整整画在他脚心了。

还有一次，费鸡师对我另一个用人沧海说：“你要生病。”他让沧海光着上身靠门而立，他自己在门外反复画符，一边画一边大喊：“过！过！”墨迹就透过门板画在沧海的后背上了。

拾　蛇行

长寿寺僧人神侃时说过一件奇事，他当年在衡山的时候，碰到一个村民被毒蛇咬了，当场死亡，头发脱落之后，发现头上肿起一个一尺多高的大包。

这人的儿子赶到，只说一声：“昝老要在就好了。”说完掉头走了，想是去请昝老了。不一会儿，昝老来了，他先用草灰把尸体围起来，只开了四个缺口，自言自语说：“如果蛇从脚底的缺口进来就糟了，我也救不了。”

说完开始作法，只见他踏罡布斗，握固运气，好一阵忙活，但半天也没有蛇来。昝老很尴尬，气鼓鼓地取来几升饭，捣烂摆成蛇的样子，口中念咒，这条饭蛇竟然就活了，扭动着就出了门。

不多会儿，饭蛇引来一条蛇，这蛇从死者头顶那个缺口进来，去吸吮头上的大包，大包一点点缩小，蛇浑身起泡，缩成一团死掉了，死者反而活了。

拾壹　张七政

王潜任荆南节度使的时候，当地有一个百姓叫张七政，这人擅长治疗跌打损伤。有一个军人伤了小腿，请张七政医治，张七政说："简单。"他让军人喝下药酒，然后割开小腿，取出一片碎骨，有两指大。张七政给军人涂上药膏，包扎好，几天之后就痊愈了。

过了两年多，军人突然感到小腿疼，去问张七政。张七政说："上次给你取出来的那根碎骨呢？它如果受寒，你就会疼，快找找。"果然在床下找到了。张七政让人用热水清洗了碎骨，包裹在棉絮中，军人的腿竟然就不疼了。

张七政有次跟王潜府上的公子们玩耍，大家请他作个法术，张七政就取来一捧马草，反复揉搓，那些碎屑就变成灯蛾飞走了。

张七政还曾经在墙上画了一个妇人，斟满一杯酒给她，这妇人接过酒一饮而尽，一滴不剩，一会儿工夫，脸就红了。再过了半天，壁画颜色潮湿，竟然剥落了。

张七政的法术精妙如此，但始终不肯传给其他人。

拾贰　妖贼

韩佽在桂州（今广西桂林）的时候，当地有一个妖贼叫封盈，会些妖术，能布下好几里的浓雾。

封盈没得道之前，有次行走野外，看到几十只黄蛱蝶翩翩飞舞，封盈前去追赶，追到一棵大树下，蛱蝶消失了。封盈就在树下挖掘，挖出一个石盒，里面有手臂大小的一卷道书，他修习了其中的道术，最终练成旁门左道。

但周围的百姓都信奉他，一时拥趸云集。封盈曾经口吐狂言："某日，我要攻桂州城，如果当天有紫气出现，说明我一定会赢。”

到了那一天，果然紫气凸显，如布匹一样，从山顶一直蔓延到州城。民众莫不惊叹，突然有股白气冲天而起，逼得紫气慢慢消散，接着漫天大雾，到了中午才放晴。当天州府衙门的树枝上落下麦粒大小的铜佛像，不计其数。

那一年韩佽死了。

韩佽，是一代名臣韩思复的曾孙，曾出任桂州观察使，他为官清廉，刚正不阿。桂州天高皇帝远，治安并不好，韩佽到了桂州之后打黑除恶，抑压豪强，颇有作为，可以想见得罪了不少人。文宗开成二年（837），韩佽暴死在桂州任上，死因成谜。

文中的白气冲天，象征着韩佽所代表的正义，紫气如匹，自然就是当地的黑恶势力。这一回合，正方胜，但是同一年韩佽身亡，可见恶势力也是相当嚣张。

拾叁　拔白

海州（今江苏连云港一带）司马韦敷，有次去嘉兴的路上遇到了希遁和尚，希遁和尚精通养生术，还会一些道家法术，能治病。韦敷头上有白发，正要拔，希遁和尚阻止他说：“今天不适合拔白发，我挑一个日子给您拔吧。”

五六天之后，希遁和尚说：“可以拔了。”但只拔了一半，再生的头发颜色黢黑。希遁和尚这样拔了三次，韦敷就再也不长白发了。

当时在座的宾客也有人希望希遁和尚可以帮他拔，和尚说：“现在时辰稍微差一些。”那人执意要拔，和尚只好替他拔了，果然，再长的毛发带绿色。

他的养生术就是这样的奇妙。

拾肆　文丈

大家都说石旻会奇术，我在扬州数年，差不多不到十天就跟他见一面，并不觉得他有多神奇，他预测的事情，八九不中，我家人头疼脑热，吃了他的药也不见效。到了文宗开成初年，亲朋故友开始把他吹得神乎其神。

盛传宝历年间发生过这样一件事，石旻跟随钱徽尚书到湖州，就在湖州学院任职，学院的子弟们都管他叫“文丈”。有一次，钱徽的两个儿子可复、可及兄弟俩想吃兔肉汤面，当时正值盛夏，猎了好几天才抓到兔子，就请石旻一起来吃。

石旻笑着说：“把兔皮留给我吧，我用来记一件事。”

他把兔皮钉在地上，又垒砌土砖涂抹一番，在上面用朱笔画了一道符，喃喃自语说：“可恨太迟了，太迟了，改不了了。”

钱氏兄弟问他怎么回事，石旻说：“我想跟诸位一起记住卯年。”

到了大和九年（835），钱可复在凤翔遇害，这一年正是乙卯年。

拾伍　竹器

江西（江南道西，在今天云贵一带）有个人擅长编竹器，几节竹子就能编成器具。还有个人叫熊葫芦，说他踢葫芦比蹴鞠还容易。

拾陆 法咒

厌盗法：初七这天，抓九只老鼠放在笼子里，在地上挖一个大坑，称九百斤的土把笼子埋上，要求上下左右各深二尺五寸，然后夯实填牢，此咒可以防盗。

避鼠法：《杂五行书》里说，“用邮亭附近的土来涂抹灶台，家里就不会有水火之灾，也防贼。用来涂抹屋子四角，老鼠不吃蚕；涂抹谷仓，老鼠不吃粮食；如果能直接用来塞老鼠洞，老鼠一家就会灭绝了。”

雍益坚说：“经常背诵‘主夜神咒’有功德，不怕走夜路，还不做噩梦，咒语就一句话，‘婆珊婆演底’。”

宋居士说：“掷骰子的时候，念咒语‘伊谛弥谛，弥揭罗谛’，念满一万遍，想要几点来几点。”

主夜神是佛教神祇，他们的主要任务就是引领芸芸众生，让他们免于黑暗的恐惧，出自《华严经》。诸多主夜神中有一位名叫“婆珊婆演底”，多颂他的名字，晚上可以睡个好觉，甚至做个美梦。这个咒语在宋代的《夷坚志》和清代的《阅微草堂笔记》中都有出现过。

“伊谛弥谛，弥揭罗谛”是梵文，翻译成中文就是“心想事成”的意思。佛教的咒语一般来说没有很强的功利性，佛家主张向内的力量，讲究由改变自我而改变世界。教义进入民间难免世俗化，强行添加了很多功能。其实梵文咒语念一万遍最大的功效就是心情平静吧，于是输赢也就不会放在心上了。

拾柒　江龙

重庆的云安盐井，距长江分流三十里远。这三十里分为两个部分，靠近云安的十五里江水平缓，江面如镜，船只来往平安；靠近长江的十五里就不一样了，全是险滩，航行非常困难，这一段路程全靠云安当地的劳工辛苦搬运。

险滩不平，传说是因为江龙在作祟，天师翟乾祐同情来往商旅的辛苦，决心为他们改变现状。于是他在汉城山上结坛作法，召集这十五里的群龙。顷刻之间，共有十四处险滩的龙化作老人赶来，翟天师跟他们诉说险滩之害，让他们回去把险滩弄平。这些龙都同意了，当天晚上电闪雷鸣，早上起来，这十四处险滩都变成了坦途。但是还剩下一处险滩没变，就是这里的龙缺席会议。

翟天师大怒，又登坛作法，严令追讨，过了三天，这里的龙变成女子前来。

面对翟天师的叱责，龙女侃侃而谈："我之所以不来是有原因的，其实是为了帮天师广济善缘。现在富商大贾们都财力有余，而搬运劳工们都穷困委顿。特别是云安的贫民，有好多是靠在江口搬运货物来养家糊口的。现在险滩变成坦途，来往船只可以轻松进入云安，这些搬运劳工以后的生活就没有着落了，所以，我宁可留着险滩让劳工们有口饭吃，也不想一路顺畅，因为这只会方便了来往富商，这就是我没有听您的话前来的道理。"

翟天师觉得她言之有理，于是命令那十四处龙恢复原貌，群龙只好又折腾了一宿，又打雷又打闪的，险滩恢复成跟从前一样了。

天宝年间，玄宗皇帝下诏让翟天师进京，对他极为恩宠，过了一年多，翟天师离开长安，回到故乡寻仙求道去了。

江龙

拾捌　一行

玄宗皇帝召见高僧一行，问他："大师有何本领？"一行说："就是记性比较好吧。"玄宗让掖庭官员取来宫人的户籍名册，一行看了一遍，合上卷本开始背诵，一字不差，好像早就背好了一样。这么背了几页之后，玄宗不由得走下御榻向他施礼，称呼他为圣人。

当年，一行初入佛门时，师从嵩山的普寂禅师。普寂有次在寺庙设斋宴，召集远近的佛门弟子，一时之间，应者云集，数百里之外的人都赶来了，竟然有一千多人。当时嵩山里有一位隐士，叫作卢鸿，学问渊博，道行高深，普寂禅师就请卢鸿为大会做一篇文章。

那天，卢鸿带着写好的文章前来，普寂禅师接下文章，放置在案几之上。钟鸣梵罢，卢鸿过来找普寂说："我做的这篇文章有数千字，用字生僻，可以从众弟子里选择聪颖之人，我亲自指导背诵。"普寂禅师于是喊一行前来，一行拿过文章，只看了一遍，就把文章重新放回案几。卢鸿觉得这个和尚轻狂粗率，心里不大高兴。

一会儿，所有人都在大堂上聚集，一行振衣而起，高声背诵卢鸿的文章，声音雅健，一字不漏。卢鸿大吃一惊，良久才跟普寂说："此人聪慧，不是大师您能够教导的，应当任由他游学天下啊。"

一行于是遍访名师，决心穷尽算术变化之术，曾经不远万里来到天台山国清寺。这个寺院非常幽静，门口流水潺潺，水边有古松数十株。

一行站在大门与影壁之间，正要进院，听到院子里扑簌有声，有人在摆弄算筹，又听到一位大和尚跟弟子说："今天有位弟子要来跟我学习筹算之法，应该到门口了，没人通报吗？"又拿去一个算筹说："门前流水改向西流淌了，说明这人已经到了。"

一行听到这里，应声而入，拜倒求学，尽得大师真传。而门前的流水本来是向东流的，那天忽然改为向西流了。

邢和璞曾经对尹愔说："一行是圣人吧？汉代洛下闳作《太初历》的时候说，'这个历法八百年后会差一天，到时候，会有一位圣人出来重新校订。'到现在为止，八百年到了，而一行造《大衍历》正好纠正了这个误差，洛下闳的预言实现了。"

一行曾经造访道士尹崇，向他借阅扬雄的《太玄经》，几天之后来还书。尹崇说，"这书意旨高远，我看了几年了，还没完全明白，你可以多研究些时日，不用着急归还。"一行说："我已经全看完了。"说完拿出自己撰写的《大衍玄图》和《义诀》给他看，尹崇看了之后大为折服，说："这个后生就是颜回转世啊。"

开元末年的时候，裴宽任职河南尹，他深信佛法，以师礼敬奉普寂禅师，每天早晚造访。有一天，裴宽又去造访普寂禅师，普寂说："今天我有些事情，不能陪您了，请稍作休息。"

裴宽于是来到隔壁一间空室，屏息而坐，但见普寂禅师打扫正室，焚香端坐，好像在等什么人。一会儿工夫听到叩门声，门外一迭声地说："天师一行和尚到了。"

接着，一行进来，与普寂禅师互相施礼，施礼之后，一行贴在普寂耳边悄悄说话，普寂禅师面色凝重，连连点头，一迭声地说："没问题、没问题。"说完两人又施礼，施完礼又耳语，这样接连三次，普寂禅师只是不停地说："是、是，没问题。"

一行说完，就走下台阶，去了南面的屋子，把门窗都关上了。普寂禅师缓缓跟弟子说："去敲钟吧，一行和尚灭度了。"左右赶紧进屋查看，果然，一行圆寂了。后来裴宽换了葬服，徒步送一行的棺椁出城。

第四卷

咫尺仙凡

壹　五行

民间忌讳五月上屋顶，据说，五月魂魄跟肉体若即若离，如果这个时候在屋顶上看到自己的影子，那么魂就会离身而去。魂去一部分，人便生病；魂全去了，人就死了。

陶弘景说，“辱金”指的是那种陪过葬，或者做过钗钏、夜壶的金子，这种金子不适合再跟其他金属合炼。

陶弘景：南朝梁武帝时人，号“华阳隐居”，所以在原文中，段老称呼他为“陶隐居”。

陶弘景是当时了不起的人物，他开创了道教上清派，这一派主要吸收受过高等教育的社会精英，在修炼方法上，重精神修养，不注重符篆丹药，排斥房中术。又因为陶弘景隐居江苏茅山，所以这一教派也被称作“茅山派”。

陶弘景本人精通天文历法、医药养生和冶炼技术等等，是个全才，梁武帝非常看重他，常常写信向他询问国策，所以陶弘景也被称作“山中宰相”。

陶弘景性格跟段老有些像，奔放不羁，爱自由，除了宗教学术著作之外，他还写了一本闲书《古今刀剑录》，专门记载从夏启到梁武帝时期帝王所铸的神刀利剑。不仅如此，作为精通冶炼术的道士，他还亲自打造了两把好刀献给梁武帝，一把叫“善胜”，一把叫“威胜”，梁武帝把刀赐给了自己第七个儿子萧绎，也就是后来的梁元帝，萧绎还专门写了一篇《谢敕赉善胜威胜刀启》答谢。

炼铜的时候，可安排童男童女各一，他们负责用水浇铜，这样炼的铜自然就会分成两部分，有凸起的那部分是“雄铜”，有凹陷的是“雌铜”。

做饭的时候如果水怎么煮都不开，那是因为有个小猪一样的东西藏在锅底，把它赶走就可以了。

炉灶如果无缘无故潮湿，那是因为名叫“钩注”的红蛤蟆住在灶里，把它赶走就好了。

人喝酒之后，如果脸发青，说明肝气弱；如果脸发红，则说明心气弱。

脉旺的人，一发怒就会脸发青；骨旺的人，一发怒就会脸发白；血旺的人，一发怒就会脸发红。

“怒而色变”这一说法最早见于“荆轲刺秦王”的故事中。秦汉时期成书的《燕丹子》中记载，战国纷乱，诸国苦于秦国强盛，担心他灭六国统一天下。燕太子丹问策于燕国豪士田光，田光献计说：“最好的办法就是把秦王杀了。”太子丹就请田光帮他挑选刺客，田光说：“我平常偷偷相面，发现太子门下，无可用之人。比方说，夏扶，血勇之人，怒而面赤；宋意，脉勇之人，怒而面青；舞阳，骨勇之人，怒而面白。我知道一人，名叫荆轲，这人是神勇之人，怒而色不变，太子用他可成大事。”

山区男孩多，湖泽地区女孩多。水乡哑巴多，风大的地方聋人多。林区驼背多，石区壮汉多，艰难险阻的地方大脖子病多。

暑热的地区多残疾人，寒冷的地方多寿者。峡谷地带多肢体麻痹的人，丘陵地带多瘦弱的人。平原地区出仁义之士，偏僻深山出贪婪之人。

贰　养生

身体之神与器官之神，各有异名，比方：脑神也叫“觉元”，发神也叫“玄华”，目神也叫“虚监”，鼻神也叫“冲龙玉”，舌神也叫“始梁”。

学道的人，要会“叩齿”，用以驱邪避凶，召唤天神。

叩齿之法：左边牙齿相叩叫作“叩天钟”，突遇凶恶之事用这招；右边牙齿相叩叫作“搥天磬”，野外碰到邪神时用这招；中间的牙齿相叩叫作“鸣天鼓”，呼唤众神以助修行时，用这招。

叩齿有固定次数，或三十六，或三十二，或二十七，或二十四，或十二。

玉女以黄玉为痣，黍米大小，长在鼻子上，有此痣的是真神女，凡是没有痣的，都是冒牌货，是鬼怪派来试探人的。

进山有忌日：大月忌三日、十一日、十五日、十八日、二十四日、二十六日、三十日；小月忌一日、五日、十三日、十六日、二十六日、二十八日。

凡是在忌日进山的人，或者所求不得，或者所做不成，或者被山神戏弄，或者碰到狼虫虎豹。

凡是梦到五脏的，预示着要得五谷：梦到肺得麻，梦到肝得麦，梦到心得黍，梦到肾得豆，梦见脾得粟。

叁　学仙

凡是学仙的人，不能面向北方理发、脱衣、唾骂以及大小便。

学仙之人，每月初一不要生气。

学仙之人有诸般忌讳：三月三日不吃草心，四月四日不伐树木，五月五日不见血物，六月六日不动土，七月七日不思恶事，八月四日不买鞋履，九月九日不换床席，十月五日不责骂人，十一月十一日须沐浴，十二月三日须斋戒。这些禁忌戒律都要好好遵守，三官之神时刻都在告察，一旦有违，会被罚以重罪。

凡是修仙的人，不可叩头，一叩头就会倾倒九天之神，也会颠覆脑神的泥丸宫，天帝会在上丹田号叫，太乙神会在中丹田哭泣。但是，需要叩头怎么办？只要心存叩头的意愿就可以了。

拔白头发的日子也很有讲究，这一天称为“老子拔白日”，分别有：正月初四，二月初八,三月十二日，四月十六日，五月二十日，六月二十四日，七月二十八日，八月十九日，九月十六日，十月十三日，十一月初十，十二月初七。

学仙

肆　太清外术

南朝陶弘景写过一部成仙秘诀，名叫《登真隐诀》，里面记载了一些太清外术：

把活人的头发挂在树上，乌鸦鸟雀就不敢过来啄果实。

瓜如果有两个根蒂两个尾蒂，吃了会中毒身亡。屋檐水滴过的菜有毒，如果滴到堇黄花和赤芹上就会有剧毒的，吃了会死人。

瓠瓜瓜苗如果被牛踩了，结的瓜就会苦。酩酊大醉的时候不要躺在麦秸上，否则出汗会掉光眉毛和头发。孕妇如果吃了干姜，肚子里的胎就会消融。十月份的时候吃了霜打的菜，会让人面色无光；三月份的时候不能吃腌菜。

被长脚蜈蚣咬了之后，可以用蓑衣结来医治。井口边的草，可以用来医治小儿半夜啼哭，只要把草偷偷放在母亲的卧席之下就可以了，但不能让她知道，知道了就不灵了。船底的青苔可以治疗瘟疫。寡妇睡过的藁草结可以治疗小儿霍乱。自杀上吊的绳子可以用来治癫狂。孝子衣襟烧成的灰，做成面膜可以美白。

门东的鸡栖木烧成灰，可以治疗失语。菜板的污垢能腐蚀鞋底。用古棺木做琴底，能让琴声合阴阳，通神明。

鱼的眼睛如果有眼睑，还会眨，说明肚子里有连珠。如果两个眼睛不一样，鱼鳞连成片，鱼鳍色白，或者鱼腹下面有红斑，这样的鱼都不能吃，吃了会死人。乌龟如果眼睛发白，或者腹部下有红斑，或者红线呈“十”字的，都不能吃。螃蟹腹部有毛的，吃了也会死人。

用桑枝去烧蛇，蛇就会露出脚。任何兽类，如果尾巴分叉，都不能吃，吃了害人。鹿身上有豹子一样的斑点，或者羊的心脏有窍孔，也不能吃，吃了害人。

五月之后，服用“马夜眼”这种药会死人。狗如果悬着蹄子，也不能吃，有毒。白马鞍下的肉，吃了会伤人五脏。

鸟儿死了不闭眼，鸭子眼睛发白，乌鸦有四个爪距，蛋上有八字纹的，这些也不能吃，吃了会死人。

凡是鸟儿飞到人家里，它嘴里肯定有异物，应当帮它拔出来把鸟儿放了。

水中有赤脉，这个赤脉不能断。井水如果冒泡，不能饮用。酒水如果浑浊照不出人影，就不要饮用。

蛇中最毒有两种，一种叫“蝮蛇”，一种叫“青蝰蛇”。蛇发怒的时候，头尾最毒。

凡是坟墓和深井，秋夏时节最易散发毒气。这时如果非要进入，可以先扔鸡毛下去，毛如果垂直下去，就说明没有毒，毛如果是打着旋儿地落下去，就说明有毒，先用几斗醋浇下去，然后才能下去人。

琉璃，是上千年的冰炼化成的。想要雕刻琉璃和玛瑙，先用自然灰煮它，让它变软，然后就可以雕刻了——自然灰产自南海。

玛瑙，是鬼血所化。

《玄中记》说，枫树的树脂埋进地里就成了琥珀。

《世说新语》里说，琥珀是桃胶沉入地下所化。

《淮南子》说，菟丝才是琥珀的苗子。

伍　月影

传说月亮中有桂花树，还有蟾蜍，异书上也有记载，月桂树高五百丈，树下有人不停在砍树，随砍随合，这人姓吴名刚，西河人，据说学仙时犯下过错，被罚在这里砍树。

佛经中有言，世界中心是座大山，名为“须弥山”，日月星辰在半山腰绕行。须弥山之南有棵巨大的阎扶树，月亮从树边过的时候，树影映入月亮，所以月中有树影。也有人说月亮中的蟾蜍和桂树不过是大地的影子，空白处是水的倒影，这种说法比较靠谱。

须弥山是佛教的重要概念。佛教认为，须弥山有二十个地球那么高，是我们这个世界的中心，人类居住的地方就在须弥山脚下的南赡部洲，其他地方住的是妖魔鬼怪、佛祖神仙、罗汉夜叉、天女天王等。

陆　摘星

大唐高僧一行，自幼博览群书，无所不知，尤其擅长天文历法，推演术数。这人聪敏无比，又刻苦向学，当时的学者莫不认为他学问之深，深不可测。

他幼时家贫，邻居有个王姥姥可怜他，前后周济他数十万钱，一行念念不忘，总想着报答王姥姥。

开元年间，一行得到玄宗的赏识，对他言听计从，这时王姥姥的儿子犯了命案被抓，案子还没有最后了结，王姥姥找到一行求救。

一行颇感为难，他说："姥姥如果要金银财宝，我一定十倍相赠，但是如今天下法度严明，皇上又是依法办案，我实在难以徇私求情啊。"

姥姥指着他大骂："我儿子命在旦夕，你却什么都做不了，我认识你这个和尚有什么用啊？"

一行只好不停地道歉，姥姥拂袖而去，看也不看他一眼。

一行也很郁闷，想了好几天，心生一计。浑天寺中有工役数百，一行命他们空出一间房来，在里面放了一个大瓮，又秘密挑选了两名可靠的奴仆，交给他二人一个布袋，嘱咐说："在某坊某角有个废弃的园子，你们中午时分藏在那里，到黄昏前，会有东西进来，一共七个，全都抓起来，不可走丢半个，否则回来受罚。"

奴仆按照他的吩咐潜伏在园里，傍晚，果然有一群东西出现，原来是一群小猪，于是张开口袋，一个不少地都给抓了回来。

一行让人把这七只小猪放在瓮里，用木盖盖好，还用道家的六一泥封住，依然不放心，又画了一道朱符贴在上面，弟子们都猜不透他到底要干什么。

次日一早，宫中来了传令官，急召一行进宫。刚到偏殿，玄宗就迎上来问："大事不好了，太史奏说昨夜北斗七星不见了，好端端的，这是何征兆？高僧有何高见？"

一行说："北魏时，火星曾经消失过，但是北斗七星全都不见了，闻所未闻啊，这是大警告。一般来说，百姓不安，流离失所，就会有严寒酷暑出现，这次竟然七星都不见了，只有皇帝的盛德大治，才有可能破解，而最大的盛德，应该就是收葬枯骨和释放囚犯了。佛法常说：'瞋心坏一切善，慈心降一切魔。'以臣之见，不如大赦天下。"

玄宗于是大赦天下，王姥姥的儿子自然在赦免之列。当天晚上，太史就报，北斗七星出来一个啦！这样过了七天，一天一个，七个都出来了。

北斗七星难道是猪？此事听来匪夷所思，但是流传很广，所以只好记在这里了。

"玄武门事变"之前，唐太宗犹豫不决，请人在家算卦占卜吉凶，张公瑾从外面进来汇报工作，正撞上巫师在烧龟壳。张公瑾从巫师手中抢过龟壳投掷于地，进言说："难以决定的事情才需要借助占卜，现在这事是板上钉钉，还占卜什么？如果占卜为凶，难道还要取消整个行动吗？"唐太宗深以为然。张公瑾后来被封邹国公，画像进凌烟阁，这个张公瑾就是僧一行的太爷爷。

张家到了武则天时代就已式微，一行姓张名遂，自幼喜欢历法和阴阳五行，后剃度为僧，法名一行，专心研究佛教和天文数学。唐代一直沿用汉朝的历法《太初历》。开元九年（721），接连几次预报日食不准，玄宗皇帝认为需要改善目前的历法，命一行主持修编新历法。开元十五年（727），一行编纂成功《大衍历》，经过检验，《大衍历》比唐代已有的其他历法都更精密。

一行聪明绝顶，多有建树，本书中多次记载他的传奇故事，可惜寿命不长，《大衍历》完成当年圆寂，享年45岁。

柒　息乐

顺宗永贞年间，长安东市有个叫王布的富商，读过书，又乐善好施，来往商旅行人多客宿他家。他有个女儿，十四五岁，漂亮聪明，但是生了一个怪病，两个鼻孔各长一条息肉，像皂角一样垂下来，息肉的根部如同一缕麻线，一寸多长，轻轻一碰就痛彻心扉。

本来如花似玉的姑娘，这下连人都见不得了，王布为此忧心忡忡，四处求医，花钱好几百万，可是半点不见好转。

有一天，有个天竺和尚到门口化缘，问王布："听说令爱患有怪病，能不能让我看看，我可能会治。"

王布大喜，赶紧把女儿叫出来，僧人拍着胸脯说，"这病不难，贫僧能治。"说完拿出一些白色药粉，吹到女孩的鼻孔里。只见息肉渐渐萎缩，用手轻轻一摘就取下来了，整个过程一点儿也不疼，只是出了些黄水。

王布喜不自胜，拿出真金白银答谢和尚，天竺和尚摆手说："我是修行之人，不受人厚重布施，就把这两块息肉给我吧。"王布虽觉得奇怪，但还是答应了他，僧人小心收好息肉，绝尘而去。

王布以为碰上了圣僧。僧人差不多走了五六坊的时间，又来了一个少年，美如冠玉，骑着白马来敲王布的门："可有个外国和尚来过吗？"王布赶紧命人把他请进来，详细告知和尚的事情，少年听了长吁短叹："我的马稍微扭了蹄子，来迟一步，竟然让这和尚占了便宜。"

王布惊讶追问，少年说："天帝走脱了两名乐神，最近才得知藏在令爱的鼻孔里，我也是仙人，奉天帝之命下来捉他们两个回去，不想被这个僧人抢了先，我回去免不了要被惩罚的。"

王布赶紧施礼，再一抬头，少年已不见踪影。

长安城朱雀门到明德门这条宽阔大道叫作朱雀门大街，宽达 155 米，相当于 45 车道的高速公路。以此为界长安城分为两县，东边是万年县，西边是长安县，取“万年长安”之意。整个城市有 109 个街区，称为“坊”。东西各设有一市场，分别为“东市”“西市”，面积均约 1 平方千米，市场四边都有一条 120 米宽的路以便人车通行。东市多是卖国内商品，而西市则更多外国货，我们今天常说的“买东西”，意思来自“去东西市买卖”。

捌　光蟾

穆宗长庆年间，有人八月十五晚上赏月，发现林中有道光直冲云霄，好像一匹布挂在天上，他前去探视，只见光源处有一只金背蛤蟆，这莫非就是月亮上的蟾蜍？工部员外郎张周封曾经提起过这事，但是忘了当事人的姓名。

玖　迷途

文宗大和年间，郑仁本有个表弟，忘记他叫什么了。且说这个表弟曾经与一个王秀才同游嵩山，两个人攀藤越涧，兴致勃勃，结果越走越远，迷路了。

天色一点一点暗下来，这两人也不知道自己到底到了哪里，只好在山里瞎转。突然听到树丛中有人打鼾，两人想：莫非是个当地人？正好打听一下道路。拨开荆棘，只见一个白衣人枕着包袱睡得正香，二人赶紧把他叫醒：“这位兄台，我二人迷路了，你知道官道怎么走吗？”

那人抬头看了他们一眼，翻个身接着睡，表弟和秀才再三请求，这人才坐起来："好吧好吧，我告诉你们吧。"

二人赶紧竖起耳朵，等着他指路，这人却显摆起来，他笑着说："你们知道月亮是七种宝物合成的吗？月亮圆圆像个球，表面有凸起，太阳照在凸起上，就形成了月亮的阴影，别问我为什么知道，有八万两千人修凿月亮，我就是其中一个。"

说着打开包袱，这就是个工具箱啊，里面有斧头也有凿子，还有两团玉屑饭，这人倒也大方，分给表弟和秀才说："你们吃了玉屑饭，就算不能长生不老，总可以百病不侵。"说完站起来，指着一条小路说："沿着这条路走下去，自然就走到官道上了。"

二人将信将疑，回头一看，这位修理月亮的人已经不见了。

拾　道隐

武氏子弟醉心政治，但是有一个例外，他就是武则天的侄子武攸绪。

他十四岁起，就躲在长安市井之中摆摊算卦，摆的是流动摊，每一处待上五六天就换地方。

后来武则天加封中岳嵩山，武攸绪就隐居嵩山，日常只服用赤箭、茯苓之类的丹药修仙，很多王公贵族馈赠礼物：鹿皮大衣、精致藤器……他统统不用，随手放置，任由上面积满灰尘。

到了晚年，他练得一身肌肉消尽，飘逸清癯，眼露紫光，白天能见日月星辰，还能听到数里之外的人语。

安乐公主出嫁的时候，中宗皇帝希望他参加表外甥女的婚礼，亲自下诏，他才勉为其难下山参加了婚礼。一到京城，皇亲贵胄排队上门结交，他除了礼貌性地寒暄之外，从不多说一句话，后来中宗封他为国公，但是他一心要回嵩山隐居修道，请辞不受，临行前中宗皇帝敕令学士们赋诗为他送行。

武攸绪是武家子弟中比较特殊的一个，他生于唐高宗永徽六年（655），就是在这一年，他的姑母武则天被册立为皇后。武氏一家渐渐权倾朝野，但是武攸绪自小就与众不同，虽然出身大贵之家，但他性格恬淡，与世无争。成年后，武攸绪被武则天封为安平王，但是他对权力斗争没有丝毫兴趣，最向往的事情就是修心求道。后来武氏一族为巩固权势，残酷打击李唐宗室，满朝清除异己，搞得风雨动荡，武攸绪决定眼不见心不烦，在武则天万岁通天元年，放弃一切官爵，进入嵩山隐居，这一年他 41 岁，这一隐就是 20 余年。

在此期间只出山两次，一次是他表弟中宗皇帝即位，另一次就是段老此处记载的中宗嫁女。两次出山时间都不长，这位贵族公子似乎对俗世有着难以言说的抗拒，哪怕稍有牵扯，就万般厌恶。

他因此躲过了所有政治上的血雨腥风，一直活到玄宗时代，玄宗皇帝非常尊重他，特别下诏不许外人打扰他。开元十一年（723），武攸绪病死，享年 69 岁。

段老先生跟武家也有渊源，他的姥爷是中唐名相武元衡，武元衡的祖爷爷是武则天的亲叔叔武士逸，所以严格意义上讲，段成式与武则天有共享基因。

拾壹　戏君

玄宗御前有术士天团，罗公远是其中之一。玄宗跟他学习隐身之术，但怎么也学不好，老有那么一点儿隐不到，要么衣带，要么脚巾，非得露在外面不可。

玄宗问这是怎么回事？是不是你藏匿秘技不授？

罗公远倒是直言不讳："我确实不敢倾囊相授，这种把戏不过是雕虫小技，陛下身系社稷安危，本就不该学这种下术，我怕一旦陛下学会了，忍不住四处玩耍，一旦隐到寻常百姓家里，白龙鱼服，脱不了身就糟糕了。"

玄宗大怒，指着他大骂。罗公远就隐身到大殿的柱子里，也开始高声数落玄宗

道隐

的不是。玄宗命人把柱子劈开，罗公远又隐身到柱子下面的玉础里，继续骂。

玄宗叫人把玉础挪出来，玉础晶莹剔透，清晰可见罗公远就躲在里面，只有一寸多高。玄宗令人把玉础击碎为十几段，发现每段里面都有一个罗公远，这十几个罗公远晃得玄宗头晕目眩，玄宗只得向罗公远道歉，罗公远这才闭上嘴，倏忽不见了。

后来中使在蜀道上碰到了罗公远，他神色如旧，笑着说："替我向陛下道个歉吧。"

拾贰　邢真人

邢和璞这个人独得黄老之术，擅长心算，他写过三卷《颍阳书疏》，里面有各种精妙的算法，有人说这部书的草稿还在，但是我未曾见过。下面就说三则这人的奇事。

一则：

我听隐士郑昉说：有个姓崔的司马寄居在荆州，他与邢和璞有交情，有一段时间崔司马久病得快要死了，寻医问药也无济于事，崔司马想着自己和邢和璞的关系，心存一点侥幸：也许邢真人能救我。

邢真人果然来了。

一日，崔司马听到卧室北墙处有挖土的声音，难道是谁在装修？就派仆人去查看，仆人回来禀报说，没人挖土。但挖土的声音竟持续了七天，七天之后，墙上洞穿了一个小孔，栗子大小，有光透过来，崔司马问左右，大家都说，"大人莫非眼花了，什么也没有啊。"

又过了一天，墙上的小孔变大了，好像盘子一样，崔司马向外望去，可以看到外面的田野。有好几个人拎着锄头和铁锨站在洞口。崔司马问："你们为什么要凿我的墙？”

这些人回答说：“邢真人吩咐我们这么做的，司马大人你的灾病沉重，土格外难挖，险些没把我们累死。”

正说着，来了五六个开道的小差役，头戴平巾帻，身穿红衣，嘴里吆喝着：“邢真人到！”

只见邢和璞戴着白帢小帽，绶带飘飘，坐在车辇中好不潇洒，跟随的仪仗高举五明扇，车辇两旁又跟着数十个侍卫，在离洞口几步远的地方停了下来。崔司马心说我都要死了，你做这些排场给谁看啊？邢真人对崔司马说：“崔兄，我来迟了，我为你求情去了，你的阳寿已尽，我费心费力打通关节，终于为你延寿了十二年，自此之后你的病就好了。”

说完之后，墙上的洞不见了，一切好像没发生过一样，十天后，崔司马的病真就好了。

二则：

邢和璞曾经隐居终南山，他的仰慕者众多，好多人都在他附近盖屋居住，希望能跟着他学点儿道术，其中不乏当朝显贵。状元崔曙年轻的时候，也是其中的一员，那时候邢真人身边可谓名流云集，挑水砍柴的人都是权贵，崔曙只能算是无名之辈。

有一天，邢和璞跟徒弟们说：“过三五日会有一位特殊的客人来访，我要请客，你们每人准备一道菜。”

到了日子，大家准备好菜肴，邢和璞在亭子里摆开宴席，却不许大家参加，于是弟子们躲在屋子里，大气都不敢出。

邢和璞亲自下山迎客，只见来人身高刚刚五尺，体宽就有三尺，脑袋奇大，占了半个身长，穿一件宽大的红袍，横持象笏，睫毛又稀又长，脸色好像削了皮的瓜，一笑起来吹胡子瞪眼的，嘴角咧到耳朵根，真是丑出天际。但是他和邢和璞非常熟稔，两人高谈阔论，所说的多半不是人间内容。

崔曙在房间里待得气闷，忍不住出门溜达。正穿过庭院，这人盯着崔曙看了好久，回头问邢和璞说：“这不就是泰山老父吗？”

邢和璞说：“正是。”

客人叹道：“一世轮回而已，差别竟然这么大，可惜。”

傍晚，客人离开了，邢和璞把崔曙叫来问：“今天来的客人，是天帝的弄臣，他说你是泰山老父的事情，你还记得吗？”

崔曙流着泪说：“我小时候常听老人们说我是泰山老父的转世，但我自己完全不记得以前的事情了。”

三则：

房琯是唐代名臣，曾奉旨在安史之乱过后去灵武册封肃宗。这位权臣曾经去找邢和璞问命数，邢和璞说：“如果有天你从东南方往西北方而去，那就是你命数尽的时候了。你寿终的地方，不是驿馆也不是寺庙，不是途中也不是官署，你是因为吃鱼而死，最后用的棺木是龟兹板。”

房琯心想这都什么乱七八糟的。

后来房琯从寿州（江西）前往汉洲（四川）任职，卸任后，路过四川阆州，住在一所道观里，道观中正好雇了木匠做活，房琯看木头的纹理很奇特，就问道士，道士说：“这是龟兹板，是几个月前做买卖的香客布施的，准备用来盖间小屋。”

龟兹板？房琯一下子想起以前邢和璞说过的话，不禁一身冷汗，过了一会儿，当地刺史备了鱼宴，遣人过来请房琯赴宴。房琯暗自落泪：“邢君真神人也。”刺史询问，房琯就把事情的来龙去脉一一告诉了刺史，并请他到时候用龟兹板为自己做棺椁。当天晚上，房琯吃了鱼之后就发病身亡了。

拾叁　神谕

王皎先生颇会一些奇门怪术，但是他这人深藏不露。

天宝年间，他偶尔与朋友坐在庭院中乘凉，指着夜晚的星辰说："天下只怕要大乱了。"

谁想隔墙有耳，这句话被邻居听到，拿去打小报告，层层往上汇报，这事儿就捅到玄宗那里了，玄宗年纪大了，很忌讳这样的言论，亲下密诏要杀王皎。前去执行的人用镬头连砍了数十下才把王皎砍死，怎么这么费劲啊，打开脑袋一看，颅骨竟然厚达一寸八分。

王皎以前跟侍郎达奚珣有往来，等到安史之乱平息之后，忽然一天，王皎拄着拐杖，穿着麻鞋，出现在达奚珣家门前——原来这人没死啊，大家这才知道他不是一般人。

拾肆　翟天师

翟天师名叫翟乾祐，三峡人，身长六尺，快一米九了，手就有一尺多长，每次跟人作揖的时候，手都要超出胸前，晚上睡觉的时候不用枕头，脑袋悬在空中。到了晚年常常预言未来的事。有次在夔州（今重庆）的集市上大声嚷嚷："今天晚上有八人要来，大家小心呐。"

众人以为这道士疯癫，无人理会，到了晚上，夜起大火，连烧数百家，大家这才明白，"八人"原来是个"火"字。

翟天师每次进山的时候，都有虎群跟着，像小猫一样环绕左右。

翟天师有次与几十个弟子在江边赏月，有人问："月亮上究竟是什么样子的呢？”翟天师笑着说：“我指给你们看。”

说完伸出一根手指指着月亮，弟子们随着手指看去，大部分人看花了眼也一无所得，只有两个人所见异常，他们眼里的月亮渐渐变大，大到涨满半个天空，里面全都是琼楼玉宇，清晰可见，好不壮观，但是只看了一会儿，这一切就都不见了。

拾伍 灰袋

蜀地有个道士，平日里疯疯癫癫的，俗号灰袋，是翟天师晚年所收的弟子。翟天师经常跟其他徒弟说：“你们不要欺负灰袋，别看他傻乎乎的，但是他的本领，我也有所不及啊。”

有次下大雪，灰袋穿着布衫单衣上了青城山，傍晚来到寺庙里投宿，庙里的和尚说：“道长来得不巧，贫僧只有一件僧袍，实在没有多余的衣物御寒，天气这么冷，你半夜怎么办呐，岂不要冻死？”

灰袋说：“不用担心，我只要一张床就够了。”

到了半夜，果然雪深风起，和尚担心道士冻死，前去查看。走到离床还有数尺的地方，就感到热气腾腾，好像在蒸饭一样，再看灰袋，只见他赤身裸体，大汗淋漓，睡得正香，和尚这才知道这个道士不一般。第二天天还没亮，灰袋就不辞而别了，大概知道和尚窥探到他的法术了吧。

灰袋四处神游，经常借住在村落里，但是每次借宿一晚就走，不会超过两晚。

有一次他嘴里长疮，好几个月不能吃东西，看上去奄奄一息，就要死了，大家都知道他是有能耐的人，就设了道场，让他自己施法。斋醮刚完，灰袋站起来，对众人说：“现在看看我嘴里还有没有疮？”

说着把自己的嘴张开，竟然有簸箕那么大，大家凑前一看，五脏六腑历历在目。这是怎么回事？灰袋不回答，只是嘟囔着：“好恶心啊，好恶心。”从此不知所终。

这是我从成都郭采真道长那里听说的。

拾陆　仙仆

秀才权同休有个朋友，这人也是个秀才，他在宪宗元和年间落第，心情郁闷，就在苏州湖州一带散心，不巧患了病，身边盘缠也不多，就滞留当地，雇了一个村夫做仆役，差不多一年光景。

一次秀才病中想吃甘豆汤，让仆人去寻些甘草来。这个仆人却久久不去，只留在原地生火烧水，秀才暗中感叹："一定是我困顿不堪，连一个杂役都对我轻慢懈怠。"

正顾影自怜，突然见这村夫折了一把树枝，放在手里不停揉搓，靠近火边稍微一烤，这些树枝就变成了甘草。秀才大吃一惊，过了一会儿，仆人又抓了几把粗沙，放在手上继续揉搓，沙子就变成了豆子。

甘草有了，豆子有了，甘豆汤转眼做成，跟真的甘豆汤味道一样，喝了之后秀才的病也慢慢好起来了。

秀才决心再试他一试。某日，秀才脱下身上的脏衣服扔给仆人说："我穷困至此，寸步难行，连盘缠也没有，把这件衣服卖了吧，换一桌酒席，我要宴请村里的老丈，看能不能筹些路费回家。"

仆人笑了："这件衣服能值几个钱？置不下一桌酒席。不过也没关系，看我手段。"

他砍倒一棵枯桑树，劈成几筐木片，然后把木片放在盘子上，喷了一口水，木片全都变成牛肉。又打了几瓶水，不知道用了什么法术，水转眼之间就变成美酒。

有肉有酒，宴席办得非常成功，村里的老丈们吃得酒足饭饱，纷纷慷慨解囊，共筹得盘缠三十匹素绢。

秀才不由得惭愧，对仆人说："万没想到您是如此高人，恕我眼拙，之前竟是太傲慢了，以后请让我成为您的仆人吧。"

仆人急忙还礼："我确实不是一般人，因为有过错，所以被贬谪做下贱的事，秀才不必惋惜，给你做仆人，这是我的定数，如果不到期限就停下来，我还得去服务其他人，秀才如果真心为我好，就当不知道这事，尽早帮我完成刑期，别让我半途而废啊。”

秀才答应了他，但每次支使他的时候都客客气气的，不像主人对仆人的态度，仆人一看，这不是作弊吗？太耽误事儿了，只好跟秀才告辞。

临走的时候说了秀才的年寿和命运起伏，又告诉秀才说，“世间万物没有不可以用药物化解的，只有两样东西化不了，一样是淤泥中的朱漆筷子，一样是人的头发。”

说完就离开了，不知所终。

拾柒 卢山人

敬宗宝历年间，荆州有位卢山人，他常常贩运些木材和石灰，到白洑南面的集市上去卖，这人颇会一点道术，偶尔显露一二，大家都觉得他深不可测。

集市上有个买卖人叫赵元卿，心热好事，一心要与卢山人结交，就经常去买他的东西，还备下水果茶点，托词说要学习经商之道。

卢山人有所察觉，直言不讳地问他：“我看您的目的不是为了做生意吧，您到底想要什么？”

赵元卿说：“我知道先生您手段了得，洞晓阴阳，只是真人不露相罢了，所以想斗胆求您赐教。”

卢山人笑说：“也巧了，眼前就有件事可以验证，你家房东今天有非常之祸，但是，按照我说的去做，就可以大祸变小。你去转告他，这祸事就发生在临近中午的时候，有一个卖饼的上门，他背了一个大口袋，里面有两千钱，这个人必要无事生非，你让房东关门闭户，不要理他，万万不可让他进门，到了中午，这人就要破口大骂，你让房东不必与他计较，一家人走到河边躲避就可以了。按我说的去做，大祸可免，只破费三千四百钱而已。”

赵元卿赶紧回去一五一十地学给房东听，这位房东姓张，平常也对卢山人的能耐有所耳闻，于是早早就关了大门。

快到中午的时候，果然有人来敲门，说是要买米。张家大门紧闭，怎么叫门也不开，这人就气恼起来，用脚踹门。张家早就用大竹棍挡住大门，这人踹了半天也踹不开。

这么一折腾，门口很快就聚集了几百个看热闹的，中午的时候，张某带着一家老小从后门溜走。那人在门口闹了半天，悻悻而去，但是走不了几百步，突然倒地身亡。

这人的妻子坐到张家门口大哭大闹，周围的人详细告诉她来龙去脉，但是她不听，污蔑张家害死了自己的丈夫。

官府接了这个案子，目击证人不少，都说张家关门闭户，没有冲突，还领着家人躲避呢。但是人确确实实是死了。官府一时之间也无法定夺，这时有明白事理的人给张某出了个主意：“你虽然无罪，但是毕竟人死在你门口，你不妨为他料理后事。”

张某欣然接受这个建议，那家寡妇也对这个处理结果表示满意。等到张某买好棺材，将死者妥善下葬，一算花费，刚刚是三千四百钱。

出了这事之后，卢山人的名声大噪，上门求道的人更多了，卢山人烦不胜烦，偷偷溜走了。

这一日卢山人到了湖北复州地界，将船系在一个叫陆奇的秀才庄上，有人告诉秀才说：“这个卢山人不是一般人啊。”陆秀才就前去拜访。

陆秀才最近正打算进京去投奔朋友，于是请卢山人占卜吉凶。

卢山人说：“阁下今年不要出门，否则必有祸灾。您所住的房舍后面埋有一瓮钱，瓮上盖着板子，这钱不是您的，它的主人今年只有三岁，所以，如果挖出瓮来，也千万不要用里面的钱，否则必招祸端，能听从我的告诫吗？”

陆秀才诚惶诚恐，连连答应。可是卢山人的小船一走，水波还未平静，陆秀才就对妻子笑着说：“果然如卢山人所言，院子后面有这么多钱财，我还用得着进京钻营吗？”

于是命家仆去后院挖地，不数尺，果然挖到木板，下面就是一个大瓮，里面盛满了散钱，陆秀才大喜，让妻子用裙子兜着纫草去穿钱。

刚刚穿了一万，陆秀才的一双儿女忽然头疼起来，疼得满地打滚，无法忍受，陆秀才大惊，难道卢山人的话要应验了吗？

事不宜迟，快马加鞭追赶卢山人，一见到卢山人就不停地请罪，卢山人板着脸说：“早就跟你说过，那笔钱不是你的，动钱就会祸及骨肉，骨肉与金钱，哪个更重要，你自己选择吧。”

说完就划船离开了，头也不回。陆秀才快马回家，把钱重新埋回地里，又做了法事，儿女的头疼就痊愈了。

卢山人进了复州城，有一次跟几个人结伴而行，路上遇到六七个人，穿戴光鲜，但是酒气熏天，横行霸道。卢山人上前大声呵斥道：“你们几个如果还不悔改，就等着死吧！”

这些人听了不生气，反而跪拜于地，齐声赔罪：“不敢了，不敢了。”

同行的人都很惊讶，卢山人说：“我这还算客气了，这些人都是江洋大盗。”

关于卢山人的奇闻怪事差不多就是这样的了，赵元卿还说：“卢山人的样子变化无常，忽老忽少，也不怎么见他吃东西喝水。”

卢山人曾经跟赵元卿说过：“这世上很多刺客精通隐形术，如果修道之人学会了隐形术还能不去轻易尝试，那么二十年后就可以通晓变幻之术，此为‘脱离’，再过二十年，就可以名列仙班了。”

他还说：“刺客死了之后，尸体也会不见。”

他的言论多半是这样玄乎，真是神仙一样的人物啊。

拾捌　下月

长庆初年，山人杨隐之隐居在湖南郴州，闲来无事，四处寻访附近的有道之士，当地有位唐居士，大家都说他已经一百多岁了，杨隐之当然要去拜访，唐居士很好客，就留他过夜。

天色渐黑，唐居士也不点蜡烛，只是喊女儿："拿一片下弦月来。"他女儿就拿了个下弦月出来，像一片纸一样，吧唧贴在墙上。唐居士对着纸月亮祝祷说："今晚上有客人，请您给我们照点儿亮吧。"话音未落，一室月光，朗朗若烛。

拾玖　丹生

岭南有个百姓，在行路途中遇到风雨，和一位老人一起躲到树下避雨。这人尊老爱幼，就把好的位置让给老人坐。雨停了之后，老人送给他三颗丹药，告诉他有急需的时候可以服用。

一年之后，这人的妻子得了暴病身亡，过了好几天这人才想起老人丹药的事，赶紧撬开妻子的牙齿，把丹药灌下去，也不知道还管用不。

过了一会儿，妻子的尸体渐渐有了暖意，脸色也鲜活起来，只是长睡不醒，到现在这女人已经死了四年了，面目如生，指甲也在不停地生长。这人无论去哪里，都会用车子带着亡妻一起，有人说在浙江宁波亲眼见过这个女植物人。

第五卷

博物证兆

壹　书体

南梁庾元威写《论书》，里面两句有趣，摘录在此：“鬼书惟有业杀，刁斗出于古器。”

鬼书：刘宋元嘉年间，有人在京口被雷劈死，胳膊上留下雷劈的四个字：“业缘所杀”，字体非常新颖，世人称其为“鬼书”体。庾元威整理“百体书”，特把“鬼书”列为一体，但是这种字体只留下四个字“业缘所杀”。

刁斗：是行军器物，三足、有柄，白天用来做饭，晚上用来打更，李颀有诗云“行人刁斗风沙暗，公主琵琶幽怨多”。据庾元威所云，源自古器。

天朝字体有悬针书，垂露书，秦望书，汲冢书，金错书，虎爪书，倒薤书，偃波书，幡信书，飞白书，籀书，缪篆书，制书，列书，日书，月书，风书，署书，虫食叶书，胡书，蓬书，天竺书，楷书，横书，芝英隶，钟隶，鼓隶，龙虎篆，麒麟篆，鱼篆，虫篆，鸟篆，鼠篆，牛书，兔书，草书，龙草书，狼书，犬书，鸡书，震书，反左书，行押书，楫书，藁书，半草书。

尚书台召人用“虎爪书”，制诰用“偃波书”，因为这两种字体都无法在短时间内被模仿，可防伪。

外任官的谢表和皇帝的命令文告，用“蚋脚书”；使节示信用“乌书”，朝贺用“填书”，婚姻之间的文书也是用“填书”。

西域字体有驴唇书，莲叶书，节分书，大秦书，驮乘书，犎牛书，树叶书，起尸书，右旋书，覆书，天书，龙书，鸟音书等，一共有六十四种。

贰　古物

三国时，吴国的胡综博文多知，孙权在位时，境内挖出一个铜匣，长二尺七寸，以琉璃为盖，里面收着一个白玉如意，如意的柄上，还雕刻着龙虎和蝉的形状。此物异常，无人能识。孙权派人去问胡综，胡综说："以前秦始皇的时候，术士说五百年后金陵有天子气，秦皇就让人把金陵附近的山头铲平，处处埋下宝物，以此来消弭王气，这大概就是那个时候留下来的吧。"

邓城（今湖北襄阳）西一百多里的地方有个"谷城"，就是春秋谷伯绥之国。城门口有个石人，肚子上刻着一行字："摩兜鞬，摩兜鞬，慎莫言。"这大概是劝人慎言的咒语，跟孔子遇到的太庙金人背上的缄口铭差不多吧。

叁　莲湖

山东历城北二里的地方有一个莲子湖（今济南大明湖），周长二十里。湖中生有很多莲花，红绿相间，好像蜀锦，又有渔船穿梭其中，星罗棋布，远远望去，仿佛蛛网。

北魏时，齐州刺史袁翻曾在湖上宴客，在座的有个参军张伯瑜说："我以前用湖水做血羹，怎么也不成功。"袁翻说："湖水不可用，你试试泺河的水，必成。"后来张伯瑜按照他的意思去做，果然成功了。

当时魏孝文帝之子清河王也在座，问袁翻："这是个什么道理？"袁翻说："你想想湖的名字。"

清河王一头雾水，但是笑着表示明白。宴席散后，清河王悄悄问主簿房叔道："这事儿我还是没想明白，湖的名字有什么玄机？"

房叔道说："藕可以散血，湖的名字叫莲湖，用了湖水自然做不成血羹。"

清河王感叹说："还是要有文化啊。人要是不读书，就好像夜行，就算头发花白，也不过是空增年轮，比不上读书的少年人啊。"

肆　铜尺

南梁的主客郎中陆缅对北魏来使尉瑾说："我到贵国的邺城，只见双阙伟岸，装饰华美，给我留下深刻印象。我们南梁的石阙也非常雄伟，不在贵国之下，我家祖传有一把荀勖所造的铜尺，上面雕刻金字铭文，是我的传家之宝，以前昭明太子喜好搜集古物，就带到宫里去了，我们的石阙建成之后，曾经用这把铜尺测量过，足足有六丈高呢。"

北魏尉瑾说："邺城双阙本身就高耸入云，再加之我北朝地势高，所以看去格外雄伟，南朝低洼，门阙修得再高也吃了地势低的亏啊。"

随行的北魏使者崔肇师说："荀勖的尺子，是度量黍米的尺子罢了，不是古尺，当年就算用来调钟律，阮咸都嫌它不准。我们北国用的是周朝传下来的玉尺，相比玉尺，你们的铜尺确实短了些。"

此处荀勖事应属杜撰。荀勖是三国至西晋时人，著名音律学家、文学家，西晋的开国功臣。

"荀勖尺"的典故是，荀勖能调音律，所有经他调过的乐器无不韵协声雅。同时代的阮咸耳朵刁，能辨音正，他每次听荀勖调试过的音乐，都不发一言，从不夸赞。荀勖很不高兴，认为阮咸嫉妒，所以利用职务之便，找了个机会把阮咸出调外任，以此报复。

后来荀勖无意中得到一把周朝玉尺，用此去测量自己调试过的钟鼓、丝竹、金石，发现都短一粒米的长度，玉尺是天下正尺，荀勖这个时候才明白是自己的尺短了，阮咸没有当面说破已是大涵养了，于是感叹道："阮咸神识。"

伍　异星

在北斗第六星旁，有颗小星叫作辅星，相传看不到辅星的人，就要死了。我的亲朋故友经常在我修行坊宅邸里聚会，其中一位看不到辅星，果然不到一年就死了。

相传能识别“人星”的人不患疟疾，这个说法并不准确，我亲友中识别“人星”的人都患了疟疾。

还有俗语说，不要去看“天牢星”，一旦有流星进入天牢星被你看到了，你就要立刻披头散发，坐下来哭，一直哭到流星出来为止，只有这样才可以免灾。

梁元帝作《金楼子》：“余以仰占辛苦，侵犯霜露，又恐流星入天牢。”意思是：“我觉得仰头观天象很辛苦，要忍受夜间的霜露，还要担心看到流星进天牢。”可见这个民俗早已有之。

陆　射艺

荆州陟屺寺的僧那擅长夜间捕猎，提到夜射的方法，他说：“晚上捕猎关键看影子，凡是影子很长而且有摇动的就是鹿，贴在地面上一闪一闪的就是兔子，伏低保持不动的是老虎。”

他还说：“晚上打虎的时候，一定会看到三只老虎并排而来，左右两边的不过是虎威，要刺中间的那只。中间的死了，虎威就钻进地里，找到之后可以辟百邪。老虎死时，要记住它头着地的位置，等到月黑之夜，在此处挖掘，一定会有老虎前来，在你周围咆哮奔腾，这是老虎的魂魄，不要去理会它。挖到差不多二尺深的地方，就会发现一个东西好像琥珀，这是老虎的目光沉入地面造成的。”

还说：“雕翎可以驱赶其他的鸟类，用来做箭尾的羽毛非常好。”

僧那擅长做“风羽箭”，具体做法是：在箭尾距离扣弦处三寸的地方，钻一个小孔，要钻透箭杆，再雕刻一条风槽，有一粒米那么深，长度从扣弦处开始，一直到小孔处，这样的话，就算不用翎羽，也是快箭了。

柒　影像

道士郭采真说：“烛下人影的数目至多到九。”

我尝试了一下，发现到六、七基本上就涣散不能看了。

郭采真说：“想看清楚也不难，逐渐增加蜡烛的数量，就清晰可辨了。”又说，“九个影子各有名字，影神一是‘右皇’，二是‘魍魉’，三是‘泄节枢’，四是‘尺凫’，五是‘索关’，六是‘魄奴’，七是‘灶𠯆’（九影名字抄在麻面纸上，下面两个字被虫蛀掉了），八是‘亥灵胎’，九是……（蛀蚀掉了，完全看不到了）”。

敬宗宝历年间，有个王山人，善于相影。在人的本命日这天，五更时分点灯，相影子，就能看出此人的吉凶祸福。

他说人的影子越深越好，深就说明富贵长寿。人影最好不要照在水面、井面和浴盆上，古人避免在这些地方照影也是因为这些地方影子浅。

古时候的蠼螋、短狐还有踏影蛊，都能含沙射影，现在有人能针灸影子治病。

捌　异相

京城的佛寺里，常常有些神像，格外圣洁，鸟雀也不会玷污。凤翔有位张盈山人，此人善于养生益寿，据他说：“那些寺庙的佛像或者金刚，飞鸟之所以不在上面聚集，不是因为它们有灵，而是因为当初取土塑造所选的时辰旺相而已。”

他还说：“要想知道这个庙观的香火情况，观看庙中朝阳的神像即可，通过给它们相面，就可以知道个八九不离十。以前洛阳的修梵寺里就有两座金刚像，鸟雀不聚集其上，到了元魏的时候，天竺僧人菩提达摩说，‘因为这两座雕像得到了金刚的真像’。”

有人说：“龙血到了地上，就变成琥珀。”本朝《南蛮记》中记载：“宁州（今云南曲靖）的沙土中有折腰蜂，沙土崩塌的时候蜂子飞出来，当地人抓住这种蜂子烧炼，能生成琥珀。”

李洪山人善于画符书篆，博文广知，曾经跟我说：“瓷器和陶器如果有了裂痕，最好就别用了，我以前遇到一位道士，说雷蛊和鬼怪多爱隐藏在这些缝隙里。”

近来佛画有一种流行，把“天藏菩萨”和“地藏菩萨”画得流光溢彩，平常看没什么，但是凑着光仔细看，会发现菩萨身上明亮耀眼，好像会发光一样。有人说，这是因为上色的时候，颜料里添加了铜矿砂和白鱼粉的缘故。

另，有些壁画上的僧人和神鬼非常传神，眼睛能跟着人转，那是因为在点睛的时候，手法极其巧妙的缘故。

玖　鱼首领

秀才顾非熊说：“鱼也有首领，众鱼环绕的那条就是，钓鱼的时候只要把鱼首领钓上，其他的鱼就不成问题了。因为群鱼失去首领，自然不肯离去，你慢慢钓，一条两条，总会都钓上来的。”

顾非熊，唐名士，与段成式同时代人，两人有交情，这人诙谐放任，是个幽默的人，否则也不会传授钓鱼的冷知识了。

他的这种性格可能来自遗传，他的父亲顾况也是个爱开玩笑的人，最有名的玩笑就是给白居易起外号。

白居易刚进京的时候，把自己的诗集送给顾况看。顾况当时为中书省著作郎，总管当时全国的书籍出版工作，每天要收到不知道多少这样的诗集，顾况一看到“白居易”三个字，就笑着说：“京城房价高，白住可不容易。”翻开诗集，读到一首千古绝唱：“离离原上草，一岁一枯荣。野火烧不尽，春风吹又生。”顾况大为赞叹，“能写出这样的诗来，在京城买房不成问题。”

关于顾非熊的出生，也是一则奇谈，在第十三卷中有交代。

拾　弹丸

慈恩寺的僧人广升说：“德宗贞元末年，阆州（今四川阆中）僧人灵鉴擅长射弹丸，他制作的弹丸与众不同，配方如下：洞庭沙岸下的土三斤、炭灰三两、瓷粉一两、榆皮半两、泔水的沉淀两勺、紫矿二两、细沙三分、藤皮纸五张、渴拓汁半盒，九种材料混在一起，捣三千杵，然后再用手攒成丸子，阴干之后即可。”

阆州刺史郑彙有一位本家叫郑寅，这个郑寅好读书饮酒，郑彙一度很器重他。后来郑寅竟然当了盗贼，事发被处死了。郑寅还没出事的时候，常去找灵鉴和尚玩耍，两人就比赛射弹子。

郑寅指着几十步开外的树节说：“如果射中，奖励五千钱。”说完射出一弹，击中树节，但是弹丸却反弹回来。灵鉴和尚呵呵一笑，掏出自己独家秘制的弹丸，一发命中，不仅如此，弹丸还深陷在树节里，弹丸也碎了，可见力度之大。

大慈恩寺，可以说是长安城中最著名的寺庙了。贞观二十二年（648），太子李治，即后来的高宗皇帝，为了纪念已经去世12年的母亲长孙皇后，提出在隋朝旧寺“净觉寺”的旧址上兴建一间寺庙，唐太宗答应了，这就是“大慈恩寺”。

寺庙落成之后，美轮美奂，但是没有僧徒，太宗皇帝下旨，专门剃度了三百名僧人进入大慈恩寺修行。但是大慈恩寺还缺一位住持大和尚，太子李治希望由天下最负盛名的高僧大德担任，唐太宗就把取经回来的玄奘法师调来，

鱼首领

纲维寺任。一切准备就绪之后，李治前往大慈恩寺观赏，想到自己的母亲，不禁潸然泪下。

长孙皇后是历史上有名的贤后，她在唐太宗的政治生活中起到非常正面的作用，从这个小故事中也可看出，她生前必是一位慈母。

唐高宗永徽三年（652），已经在大慈恩寺主持工作四年的玄奘法师提交了一份申请，他想盖一座佛塔，以收藏他从印度带回来的经文佛像和舍利子。高宗皇帝批准了他的提议，并把内廷宫人的旧衣物卖钱折现，资助玄奘法师盖造了一座雄伟的佛塔，这就是著名的大雁塔。

拾壹　蜥蜴

尚书王彦威在汴州（今河南开封）的第二年，夏天大旱。当时袁王的老师季玘路过汴州，王尚书为他设宴，席间说到大旱的事情，季玘醉了，趁着酒性说："想要下雨有什么难的？去找四只蜥蜴，两口十石的大瓮，填满水，每口瓮中放入两只蜥蜴，盖上木盖，用泥封住，然后把大瓮分置于闹市区，瓮前瓮后放置香案，再找十几个不到十岁的小孩，让他们手持小青竹，昼夜不停地敲打大瓮，一刻别停。按我说的这个方法去做，保管你要风得风，要雨得雨。"

王尚书如法炮制，才敲了一天两夜，就大雨如注。

以前有种说法，龙和蜥蜴是亲家。

拾贰　韩公碑

山东历城县（今济南）的魏明寺里有一块"韩公碑"，是北魏孝文帝太和年中所建，由当时的给事黄门侍郎韩麒麟所写。

北魏末年，魏收喜欢收集碑文，曾经令人把搜集到的所有碑文都抄录在一本书上，据魏收说，“这么多碑文里，就数韩公碑的辞义最好。”魏收曾经把这本书珍藏在枕中，所以家人把这个枕头叫作“麒麟函”。

拾叁 外交

南梁的庾信和徐君房出使北魏，北魏外交部严阵以待，因为这二位是名重天下的大文人，北魏这边出面接待的人也是一时之选。

席间宾主愉悦，南梁的庾信作诗时，用了《西京杂记》里面的典故，但马上涂抹掉了，他说：“这是吴均自己的话，恐怕不能当作典故。”

北魏的崔肇师说：“古人托曲的事情也多，比方《鹦鹉赋》，祢衡和潘尼的文集中都有收录，到底是谁写的呢？还有《弈赋》，曹植和左思所写的也都相同，再怎么凑巧，也不可能一模一样啊。”

南梁的徐君房说：“崔大人所言甚是，词人本就喜欢借鉴，如果又一字不差，那么后人也无法辨别到底谁抄谁。”

北魏的尉瑾说：“这种事不少，《九锡》未言作者，有人说是王粲写的，《六代》署名曹冏，也有人说是曹植写的。”

南梁的庾信说：“说来惭愧，江南本来出才子，现在也不行了。如今举世推崇贵国的温子昇，在邺下文坛独领风骚，我曾经见过他的文笔，确实可以名动四方。近来我读到贵国魏收的几卷碑文，也是文识超迈，罕见的高才啊。”

《西京杂记》是古代历史笔记小说集，其中的“西京”指的是西汉的首都长安。该书写的是西汉的杂史，包含许多遗闻逸事。作者是谁成谜，至今没有定论，有人说是汉代刘歆著，《新唐书》认为是东晋葛洪著。本来就不知道谁写的，段老此处的这一小段逸闻，又增加了考证的难度，因为根据段老的说法，《西京杂记》与南朝吴均有很大的关系。

北魏的李骞和崔劼出使南梁，南梁举办了盛大的招待仪式，参加国宴的南梁代表有：黄门侍郎明少遐，秣陵令谢藻，信威长史王缵冲，宣城王的老师萧恺，兼散骑常侍袁狎，兼通直散骑常侍贺文发。

众人寒暄完毕，南梁的明少遐站起来表演诗朗诵，朗诵的正是北魏李骞赠给他的诗："萧萧风帘举，依依然可想。"

朗诵完毕，李骞站起来，谦虚地说："还是明大人送给我的诗更好，其中一句'灯花寒不结'真是绝妙，正符合目前天寒地冻的光景呢。"

北魏的崔劼就问明少遐："今年特别冷，贵国的江淮之间，是不是也结冰了？"

明少遐说："江南地气暖，河水虽有薄冰，但是不影响行船，不像贵国的黄河，一上冻就可以在上面跑马车了。"

南梁的袁狎说："听说，北国查看河冰是否坚硬有一个办法，只要河冰上有狸的脚印，就说明可以走人了。"

北魏的崔劼说："袁大人的意思是'狐'吧，不是'狸'，虽然一字之差，但是两种动物。"

南梁的明少遐说："正是，狐性多疑，鼬性善于预防，所以老话儿说'狐疑鼬预'。"

北魏的崔劼说：《淮南子》中说，鸟鹊避开风口筑巢，《后汉书》中说，野雉前往仁政之地孵蛋。可见知险避祸，这是鸟类的一大长处，而'狐疑鼬预'，可以说是兽类的一大短处了。"

南梁的徐君房陪魏使尉瑾喝酒，徐君房拿起酒来，一饮而尽，笑着说："痛快。"

尉瑾说："先前咱们在邺城饮酒，您可从来没有这么爽快过，自从来了你们武州（今江苏睢宁），您的酒量见长啊。"

南梁的徐君房说："我以前饮酒很少，但是慢慢学着喝，酒量就大起来了。"

南梁的庾信笑他："照您这么说，岂不年龄越大酒量也就越大？这样下去，酒量会深不可测啊。"

北魏的崔肇师半开玩笑道："徐大人越活越年轻，酒量越往南越豪迈，不知道重回邺城，您的酒量会不会再变回去呢？”

北魏的使者要走了，南梁设宴为他们送行。

北魏的崔肇师举起酒杯对南梁的陈昭说：“这次酒席之后，就要与您分别了，从此天高地远，一想到这里就流连难舍。”

南梁的陈昭说：“我素来钦佩您的贤名，这次一见，更为倾心，离别不舍的心情我也是一样的。只遗憾这次您来健康（今南京），我还没有好好招待您，就要分离了，真是让人不胜感慨。”

席间大家用鹦鹉杯进酒，南梁的徐君房没有饮尽就传给了北魏崔肇师，崔肇师笑着说：“鹦鹉杯用大海螺作杯，不是因为好玩，而是因为它蜿蜒曲折，尾巴又长，可以藏好多酒，凡是喝不尽的，就要罚酒为乐，您今天真是要罚上一杯了。”

南梁的庾信说：“徐大人您这下可躲不掉了。”

于是令人把鹦鹉杯满上，徐君房对庾信说：“庾大人啊，你我同朝为臣，真是相煎何太急啊。”

北魏的崔肇师说：“不妨不妨，庾大人是依理行事，不是煮豆燃豆萁。”

徐君房哈哈一笑，接过酒杯，一饮而尽。

南梁的庾信对北魏的尉瑾和崔肇师说：“今天好开心，我家刚送来几坛醽醁酒，泥封还没打开，不知道味道怎么样，我不敢先尝，邀诸位一起品尝。”

崔肇师说：“您一有珍味，就与我们分享，如此挂念我们，真让人不好意思啊。”

北魏和南梁之间交流很多，多次互派使者，在《酉阳杂俎》中记载了很多外交小故事。两国之间出使，免不了唇枪舌剑，但也有很多惺惺相惜之举。

南北两朝频繁的外交活动为双方的人才流动提供了条件，战乱时期可以为士大夫们提供一丝喘息的空间。很多南梁文臣在“侯景之乱”之后，不肯变节臣事南陈，就选择北上出仕。比方这里的著名学者庾信，南梁灭亡之后，他就出仕西魏和北周。

拾肆　登高

仆射魏收有次去代郡（今山西大同），恰逢七月七日登高，就登上当地的舜山，只见景色恢宏，气宇开阔，不由得徘徊流连。

魏收对随行的崔主簿说：“我去过的地方也算多了，要说山川沃野，叠翠胜地，我看天下知名的州郡都无法与此地相比，你是齐鲁东阳人，不知道你们家乡如何？”

崔主簿说：“齐鲁青州古已有名，我们的齐州也是历史悠久，这两处的山川风景大致相同，曾听别人谈论过，其他地方的山川都无法媲美。”

魏收准备写诗，当时正处在新旧更替之际（指北齐取代东魏），官府仓库物件不齐，没有找到笔。

魏收说不妨，用仆役的木杖在厅堂北边墙壁上提诗云：“述职无风政，复路阻山河，还思麾盖日，留谢此山阿。”

舜祠东面有块大石头，宽三丈多，上面刻着“不醉不归”四个字，魏收说：“这四个字不值得留给后人。”然后令人把字凿去了。

拾伍　宴乐

南梁设宴款待魏使李骞和崔劼。

席间安排了奏乐，南梁的中书舍人季贺说：“音乐感人至深啊。”

北魏的崔劼说：“季大人说得有理，《淮南子》中记载，楚人申喜很小的时候母亲失踪了，他成人之后，在集市上听到乞丐的歌声非常动人，心有所感，前去查看，发现竟是自己失散已久的母亲。可见音韵乐理实在是很精妙的事情。”

南梁的尚书主客郎王克说：“听音乐而体察出一国之风俗，才是真正精通乐理

登高

呢。”

北魏的崔劼说：“春秋时期的吴国季札确实有听音乐而知风俗的能耐，他出使中原诸国，也是为了考察当地的风俗习惯。”

南梁的季贺说：“您这么说，是自比春秋季札，要来考察我们啰？要不要比试一下？”

北魏的李骞说：“哈哈，那我就效仿晋文公重耳：请执鞭弭，与君周旋。”

南梁的季贺说：“既然如此，我也只好从命，不敢学晋重耳退避三舍啊。”

北魏的崔劼说：“如此说来，倒让我想起晋楚两国交战，晋人车轮陷在泥里出不来，楚人教给他们小妙招，才让车出陷，这是因为楚国很有撤退的经验。贵方也多次传授我们这样的小妙招，我们也是早就表达过谢意了。”

南梁的季贺说：“没错，春秋曹刿说过：‘辙乱旗靡是战败之相’，但是这种事也不是只发生在我们这边吧？”

北魏的崔劼说：“战败难道不是常事？想当初，春秋时代，晋齐战于平阴，齐国连夜逃走，自以为神不知鬼不觉，殊不知人去营空，鸟鸣声早就把他们出卖了。”

南梁的王克说：“说什么晋齐？还是说晋楚吧，有次楚国大败，晋军开进楚国，吃喝玩乐了三天才走，如此表彰军功，真是令人羡慕啊。”

北魏的李骞说：“晋军确实威猛啊，射中楚共王，打得楚军溃不成军，我们也羡慕得很呢。”

说到这里，恰好音乐停了，大家哈哈一笑。

这时，有数十匹马从眼前奔驰而过，后面跟着几个宦官。

北魏的李骞说：“宦官竟然也跟着驭马，这不是越职吗？”

南梁的季贺说：“大人您看仔细啊，不是宦官，只是长得像而已。”

北魏的崔劼说：“这要是碰上袁术，管他是不是真宦官，只怕早就给杀了。”

北魏和南梁是相爱相杀，两国之间经常互派使节，貌似修好，但是边境上的军事冲突也是不断，从这次的对话中可以看出。

此一段引经据典，原文要更加儒雅风韵，虽然是唇枪舌剑，但是含蓄而留有余地，不失大国风采。后人读之难免感叹，毕竟同宗同源，共有一个文化根基，外交上再针锋相对，引用的也是同一本《左传》，同一本《淮南子》，互怼的时候难免会生出一丝惺惺之意。

拾陆　园林

山东历城的“房家园”，是北齐博陵君房豹的旧园林。园子里杂树葱郁，泉石幽深。

每年三月上巳节，人们有到水滨洗涤的习俗，俗称“祓禊”。房家园一直是城里祓禊的胜地。

曾经有人在祓禊的时候，折了园子里的梧桐枝，正巧被房公看到了，房公说：“你有没有公德心，为何要伤我家凤凰枝？”

从此之后就再没人敢折梧桐枝了。

房公曾经跟参军尹孝逸说：“当年石崇有‘金谷园’，号称天下名园，我猜其中的山水泉石，跟我的园子也差不许多吧。”

孝逸说：“石崇的故园就在洛阳城西，我曾经去游览过，确实如您所言啊。”

孝逸有次回邺城，文人朋友们为他践行，孝逸作诗云：“风沦历城水，月倚华山树。”当时大家觉得这两句诗太棒了，堪比谢灵运的传世佳句：“池塘生春草，园柳变鸣禽。”

拾柒　骑射

单雄信年幼时，在学堂前种下一棵枣树，到十八岁的时候，他把枣树砍了，做成一杆大枪。

园林

这枪非常威风，长一丈七尺，枪杆粗壮，两手握不拢，枪头用好铁锻造，重达七十斤，这枪名叫“寒骨白”。

后来单雄信反隋，与唐军狭路相逢。唐高祖武德四年（621），秦王李世民围洛阳，单雄信提着这杆大枪就出来了。秦王也不是吃素的，抽出四羽大箭，一箭射中枪头，只见火光迸射，“寒骨白”毫发无损。

后来单雄信兵败被杀，这柄大枪被尉迟敬德折断了。

秦叔宝所乘的战马叫作“忽雷驳”，秦叔宝经常给它饮酒，每到月明之夜，这马就载着秦叔宝驰骋，犹如神马，可以腾空飞跃三顶黑帐篷。后来秦叔宝死了，这马嘶鸣不已，不吃不喝，也死掉了。

徐敬业十几岁的时候，擅长骑射，每拉弓必满弓，每骑马必绝尘，速度之快，老骑手也追不上他。

他是英国公徐世勣的长房长孙。徐世勣却很不喜欢这个孙子，说：“这孩子面相不好，将来恐怕会带来灭族之灾。”

有次打猎，徐世勣就命徐敬业去林子里驱赶野兽。等孙子进去之后，爷爷在外面纵火烧林，想把这个祸害烧死在里面。

火势很大，徐敬业无处可躲，就把马杀了，藏身马腹，火势过后，他满身鲜血地站在爷爷面前，英国公大为惊奇。

徐敬业后来确实招来灭族之灾。他在则天顺圣皇后光宅元年（684）九月起兵于扬州，自称为“匡复府大将军”，当时武则天临朝称制，但还没有称帝，徐敬业打出的旗号是“勤王救国”。武则天大怒，派李孝逸带三十万大军，把他迅速给灭了。徐敬业兵败身死，武则天把徐家满门抄斩，当时徐敬业的爷爷徐世勣已经死了，武则天下令“发冢斫棺”，可见恨成什么样了。

说起来，徐世勣对武则天有恩，当年高宗皇帝宠爱武则天，想废王皇后，满朝文武反对。高宗就去征求徐世勣的意见，徐世勣的应答充分展示了一个老政治家的智慧，他说“此陛下家事，何必询问外人”，一锤定音，高宗皇帝非常高兴，于是废了王皇后，立武则天为后。

此段写他要杀自己的长孙，未必是虚构，徐世勣有这个直觉，也有这个狠劲儿。《旧唐书》中记载，徐世勣临死前，把子孙叫来，在堂下站成一排，徐世勣拉着自己弟弟徐弼的手托孤说，“我要死了，但是不想自己的子孙败光家业，这些孩子们，请你替我仔细看管，有品行不端的，就立刻打死。”

拾捌　宁王

玄宗皇帝暗中派人去监视诸王，监视到宁王这儿时，发现这位皇兄业余生活非常充实，大夏天的挥汗如雨，忙着给羯鼓蒙鼓皮，一有空就研究《龟兹乐谱》。玄宗知道了颇为高兴，说：“要向宁王学习啊，天子的兄弟就应该纵情娱乐。”

宁王去京郊的鄠县（今陕西西安鄠邑区）打猎，搜林子的时候发现草丛中有个柜子，锁得严严实实的。

宁王命左右打开，只见里面锁着一个少女。问她是哪里来的，少女哭哭啼啼地说，她姓莫，父亲也是官宦人士，她随着叔伯居住在庄子上，昨天夜里突然来了一批明火执仗的盗贼，其中两个是僧人，这两人把少女劫持到了这里。

少女说话的时候，姿色婉转，明媚动人。宁王又惊又喜，惊的是天子脚下竟然有这么猖狂的强盗，喜的是，玄宗皇帝正在挑选秀色，这个女子明艳非常，正是难得之选。

宁王让人把少女带回府中，好生相待。正好有猎人活捉了一只熊，宁王就把这熊放在柜子里，按原先的样子锁好柜门。

宁王调查清楚，这个莫氏果然是衣冠子弟，门第清白。于是上表玄宗，说清来龙去脉，玄宗就让莫氏入宫做了才人。

过了三天，京兆尹奏报，鄠县的一家客栈出了一件怪事，有两个和尚，出了一万钱，包下这间客栈一天一夜，说是要做法事。到了那天，只见他二人抬了一个柜子进来，两人喜形于色，不知道要做什么勾当。

到了晚上，只听里面乒乒乓乓乱了一宿，搞得神神秘秘的，早上也没人出来，店家等了许久，打开房门查看，里面忽然蹿出一只熊，还没等大家反应过来就跑了。大家进屋再细看，发现两个和尚横尸当场，被熊吃得骨头都露出来了。

玄宗知道了之后，哈哈大笑，写信给宁王说："宁王你真有办法。"

莫才人很擅长唱秦声，当时人称"莫才人啭"。

《酉阳杂俎》提到三次宁王李宪，他是唐睿宗的嫡长子，李隆基拥戴父亲睿宗复位之后，在立储问题上，睿宗一度非常犹豫，按照军功论，自然是第三子李隆基，但是嫡长子李宪贤德有才，素有贤名，不好取舍。这时李宪主动让太子位于李隆基，避免了第二次玄武门之变。

李宪在世时，远离朝政，纵情声乐，与玄宗的关系一直极好，去世后，玄宗悲伤不已，谥号"让皇帝"。

拾玖　棋艺

僧一行本来不会下棋，有次去燕国公张说家赴宴，碰到当世国手王积薪正在与人对弈，一行站在一旁观看。一局终了，竟然就学会了。一行接着邀请王积薪对弈，竟然不相上下。燕国公颇为诧异，怎么还有这么聪明的人？一行笑着说："说起来也不难，以我观棋所见，关键在于争先罢了，如果学会我的四句乘除口诀，那么人人都可以成为国手的。"（可惜此四句今不存）

相传东晋高僧鸠摩罗什善棋，他一局终了，拾起对手的棋子，棋盘上的空白处呈龙凤形。有人说，王积薪也有这样的本事，他和玄宗皇帝对弈，也会出现龙凤图案。

鸠摩罗什是不世出的佛法高僧，他生于龟兹国，家世显赫，他的父亲是天竺贵族，母亲是龟兹公主。鸠摩罗什自幼天资超凡，半岁会说话，三岁能认字，五岁开始博览群书，七岁跟随母亲一同出家，曾游学天竺诸国，遍访名师大德，

棋艺

深究妙义。

他精通经藏、律藏、论藏三藏，并能熟练运用，掌控自如，乃三藏法师第一人，与玄奘、不空、真谛并称中国佛教四大译经家，位列四大译经家之首，为翻译学鼻祖、语言学大师。

为了请他弘扬佛法，发动了两次战争，一次是前秦时大将军吕光伐焉耆，灭龟兹，把鸠摩罗什请到凉州弘法，鸠摩罗什在凉州待了将近17年。第二次是后秦时，姚兴伐后凉，又迎鸠摩罗什到了长安，鸠摩罗什在长安草堂寺带领三千弟子共同译经，最后鸠摩罗什圆寂在长安。

鸠摩罗什的译作很多，我们熟知的有《金刚经》，其文辞达雅，堪称绝妙好文，还有前面提到过的《维摩诘经》，也是他的译作。

贰拾　侏儒

玄宗皇帝身边有个侏儒叫黄鬴儿，这人矮小丑陋，但是为人警黠，玄宗养着他权当一乐儿，平常行走时也常倚靠着他，大家都管他叫“肉凳”。玄宗会问问他外面发生的事情，他应答有趣，常有赏赐。

一天黄鬴儿进宫来迟了，玄宗责怪他，他回禀说：“今天雨天泥泞，路本来就窄，又碰到官兵抓捕盗贼，跟我抢道，我惦记着不能误了进宫的时辰，就上去把他掀翻马下，所以耽搁了。”

说完走到阶下叩头请罪，玄宗说：“外面没有奏章，你先不用担心。”于是依然倚靠着他跟以前一样。

一会儿，京兆尹上表说这件事，玄宗就将黄鬴儿呵斥了一顿，杖杀了他。

贰拾壹　文魁

王勃每次写碑颂之前，都要先磨出几升墨汁，然后躺进被窝，盖着脸，过一会儿再一跃而起，提笔而就，根本不用修改，当时的人说这就是“腹稿”。

王勃年少时曾经做过一个奇怪的梦，梦到有人给了他好多丸墨，装满整个衣袖，醒来后他就文采高涨，突飞猛进了。

张燕公曾经读王勃的《夫子学堂碑颂》，开篇有四句：“夫帝车南指，遁七曜于中阶，华盖西临，藏五云于太甲。”张燕公看不明白，去问僧一行，一行说：“前两句可解，说的是当孔圣人临世时，空中出现祥瑞之兆，北斗七星的斗柄指向五月方位，日月星辰也一起出现在南方。”至于后面两句，一行也看不明白了。

李白名播海内，玄宗皇帝在便殿召见他，只见此人神气高朗，轩轩然有仙风道骨，玄宗皇帝为之神夺，不知不觉忘了自己的皇帝之尊。

玄宗命李白换鞋，李白抬脚对高力士说：“脱靴！”高力士不知不觉也忘了自己位高权重，上前为他脱靴。

等到李白出去后，玄宗才回过神来，指着他的背影对高力士说：“这人一身穷酸气。”

李白曾经前后三次参与拟《文选》，近代作家他都看不上，稿子全都烧了，只留下南朝江淹的《恨赋》和《别赋》。

安禄山谋反之后，李白写了《胡无人》，里面有句“太白入月敌可催”。后来安禄山要死的时候，太白星真的侵入月亮了。

大家都说李白赠杜甫的诗只有《戏赠杜甫》一首：“饭颗山头逢杜甫，顶戴笠子日卓午。借问别来太瘦生，总为从前作诗苦。”但我偶然见到李白的一首《祠亭上宴别杜功考》，莫非也是赠杜甫的？

我这里记录诗头和诗尾几句：“我觉秋兴逸，谁云秋兴悲，山将落日去，水与晴空宜……云归碧海夕，雁没青天时，相失各万里，茫然空尔思。”

只有盛唐才能出现李白这样的人，神采飞扬，不落俗套。

以前有种误解，好像李白在当世也受到了和今天一样的礼遇，其实未必尽然，即使在整个唐代文坛，对李白的看法也是毁誉参半，喜欢的人爱死他，讨厌的人恨死他。段老的这一则小故事中，可以看出玄宗对李白的态度。以前段老记载了玄宗对很多人的态度，对高僧大德，比方说僧一行，玄宗是极为尊重的，而对李白，指着其后背说“此人固穷相”，这不是好的评价，对一位帝王来说，说出这样态度鲜明的评语，稍显失态，可见其印象是多么糟糕。

盛唐的主流文学品味是推崇王维的，高雅大方，清新隽永，而李白的文风，不要说是在盛唐，就是放在整个中国历史中，都属于独树一帜的，那么桀骜不驯，那么傲气风流，杜甫说“世人皆欲杀，吾意独怜才”，李白的争议性可见一斑，当然，杜甫的爱才之心也跃然纸上。

《文选》指的是南梁昭明太子选的《昭明文选》，这本书是中国第一本文学集，由梁武帝的儿子昭明太子主编。这是一件前无古人的事情，在昭明太子之前，文章必须有很强的责任感，要“文以载道”，但是昭明太子认为，总有些隽美文字，虽然不讲大道理，但是能给阅读者带来无与伦比的美的享受。于是他编辑了一本纯文学的小书，第一次把文学和学术区分开来，选择范围涵盖从先秦到南梁的各种诗文，选择标准是情辞兼备，文采飞扬，这就是《昭明文选》，这本书开启了中国的“纯文学”纪元。

此段来看，李白曾经前后三次参与《文选》的工作，可能是评注。

段老此处误以为杜甫就是“杜考功”，其中“考功”为官职，而杜甫没有任过此官职，所以这首《祠亭上宴别杜功考》不是送给杜甫的。

贰拾贰　绯袍老者

宪宗年间，司徒薛平送太仆卿周皓去上任，在随从的各色人等中，末尾排着一个老人，有八十多岁的年纪了，穿着绯色的袍子，这是五品以上官员才能用的颜色，周皓觉得好奇，问他：“你在这里任职多久了？”

老人说："我擅长治疗跌打损伤，天宝初年，高力士将军的义子被人打脱下颌骨，是我为他正的骨，所以高将军赏钱上千万，又特奏请皇上让我穿绯色袍子。"

周皓就点点头让他走了。薛平察觉出他脸色不对，等客人都散去，单独剩下他俩时，薛平问说："刚才大人询问绯袍老者，我能察觉到您的脸色不对，怎么回事呢？"周皓很吃惊："被您看出来了，想不到您察言观色的本领如此了得。"

于是周皓把身边的仆役支开，留下薛平，跟他说：

"这事说来话长。我年轻的时候颇有些荒唐，喜欢交结豪族少年，一起遍访城中名伎，找到美伎就好像苍蝇叮肉一样，不达目的誓不罢休。这个时候靖恭坊新来了一个歌姬名叫'夜来'，明眸皓齿，巧笑嫣然，而且歌舞绝伦，城里的贵公子为她宁可倾家荡产。我当时和几个朋友都很有钱，更是趋之若鹜。

"一日，她的鸨母告诉我说，某天是夜来的生日，可以一起来热闹热闹。我那时跟夜来已经有了往来，于是就四处求取珍宝，价值数十万，带着去她家宴饮。当时席间的乐工都是贺怀智、纪孩孩这样的一时圣手。

"门锁刚刚落下，就听到有人在拍门，我不许开门。过了一会儿，大门被强行推开，有一个穿着紫裘的少年，带着几十个人骑马而来，大声责骂老鸨，这人就是高力士将军的义子。老鸨和夜来都哭拜在地，这人嚣张跋扈，不可一世，客人都四散而去。我那时血气方刚，自恃自己力大无穷，不肯吃这个亏。但他随从不少，我也怕好虎不敌一群狼，于是瞅准时机，冲进去把他摁在地上就打，等随从们反应过来的时候，我早已把他胖揍一通，众人过来扑我，我突破重围逃走了。

"当时都亭驿所有位魏贞，这人行侠仗义，好养私客。我平时与他有些交情，于是前去投奔他，魏贞把我藏在内室。只听外面马鸣嘶嘶，官府挨家挨户搜我，情况非常紧急，魏贞怕这样下去终归是藏不住，于是连夜给我置办行装，又给了我几块白银，跟我说：'汴州有个周简老，是个义士，和你又是本家，可去投奔他，记住改改你这个公子哥的脾气，见了周简老要恭顺有礼，不可唐突。'

"周简老可能是大侠之类的人物，见到魏贞的信，非常高兴，我于是拜谢他，认了他做叔父，把这件事一五一十学给他听。他让我暂且藏在一艘小船的船舱里，千万不要出来，他负责我的生活供给，就这样过了一年多，有吃有喝，倒也什么都不缺。

“有一天，船上传来一个女子的哭泣声。我偷眼去瞧，只见一个少妇，样貌很美，浑身缟素，周简老正在安慰她。

“当天晚上，周简老下到船舱里，问我：‘阁下成亲了没有？我有一个表妹，老公刚死，也没孩子，无依无靠，阁下如果不介意，倒可以侍奉左右。’

“我就拜谢他，领了他的好意。当天晚上，他表妹就过来与我成了亲，一晃好多年，生了两女一男，依然生活在船上。

“某日周简老跟我说：‘事情差不多平息了，阁下相貌普通，不引人注目，可在江淮一带行走了。’说完赠我一百多串钱，我大哭跟他作别，不久之后周简老就去世了。

“现在我已身居高位，周简老的表妹还在，孩子们男婚女嫁，这事已经过去四十多年了，没有人知道，刚才绯袍老者提起，让我想起往事，不觉羞愧，只是想不到您如此心细，竟然被发觉了。”

这件事，有人亲耳听薛平提起过。

贰拾叁　禅师

代宗大历末年，禅师玄览住在荆州的陟屺寺，他道行高深，风骨不俗，颇受众人仰慕，唯一的问题是，这人性情高冷，一般人无法亲近。

张璪曾经在斋壁上画了一幅古松，符载在上面写了赞文，卫象也题诗一首，这三人是诗书画高手，这面画壁被称为“当世三绝”，结果被玄览用白灰抹掉了。人家问他为什么这么做，他说，“干什么把我的墙弄得乌七八糟的。”

玄览的外甥叫僧那（就是前面说的善于夜间捕猎的和尚），是寺中一害，上房掏鸟，破墙熏鼠，搅得鸡犬不宁，玄览从来不责怪他。有一个弟子叫义诠，布衣修行，一日一食，严守清规戒律，但是玄览也不称赞他。大家都很奇怪，玄览就在竹子上题诗说："大海从鱼跃，长空任鸟飞，欲知吾道廓，不与物情违。"

忽然一日傍晚，有一个天竺和尚推门进来说："和尚快做道场。"玄览说："我从来不刻意做什么事情。"天竺和尚看了他半天，转身走了，反手把门关上，门锁就好像没被打开过一样。玄览笑着对旁边的人说："刚才是嘴硬，我要走了。"说完赶紧去沐浴更衣，倚靠着案几坐化了。

贰拾肆　马燧

马燧是德宗最为倚重的大将之一，他南征北战，立下不少功劳，但功高之人未免自傲，常常露出狂妄之心。

当年田悦反叛，德宗命马燧前去征讨。马燧呼田悦为"钱龙"。这个说法来自梁元帝，昔梁元帝游玄州苑，遇到一条大蛇，很多小蛇环绕，梁元帝非常厌恶，身旁的人说："这不是妖孽，大概是钱龙。"马燧沿用此说法讥讽田悦，但隐约有以天子自居的意思。此人傲娇如此，直到今天对他都很有争议，很多有道德洁癖的人一提起他来都颇为不屑。

当时有人投其所好，先故意在军中造谣，说："斋钟动了，和尚不上堂。"过了一个多月，这人就改头换面去见马燧，声称自己擅长相面。

马燧接见了他，这人请求屏退左右，说："您的面相不俗，不是久居人臣的样子，只有一个地方需要小小的矫正，就可大功告成，但是需要用价值数千万的宝物方可疏通。"

马燧一开始不以为然，以他的权势地位，这种大忽悠不知道见过多少。这人又说："最近的民谣您难道没听到吗？'斋钟动了，和尚不上堂。'就是在说您啊，斋钟动，意思就是时机到了，和尚，说的就是您，不上堂，意思是不必费心，万事自成。"

马燧没见过这种套路，就真的信了。着手准备羊脂玉、犀角，还有珍珠之类的宝物，真的价值千万，结果这人拿了宝贝就一去不复返了。后来马燧越想越不对劲，这才开始后怕。

马燧是唐德宗时名将，历史评价很高，自安史之乱以后，就为朝廷南征北战，立下赫赫战功，他敢于担当，治民有方，立下功劳无数：收复汴州、镇守北都、征讨田悦、平定河中之乱。德宗非常喜爱他，以至于为他在凌烟阁绘像，将其与开国元勋并列。马燧70岁病逝，死后，德宗难过得罢朝四天。

从段老记载的这一段中可以看出，马燧这人是能臣，但其性格大概比较张扬，遭到过不少非议。

贰拾伍　翁婿

睿宗年间，河北信都有个百姓苏氏，他有两个非常出众的女儿，扬言非贵婿不嫁。

大才子张文成过来求见，苏氏说："你虽然有钱，但是不能富贵，做到五品官就死了。"

当时魏知古刚刚进士及第，苏氏一眼看中了，说："这人虽然又黑又小，但是日后肯定显贵。"于是把自己的大女儿嫁给了他。这个女儿头发长七尺，乌黑亮泽，看相的人都说以后肯定大富大贵，果然，魏知古后来官拜宰相，这个女儿也受封为夫人了。

玄宗皇帝封禅泰山，时任宰相的张说任封禅使，张说的女婿是郑镒，当时只是九品官。按照旧例，封禅之后，自三公以下的官员都要迁升一级，只有郑镒因为张说的缘故，一下子升到五品，同时加赐绯服。

有次朝廷举行宴会，玄宗发现郑镒连升几级，询问他这是怎么回事？郑镒无言可对，旁边的伶人黄幡绰开玩笑说："这就是（老）泰山的力量啊。"

贰拾陆 破虱录

有次夜宴，席间的妓女玉壶说她讨厌吃烤鱼，看一眼都难受。于是有人询问在座的妓女都讨厌什么，有一个叫蓬山的说讨厌老鼠，有一个叫金子的说讨厌虱子，在座的客人还竞相说起怎么捉虱子捉老鼠，慢慢累积了一百多条，我觉得有趣，就把这些记录下来，做成《破虱录》。

贰拾柒 吉兆

集贤院学士张希复曾经说：肃宗时的李揆相国曾经出过一个喜兆。这事发生在他拜相前一个月，某日傍晚，他寝室里出现一个跟床一样大的蛤蟆，一会儿工夫又不见了。还说，李相国本来在新州任职，拜相之前，井水忽然上涨，比平常深了一尺有余。

郑絪相公也遇到过类似喜兆。他的宅子在昭国坊的南门，一连五六个晚上，有人往他家扔瓦块，郑相公就搬到安仁坊西门的宅子去躲避，扔瓦块的事情也跟着过来了。如此很长时间，郑公受不了，又搬回昭国坊旧居。郑公礼佛，有一间一丈见方的禅室，他回来时发现，禅室里到处都是小蜘蛛，不计其数，离地两尺的地方挂满蜘蛛网，当天晚上，扔瓦砾的声音没了，第二天，郑公就拜相了。

我听大理寺的郑复说：宪宗平定淮西之乱的时候，刘沔只是小将，很不受重视，每次都被派一些危险的任务，类似去敌营抓生俘啊，或者打埋伏之类。刘沔为此多次受伤，差点儿死掉。

一次，又安排刘沔晚上去敌营抓生俘，刘沔非常愤怒，心想这回死定了，走了十余里，找了个地方昏昏然正要睡去，有人把他叫醒，给了他一对蜡烛说：“郎君将来必有富贵，只要心里想着这对蜡烛，就可以一切如意了。”

后来刘沔果然青云直上，做了将军，经常在军旗上看到这对蜡烛的影子，有一天军旗上的蜡烛不见了，刘沔知道时运到头了，就称病回京了。

“平定淮西之乱”是唐宪宗一系列削藩行动之一，唐宪宗是玄宗之后第五位皇帝，安史之乱造成了藩镇割据，中央王朝几乎名存实亡，宪宗皇帝继位以来，励精图治，决心改变这一切。

宪宗元和九年（814），淮西节度使吴元济拥兵自重，与朝廷分庭抗礼。而当时的淄青节度使李师道坐拥十州，也蠢蠢欲动，他采取了两面派的做法，表面上不支持吴元济，但实际上，暗中派人烧了河阴粮仓，把江淮一带的税赋一把火烧光，这还不算，他的割据地盘在今天山东省境内，离京畿比较近，便于派遣刺客。

当时朝中两名宰相主战，一位是裴度，另一位是段成式的外祖父，当朝第一美男子武元衡，这两位堪称铁血宰相，极力支持宪宗对淮西用兵。

元和十年（815）六月三日，晨鼓敲过，天色未晓，两位宰相在上朝途中遭遇李师道的刺客袭击，武元衡当场毙命，裴度落马，装死逃过一劫。

这件事一发生，朝野哗然，竟然在京都刺杀当朝宰相，藩镇气焰如此嚣张，一时之间人心惶惶，谁也不敢贸然主战。在此危难关头，大难不死的裴度站出来，以更加坚决的态度支持宪宗对淮西用兵，并自荐做平叛司令，讨伐淮西。

宪宗皇帝同意了裴度的请求，任命他为淮西节度使，统兵五万奔赴沙场。两个月后，裴度手下将领李愬雪夜袭蔡州，生擒吴元济，斩于长安，淮西割据30多年后，复归唐皇朝统治。

贰拾捌　凶兆

杨慎矜兄弟三人是隋炀帝玄孙，他们得到玄宗的庇护，一直平安富贵，但是他们内心常觉得不安，每天早晨起来都会虔诚礼佛，默默祈求神灵保佑。有一天，佛像前的土榻上积了三堆尘土，好像坟墓一样，慎矜很不高兴，想可能是小孩子瞎胡闹，命人清理去了，不料过了一晚，这种怪事又出现了。不久，杨家就大祸临头了。李林甫构陷三兄弟复辟旧朝，玄宗大怒，命三兄弟自尽。

楚国公姜皎曾经去禅定寺游玩，他是当朝宠臣，京兆尹赶着巴结，为他设下丰盛酒宴，酒席上有一个女伎，姿色绝代。但是这个女子有个奇怪的地方，不管是敬酒还是整理头发，都看不到她的手。有人喝醉了开玩笑说："姑娘不肯露手，莫非是个六指？"还要强拉着她的手来看，结果一牵手，这女子就随之倒地，竟然是一具枯骨。从这件事开始，姜公就连走背字儿，最后遭遇大祸，被玄宗流放，死在了路上。

在玄宗还是临淄王的时候，姜皎就已经是他的亲信了，在铲除太平公主过程中，姜皎也积极参与谋划，所以玄宗对姜皎一度非常信任，不仅让他随便出入内廷，还要跟他结儿女亲家，甚至连废后这样的私事都跟他商量。结果就是因为姜皎把废后的内容泄露了出去，惹得玄宗大怒，下令杖六十，流放钦州，姜皎这时已经 50 多了，经不起折腾，死在了路上。

萧澣初任遂州刺史的时候，给寺庙布施了两根幡竿，还专门设斋戒庆祝，仪式完成后，正在奏乐，突然一个炸雷，幡竿被劈成几十片。第二年同一天，萧澣死了。

第六卷

境外异闻

壹　复生

东方人鼻子大，体窍与眼睛相通（体窍是指身体上眼、耳、口、鼻等器官的孔洞），五体中属筋。南方人嘴大，体窍与耳朵相通。西方人脸大，体窍与鼻子相通。北方人脖子短，体窍与阴部相通，中央地区的人。体窍和嘴巴相通。

无启国（《山海经》中记载的古国）人，他们居住在洞穴里，吃土为生，死后，心脏不朽，埋葬之后，经过百年又变成人。

录国人，死后肺不朽，埋葬之后，经过一百二十年又变成人。

细国人，死后肝脏不朽，埋葬之后，经过八年又变成人。

土地肥沃的地方，人长得美。土地贫瘠的地方，人长得丑。

高辛氏（远古五帝之一）的女儿叫作子泽，生性嫉妒，她成婚后，把随嫁的婢女都赶到四方山里去了。这些婢女为了活下去，只好发展跨物种婚姻，东山的嫁给狐狸，生的儿子叫殃；南山的嫁给猴子，生的孩子叫溪；北山的嫁给貜猳，生的儿子叫伧。

贰　射摩

突厥的祖先叫作射摩。在阿史德部落的西边，有一个舍利海，海里有海神。射摩十分英俊，海神的女儿每到日落之后，就让白鹿把射摩接到海里去，天亮才放出来，就这样过了数十年。

有次部落要进行大狩猎，晚上海神女儿对射摩说："明天打猎的时候，在你祖先出生的那个石窟里，会跑出一只金角白鹿，你如果射中这只鹿，以后我们就可以长相厮守，如果射不中，我们的缘分也会就此断了。"

第二天，众部落呼啸畋猎，果然跑出一只金角白鹿，射摩派遣手下包围白鹿，结果白鹿异常机敏，眼看就要冲出重围的时候，阿咘（shi）部落的首领手起刀落，斩杀了白鹿。

射摩大怒，亲手斩杀了阿咘部落的首领，并且立誓说："发生了这样的事，必须用人祭天，就让阿咘部落的子孙们做祭品吧。"后来，每当突厥部落要祭天祭旗，还常杀阿咘部落的人。

晚上，射摩照常回到海神女儿那里，海神女儿说："你杀了人，有血腥气，我们的缘分尽了。"

突厥是历史上活跃在蒙古高原和中亚地区的民族集团的统称，普遍认为有匈奴血统。"突厥"只是个政治联合的名称，在民族关系上是一个复杂的混合体。它于5世纪在漠北草原崛起，其骑兵骁勇善战，比曾经的匈奴更彪悍，对东魏、西魏、北齐、北周、隋朝、唐朝都造成过巨大威胁，突厥汗国鼎盛时期一统中亚草原、西域诸国和蒙古草原。李渊反隋之际，曾经对突厥汗国称臣。

但是它非常不幸，遭遇了中国最强盛的隋唐时期，导致这个凶悍的游牧民族只存在了193年，就在历史上杳无踪迹了。

首先是隋文帝，他对突厥汗国用离间计，导致突厥汗国分成东西两大汗国。接着唐朝统一中国，政治稳定之后开始对突厥用兵，贞观四年（630）唐太宗灭了东突厥，显庆四年（659），唐高宗又灭了西突厥。

关于突厥起源的神话有好几种，此为其中一种。

叁　祆教

突厥信奉拜火教，奉祀祆神，不设祀庙，只用毛毡制成祆神的样子，装在皮袋里，每到了定居之处，就涂抹油脂来保养它，或者把神像系在竹竿上，一年四季都可以祭祀了。

拜火教，也叫“祆教”，或者“琐罗亚斯德教”，是古波斯帝国的国教，在基督教诞生之前，祆教是中东和西亚最具影响力的宗教，因为信徒在火前祷告，而被称为“拜火教”，也称“祆教”“火祆教”“白头教”。

祆教约在南北朝时传入中国，到了唐代，祆教随着粟特人的移民进入长安，长安设有多处祆祀。唐初的宗教政策比较宽松，与中亚的交流也非常密切，祆教一度非常兴盛，敦煌壁画中也有祆教题材。宋以后式微，随着伊斯兰教控制中亚，祆教几不可闻，由曾经世界上数一数二的大宗教，沦为现在信徒不及10万人的小教派。

明代的“明教”并非拜火教，“明教”来自“摩尼教”，拜火教与摩尼教的关系，可以用犹太教和基督教来比拟。

祆教的最大神是阿胡拉·马自达，他有三层翅膀，代表着“善念”“善言”与“善行”，这个教义后来被基督教借鉴过来。

有种误传，日本汽车“马自达”名字来自阿胡拉·马自达，其实“马自达”是汽车公司创始人的姓氏“松田”的日文发音，与祆教没有关系。

肆 坚昆

传说突厥是狼的后裔，但坚昆部落不是，他们的祖先出生在石窟里，这个石窟就在曲漫山的北面，他们自称，他们的祖先是神和母牛的孩子，一切就是在这个石窟里发生的。坚昆人头发是黄的，眼睛是绿色的，胡子是红的，其中有些黑胡子的人，相传是汉代大将李陵和他士兵的后裔。

李陵，汉代名将。李家世代出良将，李陵的祖父就是飞将军李广，李陵本人也神勇骁杰，多次出兵横扫匈奴。

天汉二年（前99），汉武帝敕令李陵用5000步兵前击匈奴单于，单于率3万骑兵迎战，5000对3万，步兵对骑兵，力量对比如此悬殊，李陵只能血战，杀匈奴近万人，一天用光50万支箭，终寡不敌众，投降匈奴。汉武帝闻之大怒，灭了李陵满门，并迁怒于说情的司马迁，处以宫刑。从此李陵不再思汉，娶了单于的女儿，终老匈奴。

后来司马迁作《史记》，走笔到李陵时，用墨浓重，称他为“虽古之名将，不能过也”。

李陵和苏武是好朋友，苏武出使匈奴，被扣19年，终于得以归汉的时候，李陵去送行，离别时慷慨作歌曰：“径万里兮度沙幕，为君将兮奋匈奴。路穷绝兮矢刃催，士众灭兮名已溃，老母已死，虽欲报恩将安归！”言辞恳切，令人潸然泪下。

伍 獠夷

西屠国（在今越南）有个奇怪的风俗：人们会把牙齿染黑。

汉武帝灭南越国之后，设“南海”“苍梧”“郁林”“合浦”“交趾”“九真”“日南”七郡。其中“交趾”“九真”“日南”三郡都在今天的越南，西屠国就在日南郡以南。

西屠国染黑牙齿不足为奇，唐代自己就流行过黑唇妆。据《新唐书》记载，宪宗元和末年，长安流行一种妆容，妇人不施脂粉，不戴头饰，仅画黑色唇膏。白居易也描写过这种妆容——“时世流行无远近，腮不施朱面无粉。乌膏注唇唇似泥，双眉画作八字低”。

獠族居住在牂牁（今云贵）一带，那里的妇女怀胎七月就生子，人死之后用竖棺埋葬。

“木耳夷”这个族群，生活在以前牢州以西的地方（今贵阳遵义附近），他们用鹿角做成器皿，人死了，就把人卷起来烧掉，再把剩下的骨头埋了。

木耳夷人，皮肤黑得像漆一样，天气稍微一冷，就用沙土把自己埋起来，只露出一张脸在外面。

牂牁郡，就是古夜郎国，在今天的云贵一带。此处设郡也跟汉武帝灭南越有关。

汉武帝灭南越时，筹划非常周密，兵分两路，一路从北而下，尖刀直入。第二路从西往东，借道夜郎国，再顺水路南下，双剑合璧，万无一失。结果第一路太能打，都灭了南越了，第二路才刚刚过了夜郎国。前线传来捷报说“不用来了，南越已搞定”。第二路想：“无功而返太没面子了。”于是掉头回去灭了夜郎国。汉武帝非常开心，在此设立牂牁郡。

獠族是今天仡佬族的源头。

珠崖郡（今海南）有一个洲叫作木饮洲，因为此地无泉，当地人于是不打井，以树汁做饮用水。

西南还有个族群叫作“木濮”，这里人有尾巴，类似乌龟，有几寸长，平常坐下的时候要先在地上打个洞，把尾巴安放好才能坐下，生怕把尾巴弄断，一旦尾巴断了，人就死了。平常他们都住在树上，吃人。

云贵，包括一部分巴蜀的少数民族总称为“百濮”，里面有很多民族，这里提到的“木濮”“獠”“木耳夷”都是其中之一。“濮”字有时写作“仆”，“獠”“夷”就不必说了，都不是好字，包括我们前面提到的“交趾”，这类起名方式，都暴露了中原帝国的大国优越感。其实，巴蜀文明也是中国三大文明之一，著名的三星堆文化遗址，就展现了巴蜀文明的灿烂成就。

陆　肉酒

突厥有个部落叫阿萨部，这个部落的人擅长狩猎，把猎物剖出肉，层层叠叠摞在一起，用石头压榨出肉汁来，再把从波斯和拂菻等国搞来的特殊的米和草籽酿于肉汁当中，几天之后肉汁就发酵成酒，喝了也会醉人的。

柒　异域

在西域有个“孝亿国”（今埃及艾斯尤特一带），国境线长三千多里，他们在平原上以木头为栅栏，圈出方圆十余里的地方，里面设百姓两千多家，全国有这样的大栅栏五百多处。

这里气候温暖，冬天草木也不凋零，适宜养羊养马，但是没有骆驼没有牛。此处的人质朴坦诚，热情好客，身材高大，鼻孔朝天，黄头发、绿眼睛、红胡子，披散着头发，脸色血红。武器只有“槊”一种。

这里的土壤肥沃，适合五谷生长，也出产金子和铁矿。此国人穿麻布衣服，信奉拜火教，不知道有佛法。全国有祆神庙三百多座，骑兵、步兵、甲兵加起来有一万。不重视商贩，自称孝亿人。男女都佩戴各种首饰，每做一次饭，可以吃一个月，所以，老吃陈饭。

还有一个“仍建国”（疑为今天的突尼斯），全国没有井，也没有河渠，种植全靠雨水。平常用一种名叫“紫矿”的树脂涂抹地面，以收集雨水。如果非要打井，打出来的水就好像海水一样又苦又咸。这里有个风俗，在平地上挖坑做池，海水涨上来可以蓄鱼，等海水退去之后，就可以捕鱼吃了。

西域还有一个“婆弥烂国”（即帕米尔），离京师两万五千五百五十里，这个国家西边是崇山峻岭，非常险峻，上面生长着很多体型巨大的猿猴，多达二三十万只，经常下山毁坏庄稼，该国每年开春以后，就要准备兵甲，与猿猴作战，就算每年杀死数万只，也无法赶尽杀绝。

西南海滨还有一个拔拨力国（今索马里柏培拉一带），这国人不吃五谷，专门吃肉，还经常刺破牲畜的血管取血，和着牛奶一起生喝。他们也不穿衣服，就在腰上系一块羊皮。这里的妇人皮肤雪白，五官端正，本国人经常拐卖妇女，卖到外国去，价格比在国内可以翻好几倍。

这里土产象牙和龙涎香，波斯商人很想来此国做生意，但是要进入该国并不容易，他们警惕性很高，波斯商人要聚集上千人，用麻布把自己捆绑起来，然后不分男女老幼刺血立盟，才被允许进来开市贸易。

这个国家从古至今不附属于其他国家。作战的时候用大象阵，武器有长矛、弓矢、盔甲等，都是野牛角做的，步兵有二十万。大食国（阿拉伯帝国）经常骚扰他们。

捌 绿洲

西域有一个昆吾国（今新疆哈密一带），该国堆土成丘，像佛塔一样分层，一共有三层，比较干的尸体放在上面，比较湿的尸体放在下面。这里的风俗以就近埋葬先人为至孝。祭祀时，众人都集中在大帐篷里，中间悬挂着衣服和彩绸，大家一起哭着祭祀逝者。

龟兹国（今新疆库车一带），正月初一有斗牛、斗马、斗骆驼的活动，一直持续七天，根据胜负之数，来预测今年羊马繁衍生息的情况。

该国还有“婆罗遮狂欢节”，这一天大家都要戴狗头猴面的面具，男女不分昼夜唱歌跳舞。八月十五这天，还要抬着佛像上街游行，民众玩跳绳。

龟兹古国，位于今天的新疆库车一带，是丝路北道最大的绿洲，也是通往中亚草原的咽喉要道。龟兹国在唐太宗贞观二十二年（648）被灭，从此龟兹正式进入中华版图，10年后，唐高宗在龟兹设立了“安西大都护府”，辖管安西四镇：龟兹、于阗、疏勒、碎叶。

有学者称龟兹为“丝路诸语之门”，说这里操各种语言的人都有，以形容当年多民族集于一城的繁华景象。龟兹语和梵语同属印欧语系，所以龟兹也是佛教进入中国的门户。

最有名的龟兹人非鸠摩罗什莫属，这位伟大的僧人是把梵文翻译成汉语的第一人，今天通行的《金刚经》版本就出自他手，其典雅精准，千年以下无人能及。

除此之外，龟兹另一大贡献是音乐，玄奘《大唐西域记》中说龟兹“管弦伎乐，特善诸国”，当时的龟兹可以比拟今天的维也纳。风靡汉唐的琵琶，原产地在波斯，经龟兹改造后传入中国。

隋完成统一，结束了将近300年的战乱局面，隋炀帝取四方音乐，官宣了九种音乐。到了唐太宗的时候，又重新界定，列出十部乐，分别是:《燕乐》——隋唐宫廷之乐,《清商》——汉乐,《西凉乐》——出自西凉的音乐,《龟兹乐》——龟兹国的音乐,《天竺乐》——印度音乐,《康国乐》——康国音乐,《疏勒乐》——疏勒国音乐,《安国乐》——安国音乐,《高丽乐》——高丽国音乐,《高昌乐》——高昌国音乐。

官方教坊专门设“龟兹部”演练龟兹乐，在唐朝，龟兹乐在乐坛一直拥有无与伦比的地位。

西域焉耆国，每年的正月初一和二月初八，也要举行“婆罗遮狂欢节”，还要在野外祭祀三天。四月十五的时候要游林。五月五日为弥勒菩萨庆祝生日。七月七日祭祀先祖。九月九日举行床撒活动。十月十日国王要办厌胜法事，领着全家出宫，由大祭司代为管理国家一天一夜。全国从十月十四日起不停歌舞，直到岁末。

焉耆国，位于今天新疆吐鲁番一带，本为独立小国，但常受西突厥驱使，朝秦暮楚，突厥来了降突厥，大唐来了降大唐。贞观十八年（644），唐太宗派郭孝恪平定焉耆，设焉耆都督府，从此归属大唐。

玖　昭武九姓胡

西域有国“拔汗那”，也就是汉代的大宛国，十二月及正月初一的时候，国王和部落首领都要各领一队，每队出一个人，穿上铠甲，大家都用石头、瓦块、棍棒来投掷，直到一方被打死为止，以此来占卜明年的收成。

西域东曹国，也叫苏都识匿国，有个夜叉城，城里以前有夜叉，它居住的石窟还在。石窟附近有五百多户人家，在石窟门口修建出祀舍，有门有锁。附近的人家每年到石窟门口祭祀两次，人如果离窟口太近，就有烟喷出来，被熏到的人马上会死，于是大家把尸体从窟口扔进去，石窟很深，尸体入内便不知所踪了。

粟特人属于伊朗族，《新唐书》中记载，当时一批粟特人居住在祁连北昭武城，于是以“昭武”为其氏，后被突厥所破，分支为王，共有九个分支，所以称为“昭武九姓胡”，也称“杂种胡”。

这九个姓氏，目前能够确认的是康、安、曹、石、米、何、史七姓，还有两姓不存。《新唐书》中记载余下两姓为“火寻”和“戊地”，经考证是误传。

九姓胡建立的国家有：康国、安国、曹国、石国、米国、何国、史国、火寻（花剌子模国）和拔汗那国（即大宛）。其中曹国有东曹、中曹、西曹。安国有东安、中安、西安。石国有大史、小史。

中亚地处东西要冲，向来是被征服、被侵略的地区。所以九姓胡不关心政治，只醉心贸易，不管谁来，他们都臣服。唐朝势力范围扩展到中亚之后，九姓胡迎来了史上最和平时期，他们得以承接东西方道路，在丝路贸易上做出了很大贡献。

长安和洛阳城中最大、最有影响力的外族聚落，就是九姓胡聚居地。粟特人信奉祆教，不管是在长安还是在洛阳，当粟特聚落达到一定人数的时候，他们就会建一座火庙。安史之乱之后，唐失去了在中亚的绝对优势，粟特人的故乡康国，也就是撒马尔罕，被伊斯兰化，导致大量的九姓胡不愿回到故乡，就此在长安定居下来，最后融入汉族。

九姓胡因为重商，且经常沦为被统治者，所以地位并不高，在唐代的鄙视链中处于下层。

唐代最有名的九姓胡，大概就是安禄山了。安禄山是混血儿，父亲是康国人，母亲是突厥人。另一位盛唐名将哥舒翰也是混血儿，他父亲是突厥人，母亲是胡人。

唐代这两个著名的混血儿曾经有过这样一段对话，从中可以看到唐代之种族歧视。

安禄山对哥舒翰说：“我父亲是胡人，母亲是突厥人，你父亲是突厥人，母亲是胡人，我们的血脉如此类同，怎能不亲近呢？”哥舒翰出身名门，素来瞧不上安禄山，于是讽刺他说：“古人云，狐向着自己出生的洞窟嗥叫，是不祥的征兆，你我正是同类，承蒙厚爱，哥舒翰怎能不尽心呢？”

哥舒翰用到“狐”字，正是讽刺安禄山是“胡人”，安禄山大怒，破口大骂，“你突厥人有什么了不起的？竟敢如此说话！”

后来安史之乱，哥舒翰奉旨讨贼，被安禄山俘虏，安禄山见面第一句话就是：“你还瞧不起胡人吗？”算是报了当年的仇。

拾 马流

马援将军当年南征的时候，有十户士兵没有跟随他回来，就留在了越南的寿泠县，这么多年他们彼此通婚，已经有两百户之多了。因为他们流寓南方，所以称作“马流”。

他们的衣服饮食都与中华相同，岁月流逝，山河变易，当年马援将军立做界标的铜柱已经没入海中，只有这些马流人才找得到。马流人也叫“马留”。

汉光武帝时，交趾郡反汉，汉光武帝派马援前去平叛，马援平息叛乱之后，在“日南郡”最南面立起一根铜柱，这就是著名的“马援柱”，以此界定汉朝最南边界。为了起到警示的作用，“马援柱”上书写了几个大字：“铜柱折，交趾灭”，意思是“把柱子弄倒了，我灭你全家”。当地人不敢推倒柱子，只好往柱子上扔石头，天长日久，柱子下形成一个小石丘。“马援柱”今已不存。

拾壹　武陵蛮

三峡一带的风俗还保留有蛮夷之风，武陵的蛮人喜欢把苎草心编成帽子，名叫“苎绥”。他们没有历法，用水稻的成熟来记年月。人死安葬，把竹竿插在地里指向天空，称之为“刺北斗”。相传武陵蛮的祖先是帝高辛氏的狗，名字叫“盘瓠”，盘瓠死在树上，众人用竹竿把尸体拨下，所以就演变出这样的风俗。

高辛氏，也就是帝喾，五帝之一，黄帝的曾孙，尧的父亲。他有一只狗，叫作“盘瓠”，犬戎为害，帝喾说：“谁能把犬戎的首领头颅取来，我就把小女儿嫁给他。”结果盘瓠就叼着犬戎首领的头颅跑过来了，帝喾没有办法，就把自己的小女儿嫁给了宠物狗。盘瓠带着小公主隐居山林，三年生了十二个孩子，这些孩子互相繁衍生息，就成了蛮夷。

拾贰　雁翅湖

林邑国（今越南中部）有个雁翅湖，湖周不生树木，当地人到了春夏季节，经常跑到这里来张网捉大雁，拔下翅羽来做成扇子，盛暑时可用。

拾叁　西域

西域有国名叫“乌秅”，在它的西边有一个“悬渡国”，这个国家溪谷多，出行不易，人们就在两岸之间架起绳索引渡，用废的绳索加起来有两千里那么长。当地石头多，人们就在石间耕作，用石头垒成房屋，用手捧着水喝，称为“猿饮”。

在鄯善国（今楼兰古城一带）的东面，龙城的西南方向，有一块方圆千里的地方，都是盐田。行人赶路，以及牛马睡觉，都要铺上毛毡。

拾肆　飞头人

岭南溪谷的山洞里，常常有头会飞的人，称为“飞头獠子”。

头在准备飞的前一天，这人的脖子上会出现一条红线，他的妻儿会好好守护他，到了晚上，这人没精打采，好像生病一样，接着头部生出翅膀，离开身体飞走了。这个头也不会乱飞，常飞去岸边淤泥里找螃蟹蚯蚓之类的东西来吃，天快亮的时候，头自己会飞回来，这人好像做了一场梦，但是肚子却是饱的。

梵僧菩萨胜又说：“在‘阇婆国’也有飞头人，这样的人没有瞳孔，头飞回来的时候，自己回不去，需要有人帮他安好。”

干宝的《搜神记》也说：秦朝时候，南方有落头民，头会飞，因为当地供奉的神名叫“虫落”，所以他们被称作“落头民”。吴国朱桓有一个婢女，她的头晚上就会飞。

壬子年的《拾遗记》中记载了这样一件事：晋武帝的时候，因墀国的使臣说，“南方有能分解身体的人，先让头飞南海，左手飞东海，右手飞西边大泽，到了晚上，头又回到肩膀上，两只飞出去的手因为遇到飓风，飘在海外没回来。”

拾伍　餐树

最近有人出海前往新罗（今朝鲜半岛），结果被风吹到一个岛上，发现岛上到处都是黑漆木筷和勺子。原来岛上生长了好多大树，这些餐具就是树上的花和须，掉下来就成了筷子和勺子。这人捡了一百多双回来，发现过于粗大，根本不能用，后来偶尔用来搅拌茶水，随搅随化掉了。

拾陆　海影

咨议朱景玄听鲍容说过一件奇事，陈司徒在扬州的时候，有一次东市的塔影突然颠倒了，当地老人说，海影翻转就是这样的。

拾柒　黑蛋

常侍崔玄亮在洛阳的时候，有次散步捡到一块石头，跟鸡蛋差不多大，颜色黑润，惹人喜爱，他就拿在手里边走边把玩，走了一里地，这块石头哗的一声破了，一只跟鸜鹆差不多大的鸟儿飞了出来。

拾捌 鱼片

进士段硕曾经认识一位姓南的孝廉，这位孝廉擅长切鱼片，切完的鱼片就好像薄丝一样，轻得可以吹起来，切的时候，操刀响亮，好像有节拍。

有次宴客，南孝廉准备露一手，给大家表演切鱼片，他把鱼架在架子上，正切着呢，忽然一阵狂风暴雨，只听一个炸雷，切好的鱼片都化作蝴蝶飞走了。南孝廉又惊又怕，从此封刀，再也不切鱼片了。

鱼脍，就是生鱼片，把活鱼切得菲薄，蘸着酱汁生吃。

不管是吃生鱼，还是吃生肉，这种吃法古已有之。《汉书·东方朔传》记载："生肉为脍。"《礼记·内则》记载："肉腥细者为脍。"

讲究精致生活的大唐自然要把它发扬光大。但是"脍"对卫生条件要求比较高，一旦食材不够新鲜，就会引发肠道寄生虫病。后来中华美食渐渐摒弃"脍"，改用更卫生的高温加热烹调，"脍"的做法今主要存于日本。

鱼脍，关键是薄，否则再好的鱼也会腥气扑鼻，除了刀法要好，刀好也是关键。我有一年在纽约遇到一个著名的日料师傅，隔着案子跟我炫耀他手里的刀，真的是一道白光，吹发可断，他说，"这把刀两千美金，还只是最低配置而已。"

拾玖 水变

文宗开成末年，河阳(河南孟州)的黄鱼池结冰了，冰花就好像丝缬一样好看。

河阳城南有一户百姓姓王，他家小池塘边生长着几株大柳树，也是开成末年，柳叶落进池塘变成鱼，大小就跟叶子一样，吃起来没什么味道，到了冬天的时候，这家就摊上官司了。

婺州（今浙江金华）有个和尚叫清简，园子里种了些蔓菁，有一天忽然变成莲花了。

贰拾　僬侥国人

李章武有一个人蜡，三尺多长，头、颈、腿骨、肋骨都很齐全，据称是传说中的僬侥国人。《山海经》云，此国人矮，只长三尺。

第七卷

禽虫

壹 应龙

走兽类的祖先是“应龙”，应龙生建马，建马生麒麟，麒麟生普通的兽类。

“应龙”在神话传说中是黄帝手下的一员猛将，曾经帮助黄帝打败了蚩尤。我们前面曾经介绍过，宋代成书的《云笈七签》里记载，黄帝还骑着应龙升天成为“太一君”。这大概是宋人的杜撰，因为《山海经》中记载，应龙在帮助黄帝打了胜仗之后，元气大伤，无力升天，只好潜伏在人间。这样过了几百年，到了黄帝的玄孙大禹时代，应龙还活着，元气恢复得差不多了，发现这位玄孙正忙着挖河道，就大喝一声，用尾巴帮助大禹划地成河，大禹感动得泪流满面。

中国古代神话体系，以及吸收了这个体系的道教，在人物安排方面一直呈现出混乱的状态，基本上是无法深究的。“应龙”应该是最早出现的龙，甚至它出现的时候“龙”这一概念还没有完全成型。所以“应龙”被很多人考据成“祖龙”，称其为一切龙的始祖。但是《淮南子》大笔一挥，给“应龙”加了一个爹，就是“毛犊”，谁也不知道它是什么。也有说法，“应龙”的爹是“羽嘉”。

不管怎样，鸟的祖先是龙，只是这种龙名字应为“恐龙”。

龙头上有个东西，像头冠上的“博山”，叫作“尺木”，龙如果没有“尺木”就不能升天。

鳞甲类的祖先是“介鳞”，介鳞生蛟龙，蛟龙生鲲鲠，鲲鲠生建邪，建邪生普通的鱼。

爬行类的祖先是“介潭”，介潭生先龙，先龙生玄鼋，玄鼋生灵龟，灵龟生普通的龟类。

树木类的祖先叫“日冯”，日冯生玄阳阏，玄阳阏生鳞胎，鳞胎生干木，干木生普通的树木类。

草类的祖先是“招摇”，招摇生程若，程若生玄玉，玄玉生醴泉，醴泉生应黄，应黄生黄华，黄华生普通的草。

浮草类的祖先叫“海闾”，海闾生屈龙，屈龙生容华，容华生浮萍，浮萍生水藻，水藻生普通的浮草。

甲壳类的动物是利用日光孵化的，羽毛类的动物是用身体孵化的。

食草动物力气大但是愚笨，食肉动物勇敢但是野蛮。

吞噬类动物全身有八窍，卵生；咀嚼类动物全身有九窍，胎生。

不长角的是彘类动物，没有前齿；长角的是牛羊类动物，没有后齿。

吃叶子的动物吐丝，吃土的动物不呼吸，光吃不喝的是蚕，光喝不吃的是蝉，不吃不喝的是蜉蝣。

蚯蚓类倒着爬行，蛇类迂回爬行，蟋蟀用嘴发声，蝉用两肋发声，金龟子用翅膀发声，纺织娘用大腿发声，蝾螈用胸发声。

蝉只能活三十天。

鲟鳇鱼每年三月上溯游到河南的孟津。

鹧鸪向着太阳飞。

鳊鱼和鲫鱼样子很像，车螯和移角样子很像。

凤凰，雄凤凰的叫声是“节节”，雌凤凰的叫声是“足足”，飞起来的叫声是“归嬉”，停下来的叫声是“提扶”。

麒麟，雄麒麟的叫声是“逝圣”，雌麒麟的叫声是“归和”，春天的叫声是“扶幼”，夏天的叫声是“养绥”。

鳖如果没有耳朵，就是鱼的守护神。

虎如果长了五个脚趾，就是貙。

池塘里的鱼儿满了三百六十条，就会被蛟龙领着飞走。

鱼长到两千斤就是蛟。

武阳（今四川新津）的小鱼，一斤有一千条。

东海的大鱼，瞳孔就有三斗的盆那么大。

桃文竹四寸为一节，木瓜树一尺就有一百二十一节。

木兰树剥去皮也不会死，荆树心是方形的。

蛇有水蛇、草蛇、木蛇、土蛇四种。

孔雀尾巴，末端一寸的地方叫作珠毛。

鹤左右爪第一爪趾叫作“兵爪”。

蜀地没有兔和鸽子。

江南没有狼和马。

云南朱提以南，没有鸠和鹊。

鸟有四千五百种，兽有两千四百种。

猫头鹰是楚鸠的后代。

骡子不繁殖。

“反舌”是一种鸟，蔡邕以为是蛤蟆的别称；“蛩”是蝗虫，《淮南子》误以为就是蛾蠓；“螽”是蝗虫的一种，《毛诗正义》以为是蝼蛄；汉末的高诱以为喜鹊就是蟋蟀。

母兔产子是从嘴里吐出来的，鸬鹚也是口吐幼鸟。

葫芦籽还叫“犀”，胡桃仁还叫“蛤蟆”。

蛤蟆没有肠子。

龟的肠子在头部。

蝌蚪的尾巴脱落后就会长出脚。

鸟兽没有怀孕叫作“禽”，鸟养育了幼鸟叫作“乳”。

蛇睡觉的时候头向着北方；喜鹊搭巢要背着太岁星；燕子在入夏后的戊巳日蛰伏；老虎奋起而跑的时候只能直冲，不会拐弯；喜鹊预知未来；猩猩能知过往。

鹳鸟靠影子交接而受孕，蛤蟆靠声音怀孕。

古齐王后死后化为蝉；古蜀帝杜宇死后变成杜鹃。

传说林邑王与越王有仇，雇刺客斩越王头挂在树上，头就变成了椰子，至今椰子俗称“越王头”。

西晋杜预率兵灭吴，吴人恨他，杜预有大脖子病，吴人就把葫芦挂在狗脖子上，讽刺杜预，至今葫芦又叫“杜预项”。

鹧鸪的叫声类似“向南不北”，鹈鹕的叫声类似“悬壶卢系项”。

十四粒豆子排列起来正好是一个箭头的长度，十二粒粟米排列起来长为一寸。

如果人参到处都有，兰花长生不死，这都是祥瑞之兆。

籽实叫“果”，结在树上的也叫“果”。

小麦忌戌年，大麦忌子年。

荠、葶苈、菥蓂都是杂草，孟夏时节收大麦时枯死。

乌头壳外面有毛，石蛄草在茎节上开花。

树如果一年开两次花，说明夏天会有冰雹；李子树如果一年开两次花，说明秋天会下大霜。

树木如果无缘无故丛生，又枝条向下，且长到一尺到一丈以内自己就死了，这都是凶相。

城中如果满一年没有鸟，说明要有战事；城中鸟如果忽然都飞走，说明要日食了。

鸡无故自己飞走，说明家里有蛊；如果飞到树上中午还不肯下来，说明妻妾有奸情。

人看到蛇交尾，三年就会死；冬天卧室出现蛇，说明有突发军情。

人晚上睡觉，无缘无故发髻散了，说明有鼠妖。

房屋的柱子如果突然长灵芝了，白色的主丧事，红色的主血光之灾，黑色的主盗贼之灾，黄色的是喜事。如果芝的形状像是人脸，可能要破财；如果像是牛马，预示着要远服劳役；如果像是龟、蛇，预示着农事和蚕事不利。

国君的圣德如果惠及最偏僻处，那么比目鱼就会出现。

妻妾如果守规矩懂礼制，白燕就会来做巢。

山上如果长葱，下面就会产银；山上如果有薤，下面就会产金；山上如果有姜，下面就会产铜和锡；山中如果有玉石，树木的旁枝都会下垂，称之为“宝苗”。

西汉刘歆曾经从上林苑官员虞渊那里得到一份朝臣进献给皇帝的两千余种草木的名单，邻人石琼找他借阅，结果不小心都弄丢了。

谚语说：“买到鲂鱼，还不如吃素；宁去累世宅，不去鲫鱼额。”意思是鲂鱼难吃，还不如吃素；鲫鱼美味，宁可拿套房子来换。

洛水的鲤鱼、伊水的鲂鱼，卖得都比牛羊贵。“合涧牡蛎”虽然算不得了不起的美味，但吃一次也足以炫耀。槟榔和扶留叶一起嚼，可以忘忧。白马寺的甜石榴，一个就顶一头牛的价钱。

草木茂盛，黄莺就会乱飞。

贰 凤凰音

凤凰，骨头是黑的，雌雄凤凰在早晚的鸣叫声是不相同。

黄帝的乐官叫“伶伦”，黄帝令他制作了十二支“龠”来模拟凤凰的声音，其中按照雄凤做成六声，按照雌凤做成六音。龠是一种竹子制成的乐器，类似笛。

有一种药，叫作“凤凰台”，是凤凰脚下的白石。在凤凰的落脚点掘地三尺，可以得到如卵石一样的圆石头，正白色，此为“凤凰台”，服下就可以安神。

五音指的是“宫商角徵羽”，对应西方音乐中的唱名“12356”，唐代乐律家祖孝孙加入了变徵（角与徵之间的变音）、变宫（羽和宫之间的变音）两音，成为七音。排列开就是宫、商、角、变徵、徵、羽、变宫，对应1234567。以此为基调，在其他的音之间又出现了个半音，相当于升降音，总共十二个半音，称十二律，分别是：黄钟、大吕、太簇、夹钟、姑洗、仲吕、蕤宾、林钟、夷则、南吕、无射、应钟。

叁 雀音

孔雀，佛经里说：孔雀听到雷声就会怀孕。

鹳，江淮地区把群鹳旋飞称之为“鹳井”。鹤也喜欢旋飞，旋飞的时候就会有风雨。

人如果摸到鹳的巢中，捉住鹳的幼鸟，方圆六十里就会有旱情，因为鹳一生气会群飞，直冲霄汉，冲散雨云，就不会下雨了。

乌，如果在地面上鸣叫，不吉利，但是，临行前乌在人前引路而鸣，这就算喜事，这一条以前的占卜书没有记载。

德宗贞元四年（788）的时候，郑州、汴州出现大量的乌，它们飞到节度使田绪和李纳的辖境，这些乌衔来草木，筑成城墙，竟然有二三尺高，绵延十多里。田绪和李纳厌恶灵异事件，就让人放火烧墙，结果乌们又衔木为城，两个晚上垒墙如故，累得嘴角都流血了。

民间有种说法，如果乌翅膀沉重飞不高，这是天要下雨的征兆。

肆 鹊灵

鹊巢中必有一根横木，像梁。肃宗朝宰相崔圆相公的妻子还未出嫁时，和姐妹们在后院嬉戏，见到鹊建巢，两只鹊共同衔了一根木头，像笔管一样，长一尺有余，安在巢中，只有她看到了，其他人都没见到。俗语说，“见到鹊上梁，必是贵人。”

上仙观坐落在高宗武后的乾陵之上，代宗大历八年（773）的时候，上仙观天尊殿里出现了异事，有两只鹊一起衔着柴火和泥巴，把大殿破损的十五处地方都修补好了，宰相以此为祥瑞之兆，上表祝贺。

德宗贞元三年（787），中书省的梧桐树上，有只鹊衔泥做巢，烧了这样的巢，可除狐妖。

伍　燕事

凡是狐狸、貂、老鼠之类，燕见了就要掉毛。有种说法，到了冬天燕会蛰伏在海底，变成蛤蚧。

旧时说法，如果燕子不入堂做窝，是因为井空，这个时候用桐木雕刻男女像各一，扔在井中，燕子一定会来。

胸前有黑斑的燕，叫声响亮，名为“胡燕”，它的巢特别大，可以放下一整匹布。

陆　狮子

佛经说：“如果用狮子的筋做琴弦，那么弹这根弦的时候，余弦皆断。”

西域有黑狮子，集贤校理张希复曾经说过：“以前我家有狮子尾巴做的拂尘，夏天蚊蝇不会落在上面。”

以前还有说法，苏合香就是狮子粪。

当时在西方人的心目中，大唐是产香大国，其实与其说是“产香大国”，不如说大唐是“用香大国”，因为大唐所用香料，主要依赖进口。

苏合香有药用价值，早在汉代就通过拂菻（东罗马）、安息（伊朗地区的阿萨息斯王朝）传入中国，是苏合树的树脂。到了唐代，“苏合香”主要来自越南。除了用作药物之外，也被人佩戴在身上。唐代李端有诗云“游童苏合带，倡女蒲葵扇”。

柒 象

以前的说法，大象的记忆力持久，人们多用象皮蒙鼓，大象认出幼象的鼓皮就会流泪。一面象鼓，重达千斤。

佛经说：象是“七支柱地”，所谓七支，是四足、尾根和牙。

佛经还说有的象是六枚象牙，牙上如果生花，一定是因为虚空雷震起云。

佛经又说，极大的象叫作“龙象”，这种象，六十岁骨头才生长完毕，现在荆州（泛指湖北长江流域）岸边所谓的“象”，黑色，两根牙，其实不过是江豚罢了。

高宗咸亨二年（671），周澄国遣使上表说：“诃伽国有白象，四枚象牙，五条腿，此象吉祥，去了哪里，哪里就会五谷丰登，洗白象牙的水，喝了可以治病，请上国发兵快去取。”

象胆按四季轮转，分别位于四条腿上，春天在左前腿，夏天在右前腿……就好像龟的四肢伸缩，长短并不固定一样。

象鼻子前端有爪，可以拾针，象肉有十二种，只有鼻子是象的本肉。

陶弘景说：“夏天配药的时候，最好把象牙放在旁边。”

南方人说象生性嫉妒，厌恶狗叫的声音，所以猎象的人都是带着干粮爬到树上，搭建一个类似熊窝的窠，躲在里面等待，有象群经过的时候，这猎人就学狗叫，象群就停下来，一起仰鼻吼叫，徘徊不去。这样五六天之后，象就会困顿不堪，倒伏在地，在这个时候趁机猎杀。

象耳之后有一个穴位，此处皮肤薄如鼓皮，一刀下去就能毙命。

象的胸前有小横骨，磨成灰，和酒服下，能让人在水中出没。

吃了象肉，可以增肥。

古训说，大象怀孕五年才生产。

捌 虎

老虎交配的时候会有月晕。

仙人郑思远经常骑虎，有次他的故人许隐牙疼过来求助，郑思远说："只有虎须可以治，刚拔下的虎须，趁热塞到两齿之间，马上就会痊愈。"郑思远说完就去拔虎须，老虎一动不动给他拔，拔下后给许隐用，果真就好了，可见虎须是可治牙疼的。

老虎咬死人之后，可以让尸体自己把衣服脱了，老虎再来吃。

老虎的威骨像个"乙"字，长一寸，长在两肋的皮下，尾端也有。有官位的人佩戴比较好，没有官位的人佩戴，会招来嫉妒。

老虎晚上可以看到东西，一只眼睛发出光芒，犹如探照灯，另外一只眼睛可视。如果此时射虎成功，虎目光芒落入地中就变成白石，这种石头可以治疗小儿惊厥。

玖 马

北族的"护栏马"，就是"五白马"，也叫"玉面谙真马"，是十三岁的马。

十三岁以下的马可以留种。以前用作种马的马，战马高八尺，田马高七尺，劣等马只要高六尺就可以了。

瓜州（今甘肃）用苹草喂马；沙州（今甘肃敦煌西）用茨萁喂马；凉州（今甘肃威武）用勃突浑喂马；蜀地用稗草喂马；安北（安北都护府，今内蒙古）用沙蓬的根叶喂马。

用胡萝卜根喂马的话，马就会很肥壮。

大食国的马可以听懂人语。

虎

悉怛国、怛幹国出好马。

马到了四岁，上下齿都长全了；到了二十岁，牙齿就都磨平了。

马身体的部位也各有名称，比方“输鼠”“外凫”“乌头”“龙翅”“虎口”。

用猪食槽喂马，或者用石灰涂抹马槽，或者马出了汗拴在门边，这三件事都会让母马流产。

以下这些马不能骑：颈部长有旋毛的马；长着黑色鬃毛的白马；马鞍下或者腋下长有旋毛的马；右肋下长白毛的马；两只后蹄是白色的马；长着四只黑蹄的白马；眼睛下面长着横毛的马；长着白嘴的黄马；嘴后长有旋毛的马；汗沟一直通到尾巴上的马；眼睛红、睫毛乱或者倒长睫毛的马；长着黑眼圈的白马，或者眼白多而目光漂移不定的马。

如果马足上生有角质块，这样的马可以夜行，这种角质称叫“夜眼”，“夜眼”也叫“附蝉”。

尸肝也叫“悬熢”“鸡舌”。

《抱朴子》说：用地黄、甘草喂马，马都五十岁了还能再生三个马驹。

拾　牛

北族养牛，如果牛消瘦，多半是因为蛇钻进了牛的鼻子或者嘴里，这样的牛只剩下一个肝，独肝水牛不能吃，吃了会死人，逆贼李希烈就是因为吃了独肝牛而死的。

相牛法：颈下垂皮分叉的牛寿命长。牛的胸骨架越宽越好，蹄后筋横生才好。经常叫唤的牛，说明体内有牛黄。牛角发凉，说明牛有病。眼下长有旋毛的牛活不长。睫毛杂乱的牛，喜欢用角顶人。嘴黑角歪的牛克主人。毛少骨头多的牛有力气。排尿往前尿的牛是好牛。肋骨疏散的牛不好养。牛三岁两齿，四岁四齿，五岁六齿；六岁之后，每一年都会长一节脊梁骨。

春秋时，相牛名家宁戚喂养的牛，生有双筋，从尾骨一直贯到颈部。

突厥的祖先出自索国，当年有位泥师都王子，他娶了两个妻子，生了四个儿子，其中一个儿子化为飞鸿，只剩下三个儿子。泥师都对三个儿子说："老爸有个秘密，今天告诉你们，你们跟在古旃后面，答案自会揭晓。""古旃"就是牛，三个儿子于是跟着牛，牛的粪便都变成了肉和奶酪。

太原县北面有座"银牛山"。东汉建武三十一年（55），有个人骑着白牛从别人家的田里经过，农夫就责问他，"什么人，为何踩我田地？"这人说："我是北海使者，要去看天子登泰山，可能有些心急了，对不起了老伯。"说完就骑着牛上山了。农夫追到山上去看，哪里还有人影，只看到牛的痕迹，牛粪全都变成了银子。第二年，果然汉光武帝刘秀就去泰山封禅了。

拾壹　鹿

虞部郎中陆绍有个弟弟，担任过卢氏县（今属河南）县尉。

这位弟弟有次去观看猎人打猎，突然出现了五六只鹿来到涧边喝水，见到人也不害怕，身上的斑点如画，非常漂亮

面对这么好看的鹿，猎人们并不捕射，陆某感到很奇怪，猎人说："这是仙鹿，不能射，射了也伤害不到它们，反而不吉利。"

陆某不信，非要射，猎人不得已只好射了，一箭过去，鹿带着箭跑了，等到返回的路上，射鹿的猎人无故坠落山崖，把左脚折断了。

南朝刘宋时的《南康记》里说："合浦（今广西合浦）有鹿，头上顶着一株科藤，四条藤枝笔直向上，各有一丈长。"

鹿

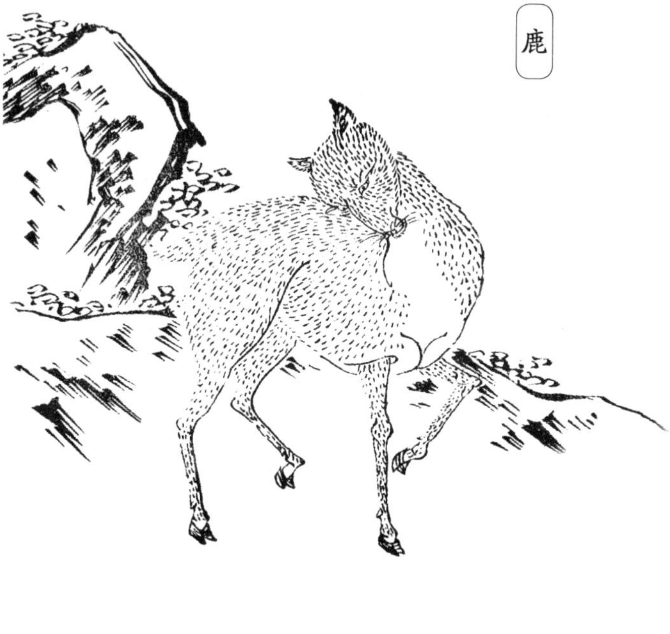

拾贰　犀牛

犀牛的角中间有孔的被称作“通天犀”，这种犀牛非常厌恶影子，所以经常喝浑浊的水。

当犀牛撒尿的时候，人去驱赶它，它也不会动。

通天犀牛角的纹理形似百物，有人说，通天犀牛角中间有孔，是因为它们有病。但是它的纹理也分“倒插”“正插”和“腰鼓插”三种。“倒插”意味着犀角下面已经通了，“正插”是指上面已经通了，“腰鼓插”的意思是两头通，中间不通。所以波斯人管象牙叫“白暗”，管犀角叫“黑暗”。

我家郎中吴士皋，曾经在南海郡当过差，听来往的波斯船长们说，他们国家要猎取犀牛角时，先在路上设置很多木桩，就像拴猴子的木桩，据说犀牛的前脚是直的，休息时必须倚着木桩，一旦木桩倒了，犀牛就起不来了，这时埋伏在一旁的人就可以出来取犀角了。

犀角，也叫“奴角”，有鸩鸟的地方肯定有犀牛，犀牛一个毛孔长三根毛，刘孝标说：“犀牛的角脱落后，它就把角埋起来，人如果想要得到这只角，就要用一只假角去换。”

拾叁　骆驼

骆驼，本性羞涩。

《木兰诗》里面有“明驼千里足”这样的句子，但是里面的“明”字经常被误写作“鸣”字。其实“明驼”的叫法是对的，骆驼屈膝而卧下，腹不贴地，在地面和腹部之间有光亮透过来，所以叫“明驼”，据说这样的骆驼善走，可以行千里。

《木兰辞》原文作“愿驰千里足，送儿还故乡”。也有写作“愿借明驼千里足，送儿还故乡”，从段老的记载来看，至少后一种版本在唐代就已经有之。

唐代女子多豪迈，不让须眉，这是北朝少数民族遗风，《木兰辞》这种故事也只能发生在北朝，南朝是断断不可能有的。

唐朝也有花木兰，但不是替父从军，而是为父从军，就是唐高祖的女儿平阳公主。平阳公主是李渊第三个女儿，是李世民的同母妹妹。隋大业十三年（617），李渊在太原起兵反隋，密招居住在长安的平阳公主和其丈夫柴绍前往太原会合。平阳公主和丈夫一商量，决定助父亲一臂之力，她让丈夫先行，自己女扮男装，自称李公子，回到乡下募兵。平阳公主在很短的时间内，竟然成功募兵七万人。她带着这七万人投奔李渊，见到父兄之后，毫不居功，把军队全数交给二哥李世民。

李渊四处征战的时候，平阳公主就驻守在李家的大本营——山西太原，平阳公主后来死于战争，没有看到父亲登基。平阳公主死时，李渊非常难过，以军礼葬了这个女儿，并且谥平阳公主为“昭”。大唐初期，颇有几个矫矫不群的公主，这都是北朝女子较自由、较平等的表现。

拾肆　熊、狼

高宗的时候，加毗叶国进贡了“天铁熊”，这种熊可以捕白象和狮子。

狼，大小如狗，毛色是灰白的，号叫时全身的孔窍张开。狼腿中有筋，粗如鸭蛋，犯盗窃罪的人，用狼筋熏他的手，会让窃贼的手痉挛。有人说狼遍身是筋，就像织布的经纬一样交织在一起，是体内的小囊虫编织的。

点燃狼粪，产生的烟气直冲云霄，可以用于烽火台。

有人说“狼”和“狈”是两种动物，“狈”的前足十分短，平时行走要把前足架在狼身上，否则就无法行动，所以俗语称事情不顺为“狼狈”。

临济县（今山东章丘）西边有个狼丘。就在前几年，有人在野外遇到数十条狼，

狼

这人情急之下就攀到草堆上躲了起来。只见两条狼进入洞穴，背出一条老狼，那老狼非常狡猾，走到这人藏匿的草堆旁，用嘴扯出几根草，那些狼看了纷纷效仿，都用嘴去扯草，眼看着草堆就要塌了，正好有猎人经过，群狼一哄而散，才救了这个人一命。这人回去之后就领着众人过来挖丘，挖出一百多条狼，都杀了。可能这条老狼就是大家说的狈吧。

拾伍 鱼

鲸鱼。鲸鱼头上有个洞，每次吸水之后，就把水从这个洞里喷出去，飞泉一样散落在海中。航行的人都争着用空器皿去接，因为这个水不像海水又苦又咸，反而如泉水一般，可以饮用。我是听梵僧菩提胜说的这事。

异鱼。东海的渔人说，最近捕获到一条鱼，长五六尺，肠胃是箭袋、刀、矛的样子，有人说这鱼叫“秦皇鱼”。

鲤鱼。脊背上有一道鳞，每片鳞上都有一个小黑点，不论大鱼小鱼都是三十六片鳞。本朝律法，捉到鲤鱼应当即刻放生，不能吃，鲤鱼被尊称为“赤鲩公”，卖鲤鱼的人杖六十，因为“鲤”谐音国姓“李”。

黄鱼。蜀中每次杀黄鱼，必阴雨。

乌贼。以前说，乌贼又叫“河伯度事小吏”，每当遇到大鱼，乌贼就放出墨汁，染黑方圆数尺，然后隐身其中，让大鱼吃不到它。

江东有人为了骗人钱财，用乌贼的墨汁写契约，刚写时就好像淡墨一样，但是过了一年字就消失了，只剩下一张白纸。

海边人说，以前秦始皇东游的时候，把算袋扔到海里，就变化成乌贼，所以乌贼形状像算袋，两根带子很长。还有一种说法，乌贼体内有碇石，遇到大风浪，就用前须放下碇石稳住身体。

鲐鱼。凡是有别的鱼要产卵了，鲐鱼就会去舔那鱼的肚子，世人都说，鲐鱼是众鱼的接生婆。

鲭鱼。章安县（今浙江临海）出产鲭鱼，小鲭鱼可以自由出入母鱼的肚子，它们早上出来觅食，到了晚上就回到母亲的肚子里。母腹中可以容得下四条小鱼。这种鱼金色鱼颊，非常矫健，渔网也抓不住它们，民间又称呼它们是“河伯健儿”。

鲛鱼。鲛鱼的幼子受惊之后，会回到母亲的肚子里躲避。

马头鱼，象浦（今越南）有种鱼，黑色，有五丈多长，鱼头如马，等着人下水之后，就把人吃掉。

印鱼。长一尺三寸，额头上方四四方方的，就像个印，上面有字，如果有大鱼要死了，印鱼就先用印给它做个记号。

石斑鱼。僧人行儒曾经说过，建州（今福建建瓯）有石斑鱼，喜欢和蛇交配。

南方有很多“隔蜂”，蜂巢有茶壶大小，隔蜂有毒，常常群起蜇人，当地人用石斑鱼治它。抓一条石斑鱼，在蜂巢树旁熏烤，然后挂在长竿上朝着太阳，让鱼的影子落在蜂巢上，一会儿工夫，就会飞来几百只鸟，这些鸟都有燕子大小，轮番击巢，蜂巢被啄碎，如叶子一样落下，毒蜂也就全死了。

鲵鱼。样子很像是鲇鱼，四只脚，长尾巴，能上树，天旱的时候，就含着水上山，用草叶盖在自己身上，张开嘴，鸟儿来饮水的时候，鲵鱼就把鸟儿吸进嘴里吃了。鲵鱼叫起来好像小孩的声音，三峡人吃它，先要把它绑在树上，鞭打它，让它身上渗出白汗，就好像构树树汁一样，等到这种白汗出尽才可以食用，否则就有毒。

鲎鱼。雌鱼经常背负着雄鱼行动，渔人一抓就是一对。南方市场上经常能看到这种鱼。雄鲎鱼的肉少。

以前有种说法，鲎鱼过海的时候，会一个一个叠起来，高达一尺，如同风帆，乘风到处游走。现在的鲎鱼壳上还有一个东西，高七八寸，好像石珊瑚，俗称“鲎帆”。我曾经在荆州得到过一枚。

至今福建、岭南地区的人还很喜欢鲎子酱，鲎鱼有十二只脚，它的壳可以制成冠，不如牛角冠，南方人还会用鲎鱼的尾巴来做痒痒挠。

鲵鱼，又称娃娃鱼，其实并不是鱼，而是一种生活在淡水中的两栖动物，

体长一般为一米左右，最长的可达两米。

鲎，也叫中国鲎，大概因为雌鱼经常背着雄鱼，所以也俗称“两公婆”。鲎鱼是一种古老的生物，跟三叶虫同一个期纪，早在3亿多年前的泥盆纪就生活在地球上了，堪称海洋里的远古移民，有“生物活化石”之称。

唐朝食谱已经非常广了，不管是娃娃鱼，还是鲎鱼，吃起来都需要一定的勇气。

飞鱼。朗山（今河南确山）浪水里有一种鱼，长一尺，能飞，飞则直冲云霄，停息的时候就回归潭底。

温泉里的鱼，南方随溪有个叫三亭城的地方（今湖南保靖），城下有温泉，泉水温暖，里面有小鱼。

羊头鱼。故陵（今重庆奉节）溪中有一种鱼，头像羊，俗称“羊头鱼”，肉多刺少，比一般鱼美味。

鳢鱼。济南郡东北有处洼地叫“鳢坑”。相传北魏景明年间，有人挖井的时候得到一条鱼，有镜子那么大，当天夜里，河水泛滥灌进洼地，此处的居民都变成了鳢鱼。

拾陆　虫

蝉。没有脱壳的时候叫作“复育”，据说是屎壳郎变的。

秀才韦翾在杜曲（今长安东南）有个庄子。某年冬天，他在庄子上挖树根，发现树根腐朽的地方附着很多“复育”，秀才觉得很奇怪。村里人告诉他，蝉本来就是朽木变化来的，韦翾就剖开一只看看，果然，“复育”腹中还充满着烂木屑。

蝉是一个很神奇的生物，它的大部分生命是在地下度过的。一只蝉在地面上的生命只有一个夏天，但是蝉幼虫会在地下潜伏好几年，经过一遍一遍地蜕

皮，才会在某个夏天钻出地面，爬到树上羽化，成为一只我们常见的有翅膀的“蝉”。

蝉来到地面上的任务只有一个，就是交配，所以雄性蝉会拼命鼓叫，以吸引雌性蝉。在北美有一种“十七年蝉”，这种蝉会在地下蛰伏 17 年之久。

蝶。白蛱蝶，是尺蠖蝶变来的。

秀才顾飞熊少年时，曾经见到粪土中有一圈绿裙边，转眼就变成蝴蝶。我的好友张周封说：“把百合花瓣合在一起，用泥涂抹花瓣间的缝隙，经过一夜，就会变成大蝴蝶。”

这两个不着调的人。

蚁。关中地区有巨型黑蚂蚁，非常好斗，俗称为“马蚁”。还有一种体型稍小的，呈浅红色，但也算是大蚂蚁。小蚂蚁中有一些黑色的，看起来傻傻的，但是力气惊人，可以举起跟自己身体一样大的铁。还有一种浅黄色的蚂蚁，最有团队协作的本事。

我小时候玩耍，会用荆棘穿死苍蝇，然后把它放在蚂蚁必经之路上。某次有只浅黄色的蚂蚁碰到了，它当机立断，马上回返，离洞穴差不多一尺或者几寸远的时候，那些先前已经进入洞穴的蚂蚁就会鱼贯而出。我怀疑它们用某种方式交流。这成溜的蚂蚁，整齐划一，就好像军队一样。每隔六七只，就有一只大头蚂蚁。等到它们开始搬运苍蝇的时候，大头蚂蚁或者在两边护卫，或者在后面殿后，就好像要防着其他蚂蚁来抢一样。

宪宗元和年间，我借住在长兴坊，庭院中有一窝蚂蚁，样子像是那种浅红色蚂蚁，但是个头稍大，而且颜色纯黑，只是腰微微发红，尖头长脚，走起来极为轻捷，每次捉到活的尺蠖或者其他小虫，一运进洞穴，回头就把洞口的土弄坏，挡住洞口，可能是怕它们逃跑吧。后来我搬了几次家，就再也看不到这种蚂蚁了。

山人程宗乂说：程执恭在易州（今河北易县）、定州（今属河北）任职的时候，曾经见到野外有蚂蚁在筑土楼，有三尺多高。

段老此处所说应该是一种白蚁，大部分白蚁离开土就不能生存，所以要搭

建土楼。白蚁是动物世界的建筑大师，它们能建造高达3米的土楼。这种“摩天楼”采用白蚁嚼碎的树枝、泥土和粪便建造，内部环境非常舒适。白蚁建造的土楼通风堪称完美，犹如安装了空调一般，同时也可收集冷凝的水滴；一些蚁穴内甚至还建有“真菌农场”。

我在美国生活的时候，住的房子多半是木建筑，最怕的东西就是白蚁，因为它们会腐蚀木头，而检查房子是否招白蚁的一个窍门就是，看墙上是不是有小土道。

蜘蛛。道士许象之说：找一个暗室，把寒食节的饭扣在地上，用盆盖住，等到夏天，就会全变成蜘蛛。

蜈蚣。绥安县（今四川营东）有很多蜈蚣，大蜈蚣能用气吸兔子，小蜈蚣也可以吸蜥蜴，距离三四尺远，使劲一吸，兔子或者蜥蜴的骨肉自己就没了。

蠮螉，就是细腰蜂。我书斋里很多这种虫子，可能是因为书卷中好做窝的缘故吧，它们有时也跑到笔管里。《诗经》说，“蠮螉偷桑青虫的孩子养，还要对着幼虫念咒说‘像我，像我’”。我有时也能听到书斋里的蠮螉在念咒，打开书卷一看，它们偷的全是些小蜘蛛，只有蝇虎大小，用泥封住了。我这才知道细腰蜂不只是偷桑青虫的孩子啊。

颠当。又称为土蜘蛛。还是在我的书斋房前，每次下雨之后，就有很多“颠当窠”（关中人这么叫）。颠当窠像蚯蚓穴那么深，里面布满网丝，洞穴口差不多跟地面平，洞口大小像榆荚，盖着土，很隐蔽。

颠当经常仰面藏在穴盖下面，等到有苍蝇或者尺蠖经过，就一下子翻转穴盖捕捉猎物，把猎物拖进洞口就立即把穴盖关上了，和地一个颜色，没有一丝缝隙可寻。

颠当的形状就好像蜘蛛，就是那种在墙角乱结网的蜘蛛，《尔雅》里称之为“王蛈蜴”，《鬼谷子》里称之为“蛈母”。关中的童谣是这么唱的：“颠当颠当守门牢，蠮螉犯你无处逃。”

第八卷

草木

壹　松竹

松，大家说松针有“两粒的”“五粒的”，其中“粒”字用错，应该是“鬣”。

我修行坊旧宅的大堂前，有两株五鬣松，碗口粗细，甲子年结的松子，味道和新罗、南诏的松子没有什么区别。

五鬣松的树皮不会皲裂成鱼鳞状，中使仇士良的水磨亭子就在城东，有“两鬣松”，它的树皮也不鱼鳞皲裂，他园子里还有“七鬣松”，不知道从哪里来的。

俗称“孔雀松”的其实是“三鬣松”。

有人认为必须是千年松树，其树冠才会横铺如伞盖，其实未必，只要松树的主根遇到石头，树冠就会达到这种效果。

仇士良，唐代大宦官，横跨宪宗、文宗、武宗三朝。

在宪宗还是太子的时候，仇士良就在东宫侍奉他，所以宪宗登基后对他很信赖。但是宪宗为人果敢，颇有作为，开创了“元和中兴”，让晚唐焕发出一丝生机。在这样的帝王手下，仇士良只是一个受宠的宦官而已。

到了文宗时，情况发生了变化，文宗懦弱，仇士良渐渐大权独揽，甚至到了牵制皇权的地步。文宗想要剪除仇士良的权势，发动了“甘露之变”，可惜失败，遭到了仇士良的疯狂报复。仇士良不能拿文宗如何，就在两京中大肆屠杀官员，血洗大明宫。我们前面在讲薛元赏任京兆尹的时候，有涉及仇士良的故事。文宗无可奈何，临死前掩面而泣，“我还不如汉献帝，他是被强藩所制，我呢，欺负我的是个家奴啊。”

文宗死后，仇士良矫诏拥立武宗，更加权倾朝野。武宗即位后，起用了一代名相李德裕（也是段家世交，后面篇幅会大量涉及），在对待仇士良的态度上，武宗表面上尊重，实则疏远。仇士良几次想扳倒李德裕未果，加之已经63岁了，年事已高，就心生倦意，告老还乡。武宗准。同年，仇士良去世。

第二年，武宗到底是寻了他一个错处，下诏削其官爵，籍没其家。

《新唐书》记载，“仇士良杀二王、一妃、四宰相，贪酷二十余年，竟然也有本事自保，历经三朝，皇恩不衰”。

竹，竹子开花之后称作“蕧”，枯死了叫“荮”。

竹子生长六十年就需要换根、结子，然后枯死。

菡堕竹，这种竹子脚趾般粗细，竹肚子里有白膜隔栏，那白膜就好像湿面粉。

笋就要成竹，但外壳还没有脱落的时候，小虫子会来吃，笋壳脱落之后，小虫咬过的地方就会呈现出红色痕迹，就好像绣画一样好看。

棘竹，也叫“笆竹”，竹节有刺，几十茎一丛，南人种植这种竹子做城墙，又结实又防贼，外敌不容易攻城。

棘竹根有时会自己从土中崩出来，粗如酒瓮，纵横交错，样子像是抽丝用的缫车。吃了棘竹笋能让人掉头发。

筋竹，南方用这种竹子做长矛，笋还没有长成的时候，可以用来做弓弩的弦。

百叶竹，一枝长百叶，有毒。

《竹谱》记载，竹子共有三十九种。

慈竹，夏天雨后，竹梢滴下汁液，附近就会长出竹丛，好像鹿角，颜色是白的。可入药，主治痢疾。

贰　异木

异木。代宗大历年间，成都有个百姓叫郭远，砍柴获得一根祥瑞的木头，纹理是“天下太平”四个字，皇帝下诏收藏在秘阁里。

持国寺在长安城西，寺中栽了几株槐树。有位姓金的太监看中一株，花重金买下，让专业的能工巧匠伐树。等他从宫中当差回来的时候，木匠已经伐完了，跟他说，“这种粗活为什么喊我们来，又不是什么特殊的木头。”

金太监大呼可惜，他让木匠们把木头重新黏合在一起，说：“虽然已经来不及了，但还是让你们见识一下我的本事吧。”他按照某种独特的纹理下锯，锯开再看，每一片木头的横截面上都是一尊天王像，手中持塔握戟，无不自然天成。

都官员外郎陈修古说：“西川（今四川成都）有个县，记不清名字了，县吏换狱卒，发木柴做薪水，结果发现木柴纹理是天然形成的天尊像。”

异树。南梁时期的高僧娄约，曾经在常山（今属浙江）修行。有一天正在禅座上打坐，来了一个乡下老太太，手里拿着一棵树苗，种植在庭院里，说这是“蜻蜓树”。过了几年，这树枝叶繁茂，气味芬芳，招来一只鸟，红身子长尾巴，经常栖息在树上。

叁　异果

异果。瞻披国有位牧牛人，养了成百上千头牛。有一天，跑了一头，这牛浪了一天才回来，样貌和叫声都变了，那么与众不同，其他牛都表示无法接受。

到了第二天，这头牛又跑了，主人于是偷偷跟着它。只见它进了一个洞穴，主人也跟着进入，走了五六里，豁然开朗，满眼都是奇花异草，不像人间。

牛熟门熟路跑到一个地方吃草，这草结果，果实是金黄色的，见所未见。牧牛人就偷偷摘了一枚，想带回去，结果被不知道哪里跑出来的鬼夺走了。

过了一天，这人又来到洞穴里，摘了一枚这种果子，临走的时候鬼又要来夺，这人就急忙把果子吞了下去，结果身体暴长，头刚刚出得了洞穴，但是身体出不去了，几天后就化作石头。

柑子。玄宗天宝十载（751），皇上对管膳食的官员说：“上次荆州进贡的柑子好吃，我就让宫里种了一些荆州柑子树，今年秋天结了一百五十颗果实，味道跟江南和蜀地进贡的柑子没有什么两样。”

管膳食的官员写贺表说：“这是雨露均匀的原因啊，天下混一，泽被万物，草木也有性情，靠地气而贯通，所以即使海外的珍果，也可在大唐宫禁中开花结果。”

相传玄宗当年避乱去了蜀地，岭南罗浮山的“御园柑”就不结果实。

岭南有蚂蚁，比关中的蚂蚁都大，喜欢在柑子树上做巢，柑子树结出果实，这些蚂蚁就在柑子上爬上爬下，所以岭南柑子皮薄而且光滑，大概是蚂蚁磨的。有些柑子不小心长在蚂蚁巢中，到了深冬的时候取出来，味道鲜美，胜过普通的柑子好几倍。

樟木。江南人经常用樟木来造船，这种船特别结实，不怕蛟龙折腾。

石榴。也叫“丹若”，梁武帝大同年间，东州（今浙江绍兴）府衙后堂的石榴都结了双果。

南诏产的石榴，个头很大，皮薄就像藤纸，味道远胜洛阳的石榴。甜美的石榴被称为“天浆”，如果中了乳石毒，用“天浆”可解。

南诏，云贵高原上的古国，也是大理国的前身

洱海地区本来有六个实力较强的小国，被称为“六诏”。它们分别是：蒙巂诏、越析诏、浪穹诏、邆赕诏、施浪诏、蒙舍诏。其中的蒙舍诏借助唐王朝的力量，先后灭了其他五诏及西洱河地区诸部，于公元738年，也就是玄宗的开元二十六年统一了洱海地区，因为蒙舍诏在诸诏之南，所以称为“南诏国”。

柿子。俗话说：柿子树有七绝，分别是：一、长寿；二、树荫大；三、无鸟巢；四、无虫害；五、霜叶可以赏玩；六、果实嘉美；七、落叶肥大。

汉帝杏。在济南郡的东南方向有一座“分流山”，山上有很多杏，梨子大小，色泽橘黄，当地人称之为“汉帝杏”，也叫“金杏”。

脂衣柰。以前有记载，汉代有一种紫柰，果实有一升大小，紫核青花，研磨之后有汁液，可用来漆漆器，不小心弄到衣服上，洗不掉，所以叫“脂衣柰”。

仙人枣。西晋时，洛阳国家粮仓南面有个翟泉，泉西有座华林园，园中有一株仙人枣，结的枣长五寸，枣核细得像针。

楷木。一种落叶乔木，孔子墓上很多楷木。

肆　栀子仙桃

栀子。一般的花都很少有六瓣的，只有栀子六个花瓣。陶弘景说："栀子像雪花一样裂为六个花瓣，果实上有七道棱，花极香。"相传就是西域的"薝蔔花"。

我们平常所见的栀子花都是观赏用的重瓣变种大花，花瓣重重叠叠，肥厚馥郁，如手帕一样绽放在枝头。但是唐朝时是没有今天的栽培技术的，所以此处所说的栀子花是野生栀子花，只有六瓣。

仙桃。郴州（今属湖南）有仙坛，相传汉文帝时，苏耽就是在这里得道成仙的。仙坛旁边有桃树，只要有人诚心祈祷，仙桃就会落在仙坛上，有时会落五六颗，形状像石块，赤黄色，打开仙桃，好像有三层桃核，研磨了喝下去，能治各种疾病，尤其适于治邪气。

伍　娑罗树

娑罗树。巴陵（今湖南岳阳）有个寺院，某天，僧人的床下突然长出一棵树，这僧人就去砍树，结果一边砍一边长，外国僧人看了后说："这是娑罗树啊。"娑罗树是佛家圣树，僧人就不再砍伐。到了刘宋元嘉初年，这树果真开出一朵花来，就好像莲花。

玄宗天宝初年，安西道进献娑罗枝，上表说："臣下所管辖的安西四镇，与拔汗那国最为紧密，他们国家有娑罗树，非常奇妙。这种树下不生凡草，树上不栖恶禽，树干高耸不逊于松树和桧树，树荫浓密堪比桃树和李树。所以臣派遣官员去拔汗那，专门采集了娑罗树树枝两百根，臣的最大心愿，就是看到它生根于大内，发枝在皇宫，希望它布叶垂阴，呼应月中丹桂；树枝接影，遥对漫天繁星。”

佛教有四大圣树，分别是无忧树、菩提树、娑罗树、七叶树。

佛祖的一生跟这四种树息息相关：佛祖降生于无忧树下，得道于菩提树下，涅槃于娑罗树下，弟子首次结集于七叶树下。所以，无忧树是出世的象征，菩提树是得道的象征，娑罗树是圆满的象征，七叶树是传承的象征。

陆　黄杨木

黄杨木。生长缓慢，难有大料。世人之所以很看重黄杨木，是因为黄杨木不容易燃烧。有人说，“看木头易不易燃，只需把它扔到水里，下沉的树木就不易燃”。伐取黄杨木的时候最好在阴天，晚上看不到一颗星星才好。这种木头做枕头不会开裂。

赤白柽。一种柳树，出自凉州（今甘肃威武），取大树烧成炭，拌入灰汁，用其煮铜，能把铜变成银。

仙树。祁连山上有仙树，结仙果，行人吃了不再饥渴，也叫“四味木”，果实好像枣了，吃的时候要用刀了剖开，只有用竹刀才甘甜，用铁刀就会苦，用木刀会酸，用芦刀会辣。

有一种树叫“独根”，能产五种香，根是檀香，树干是沉香，花是鸡舌香，叶子是藿香，树胶是薰陆香。

花椒。可以吸附水银，茱萸的药性上行，花椒的药性下行。

构树。如果谷田长久荒废就一定会长构树，叶子有瓣的叫“楮”，无瓣的叫“构”。

柒　葡萄

俗语说："葡萄藤蔓喜欢向西南方向蔓延。"

南梁的庾信曾经对魏国使臣尉瑾说："我上次去魏都邺城，饱餐过葡萄了，味道很奇特，令人记忆深刻。"

南梁的陈昭就问："葡萄是什么样子呢？"南梁的徐君房说："有点儿像是软枣。"南梁的庾信说："您老太不会描绘事物了，为什么不说像是荔枝？"

北魏的崔肇师说："魏文帝说过：'在夏秋节气之交，暑气未尽之时，宿醉醒来，吃着带露水的葡萄，甘甜但是不像糖，酸爽但是不像醋。'这种说法真是非常形象了，一提起来就会让人流口水，更别说亲自品尝了。"

北魏的尉瑾说："葡萄其实出自大宛国，张骞出使西域的时候带回来的，有黄、白、黑三种。成熟的时候，一颗挨着一颗，就好像星星编成一串，又像珍珠聚在一起。西域多用葡萄来酿酒，每年都会进贡给我们皇上。当年汉朝长安城里，种植的似乎不少，杜陵（今西安南郊，汉宣帝陵墓）一带种葡萄的更多，每五十亩田里，就有上百株的葡萄。如今我们京城里种葡萄已经很普遍，不仅仅皇家禁苑里才有。"

南梁的庾信说："正是，现在家家户户都种植葡萄，葡萄架都连在一起。"

南梁的陈昭问："那么，葡萄和橘子柚子，哪个味道更好一些？"

南梁的庾信回答："葡萄汁液丰美，比橘子好多了，但是芬芳略有不足。"

北魏尉瑾说："橘子柚子外面有金黄的皮，这是好的，但是打开里面，还有白絮缠绕，仅从入口即化这一特点来说，橘柚好像是不如葡萄。"

在贝丘县（今山东临清）之南，有个"葡萄谷"，谷中有野生葡萄，可以现摘现吃，但是如果想带走，就会迷路。有人说那是王母娘娘的葡萄。

天宝年间，昙霄和尚云游名山大川，来到这个"葡萄谷"，吃葡萄时，发现了一条枯枝，五尺多长，手指粗细，正好做拄杖，和尚就折了一根带回庙里，竟然就种活了。长到几十尺高，阴凉覆盖面积有十丈，抬头仰望，就好像帐子顶盖，上面垂下累累果实，紫莹莹的，饱满欲滴，时人称其为“草龙珠帐”。

捌 藤

凌霄。凌霄花中的露水伤人眼睛。

松桢。就是钟藤，叶子非常大，晋安（今福建南安）有人用它的叶子做盘子。

侯骚。是一种蔓生植物，果实有鸡蛋大小，入口又甜又凉，吃了之后身体轻健，还能醒酒，《广志》中说，“这是王太仆进献的”。

有种说法，侯骚就是猕猴桃。仅从这一小段来看，确实像。但是猕猴桃在东晋就有明确定义，郭璞注《尔雅》定义其为“羊桃”，盛唐诗人岑参的《宿太白东溪李老舍寄弟侄》诗中有“中庭井栏上，一架猕猴桃”的句子。可见那时猕猴桃还算常见。所以此处的“侯骚”到底是不是猕猴桃的另一种叫法？只可存疑。

蠡荠。果实好像弹丸，魏武帝经常吃它。

酒杯藤。粗如手臂，花瓣结实，可以用来酌酒，果实有手指那么大，吃了可以解酒。

玖 白柰

白柰，产自凉州（今甘肃威武）野猪泽，有兔头大小。

有人认为“柰”是沙果，蔷薇科苹果属的落叶小乔木，但也有人认为“柰”

就是苹果，可是，一般认为苹果是元朝时期才从中亚传入中国，所以大家更倾向于认为“柰”是沙果而非苹果。但这些仅仅是概念上的不同。

新疆也是“苹果”的原产地，欧洲的苹果，与新疆的苹果之不同，大概就在于是不是经过培育吧。苹果在欧洲有3000年的栽培历史了，欧洲的苹果经过各种培育，演变成我们今天的商业意义上的“苹果”，个大皮薄，含糖量高，口感脆甜。新疆的野生苹果，水分少、糖分少、口感差，需要煮熟之后吃。在商业苹果进入中国之前，中国一直食用原生态的“柰”。

拾 菩提树

比闾树，出产自白州（今广西博白），其花像羽毛，其树适合造车，整日行驶也不容易磨损。

菩提树，出自摩伽陀国，生长在摩诃菩提寺，因释迦如来在此树下得道，所以也叫“思惟树”。

这树树干黄白，枝叶青翠，冬天也不落叶，每年到了佛陀涅槃之日，颜色就慢慢变了，进而凋零，过了这天之后再重生。到了这天，国王和民众都要大做佛事，收集树叶带回家，以为祥瑞。

佛陀当年得道的那棵菩提树还在，高四百尺，树下有银塔围成一圈，该国人一年四季焚香撒花，绕树作礼。

贞观年间，大唐频繁派使节前往，在摩诃菩提寺设置供案，布施袈裟，到了高宗显庆五年（660），又专门在寺内立碑，纪念佛陀的圣德。

这树有两个梵名，一个是“宾拔梨婆力叉”，一个是“阿湿曷咃婆力叉”。

玄奘的《大唐西域记》中称它为“卑钵罗”，因为佛祖在树下成道，所以也称“菩提婆力叉”，“菩提”梵语意为“觉悟”，“婆力叉”梵语意为“树”，所以汉语称其为“菩提树”。

当初中天竺的阿育王还未皈依佛法的时候，曾经下令砍伐这棵树，还让管火的婆罗门堆柴烧树，结果熊熊大火中菩提树一分为二，生出两棵树。阿育王于是忏悔，称呼这两棵为“灰菩提树”，四周用石墙围起来。

到了设赏伽王的时候，灾难又来了。设赏伽王笃信外道，毁嫉佛法，下令挖树，泉水都挖出来了，树根也没有挖绝。于是设赏伽王命人在坑中烧火，又浇灌上甘蔗汁，想把这两棵树泡烂。

几个月后，摩揭陀国的满胄王，也就是阿育王的曾孙，听说了这件事情，非常悲痛，感叹说：“慧日已隐，唯余佛树，今复摧残，生灵何睹。”于是用一千头牛的乳汁浇灌菩提树，过了两个晚上，树又重生如旧了。

满胄王为了保护菩提树，把原来的石墙增加到二丈四尺高。玄奘法师去西域，曾经亲眼见到这棵菩提树，它隐身石墙之后，树梢高出围墙两丈多。

拾壹　贝多树

贝多树，出自摩伽陀国，树高六七丈，冬天也不落叶。

这树有三种，一种叫作“多罗婆力叉贝多”，第二种叫作“多梨婆力叉贝多”，第三种叫作“部阇婆力叉贝多”。前两种树的叶子可以用来写经，后一种树的树皮可以用来写经。

“贝多”是梵语，汉语翻译过来就是“叶子”。“贝多婆力叉”的意思就是汉语中的“叶子树”。西域的佛经用这三种树的皮叶书写，如果保护得好，可以传承五六百年。

《嵩山记》里说：“嵩高寺中有‘思惟树’，就是贝多树。”这说错了，“思惟树”是菩提树。佛家有《贝多树下思惟经》。顾微的《广州记》里说贝多叶像枇杷叶，这都说错了。

交趾一带出产贝多枝，是制作弹弓的上好材料。

拾贰 香

龙脑香树，出产自婆利国（今印度尼西亚），这种树在婆利国被称为“固不婆律”，波斯也出这种树。

树高八九丈，粗壮的大树可至六七人合围，叶子是圆的，背面发白，不开花也不结果。这树有胖有瘦，瘦的产“龙脑香”，胖的产“婆律膏香”。香脂在树心里，从半截劈开树干，树脂就从端口流出，在断面上砍个凹坑去承接，如果入药，还有其他用法。

安息香树，出产自波斯国，波斯称呼这种树叫“辟邪树”。

树高三丈，树皮是黄黑色的，叶子有四个角，经寒也不掉叶。二月开花，黄色，花心呈现淡绿色，不结果实。

划开树皮，流出饴糖一样的树胶，这就是“安息香”。

过六七个月之后安息香凝固，就可以取用了，据说燃烧这种香可以通达神明，驱邪避恶。

拾叁 芝

灵芝，玄宗天宝初年，江西临川人李嘉胤家的柱子上长出了灵芝，模样跟天尊似的，临川太守张景佚以为异事，让人前去拆了房子，连柱子带芝进献给了朝廷。

代宗大历八年（773），庐州庐江县（今安徽合肥）发现了一棵紫芝，有一丈五尺高。

芝的种类很多：

参成芝，折断后还可以续上。

夜光芝，一株上有九个果实，果实坠地好像七寸的铜镜，晚上看起来如同牛眼睛，据说汉代的隐士茅君就在句曲山（今江苏句容茅山）种植夜光芝。

隐辰芝，形状好像北斗，芝帽是斗身，芝茎是斗柄。

凤脑芝，《仙经》上说：用一枚玉环套着灵芝，掘地六尺种下去，浇上半升道教神水，上面再用土夯实。三年后，长出像葫芦苗一样的茎芽，之后结果，果实像桃子，五色，这就是“凤脑芝”。吃了它的果实，往地上吐口口水会化成凤凰，骑上这个凤凰可以飞升成仙。

白符芝，大雪的时候开白花。

五德芝，像车马。

菌芝，形状像楼。

凡是学道三十年还不懈怠的，金翅鸟就会下凡，衔着灵芝飞来。

金翅鸟，即迦楼罗鸟（Garuda），汉译大鹏金翅鸟或金翅鸟，印度神话中的一种巨鸟，是主神毗湿奴的坐骑。佛教吸收此鸟为天龙八部之一，其形象随佛教传入东亚，在中亚和南西伯利亚受到藏传佛教影响的地区都存在此鸟的神话，信徒将其视为护法神，供奉此鸟以保平安。泰国将“迦楼罗”作为皇室标志，放在国徽上。

罗门山产石芝，服用可以修成地仙。

拾肆　莲子

莲子。石莲子落水一定会下沉，只有在熬制盐碱的卤水里才能浮得起来。

大雁吃了莲子，无法消化，莲子会随着粪便遗落在山间，百年不坏，相传橡子落水就变成莲子。

苔。文宗开成末年，在大慈恩寺唐三藏院后屋檐下的台阶上，长出苔藓，好像苦苣，散布在地砖上，颜色接近蓝绿色，青嫩可爱。

文宗大和初年，谈论僧义林想要为窥基法师改葬。这时窥基法师已经去世快一百五十年了，但是刚一开棺，香气扑鼻，只见窥基法师侧卧在砖台上，相貌如生，砖上的苔藓厚两寸多，金黄色，气味如檀香。

窥基法师，唐代高僧，玄奘的弟子。他出身名门，是北魏名臣平东将军尉迟说的后代。当年玄奘法师坐镇大慈恩寺主持译经，邀请窥基法师前来共同翻译，窥基是世家公子，并不耐烦这种苦差事，但碍于玄奘的面子，只得前往。他来是来了，随身倒是带了三驾大车，分别是一车酒，一车肉，一车美貌女子。浩浩荡荡走到大慈恩寺门口的时候，突然佛钟敲响，梵音通彻，如醍醐灌顶，窥基法师幡然醒悟，原来自己命中注定要来帮助玄奘法师弘扬佛法。于是他当场遣散了三大车尘累，只身进寺。但是他从此之后多了一个法号，叫作“三车法师”。

瓦松。崔融在《瓦松赋序》中说：“崇文馆的瓦松，生在屋檐之际，说它是木吧，遍问山里的樵夫也都说不知道，说它是草吧，神农氏的书里也没有记载。”

《瓦松赋》里是这样说的，“鲜艳夺目，耸立在屋瓦之上，好像金芝，一根根虚悬在房顶，又好像白榆种在天上。枝叶茂密，根叶相连，间杂着紫苔还有露水，凌驾于碧瓦之上，隐于烟雾当中”。又说，“不如魏宫的乌韭，难比汉殿的红莲”。

崔公学识渊博，无所不知，难道不知“瓦松”早有文献记载了吗？

曹魏时的《博雅》中说：“生在屋顶叫‘昔耶’，生在墙头叫‘垣衣’。”晋代《广志》里称呼它为“兰香”，生长在老屋的屋瓦之上。魏明帝喜欢瓦松，命令把长安的瓦运到洛阳，盖在屋顶上。

前代词人的诗中，多用“昔耶”来指代“瓦松”。梁简文帝的《咏蔷薇》里说：“缘阶覆碧绮，依檐映昔耶。”

有一种说法，盖房子的木头如果沾上土，木气发散，屋瓦上就会生长出瓦松。

代宗大历年间，修缮含元殿，有一个人自告奋勇要布瓦，大言说：“这事只有我能做，我祖父曾经给这大殿布过瓦。”大家不服，这人又说：“你们谁有本事布完瓦不生瓦松？”这话一说，大家才服。

还有一个叫李阿黑的人，也善于铺房顶，他布的瓦就好像牙齿一样严密，中间一丝缝隙都没有，也不生瓦松。

《本草》中记载，“瓦上的青苔叫‘屋游’”。

瓦松，生在屋瓦和石缝之间，不是松树，是一种两年生草本植物。

而“昔耶”“垣衣”都是青苔，不是瓦松，是段老搞混了，后来沈括在《梦溪笔谈》中吐槽段老说，“成式以昔耶为瓦松，殊不知昔耶乃是垣衣，瓦松自名昨叶，保成式亦自不识？”

拾伍　菱芰

芰也叫“水栗”，或者“薢茩”。今天的人称其为“菱芰”，各种解释草木的书也不加区分。但其实“菱”与“芰”是两样东西，只有王安贫是个明白人，他在《武陵记》里说：“四个角三个角的叫‘芰’，两个角的叫‘菱’。”

但也有例外，苏州的折腰菱一般是两个角，当年我在荆州的时候，有一个僧人送我一斗“郢城菱”，有三个不尖锐的角，可以用手盘着玩。

汉武帝的昆明池中，有“浮根菱”，根露在水面上，叶子没在水下，也叫“青冰菱”。

东汉郭宪《洞冥记》中说：“玄都有菱，碧色，样子像是鸡在飞，名叫‘翻鸡芰’，仙人凫伯子经常采摘。”

瓜不喜欢香味，尤其厌恶麝香。

文宗大和初年，郑注去河中府赴职，带了一百多名姬妾，都骑着马，身上的脂粉香飘数里，刺人鼻子。这一年从长安到河中府沿路的西瓜秧都死了，一个瓜都不结。

拾陆　菟丝子

菟丝子。多数生长在靠近棘丛和灰藋的地方，山里的人怀疑它们草性相似，所以才要依附生长。

天名精。也叫“鹿活草”。刘宋元嘉年间，青州有个人叫刘愐的，射到一只鹿，除去五脏，用这种草填满肚子，鹿竟然摇摇晃晃地站了起来，刘愐觉得很奇怪，拔了草，鹿就又倒下了。刘愐反复折腾了三次，无不如此，终于明白是草的功效，从此偷偷种植这种草，用来治外伤骨折，有奇效，民间给了他冠名权，俗称“刘愐草”。

拾柒　牡丹

牡丹，以前的史书中没有记载，只有谢灵运的《谢康乐集》中说，“竹林间的水边有很多牡丹”。

我还专门去图书馆查隋朝的《种植法》，整整七十卷，根本没有记载牡丹，可知隋朝花药中没有牡丹。

开元末年，裴士淹做郎官的时候，奉旨出使河北一带，走到山西汾阳众香寺，得到白牡丹一棵，拿回长安自己家种植，一下子成了爆款，众人竞相模仿。到了天宝年间，牡丹已经成了京都的奇赏。

当时名士有一首诗，叫作《裴给事宅看牡丹》，我听说过这首诗，但是现在遍寻不到。传说裴士淹作过一首《白牡丹》：“长安年少惜春残，争认慈恩紫牡丹。别有玉盘乘露冷，无人起就月中看。”这是太常博士张乘听裴通祭酒说的。

房琯丞相（即前卷中以龟兹板为棺材的那位）曾经说：“再有牡丹的宴会不要叫

我了，我是不会参加的。”可见当时长安观赏牡丹的饮酒聚会是多么流行。

到了肃宗至德年间，马仆射（即前卷中为了玉精碗杀小童的那位）镇守太原，得到红紫两株牡丹，移植到长安城中。

宪宗元和初年牡丹还没有那么多，现在已经多得跟蜀葵似的了。

韩愈侍郎有个远房侄子，从江淮千里迢迢来京城投奔，韩愈见他年纪还小，就让他去学院随同其他子弟一起读书，但是这个孩子非常顽劣，韩家子弟都被他欺负了个遍。韩愈知道后，就让他搬到街西，借住僧房读书。

过了十多天，寺庙里的主事和尚又来告状，说这孩子太狂率，搞得大家都很不愉快。韩愈就把这个侄子叫回来批评，说：“市井中的商贩都要有一技之长，以谋求衣食，你现在的所作所为，到底算怎么回事。”

侄子下跪赔罪：“我也有一技之长，只是叔叔不知道。”

说完指着阶下的牡丹说：“叔叔想要这花什么颜色都行，青、紫、黄、红，只要您说，我就能办到。”

韩愈心说你口气也太大了，但还是答应他，让他不妨一试。

侄子用竹席围住牡丹，不让人窥视，然后在牡丹周围挖出一个深坑，深能看到花根，宽能容下人的座榻。在这么大的坑里，分别放进去紫矿、轻粉、朱红等矿质颜料，从早到晚打理花根。过了七天，把坑填了。跟他叔叔说：“可惜晚了一个月。”当时正是初冬。

这些牡丹本来都是紫的，等到来年春天，花开到时候，竟然变成白的了，还有一圈红边，极为艳丽，这还不算奇怪，更奇的是每朵牡丹上有一联诗，字是紫色的，格外分明，有一联诗是：“云横秦岭家何在，雪拥篮关马不前。”这十四个字是多年后韩愈贬官时所作，当时的韩愈自然是不明白，但是光是在花上生字就已经是天大的本事了，但这个傲娇侄子表示雕虫小技不足挂齿，接着告辞返乡，不再出仕了。

兴唐寺有一棵牡丹，宪宗元和年间，开出一千二百朵花，颜色有正渐变色，反渐变色，还有浅红、浅紫、深紫、黄白檀等等，唯独没有深红色。有不生花蕊的，有花瓣重叠的，每朵直径都有七八寸。

兴善寺素师院的牡丹，品相最佳，元和年间，有一枝牡丹昼开夜合。

牡丹

韩愈这个傲娇的侄子，此处没有提及名字，但是他手段如此高明，姑且认作是韩湘子吧。

实际上，牡丹花上的这首诗，正是韩愈送给韩湘子的。历史上，韩湘子是韩愈的侄孙。元和十四年（819），宪宗皇帝遣使迎佛骨入朝，韩愈上表劝阻，宪宗怒不可遏，将其贬为潮州（今广东潮州）刺史。韩愈黯然离开长安，刚出长安的时候，碰到自己的侄孙韩湘子，韩湘子当时正在求仙修道，隐隐有出世之姿，韩愈已51岁，垂垂老矣，看到风华正茂的侄孙非常感慨，作诗赠他："一封朝奏九重天，夕贬潮阳路八千。欲为圣明除弊事，肯将衰朽惜残年。云横秦岭家何在？雪拥蓝关马不前。知汝远来应有意，好收吾骨瘴江边。"

拾捌　草蔬

金灯，也叫"九形"，开花时不长叶，长叶的时候花已经谢了，花叶不相见，所以民间不喜欢它，称其为"无义草"。

合离（即天麻），根像是芋头，有游离的十二个子环绕着，根须互相依存，但其实并不相连，只是以气类相通。也叫"独摇"，也叫"离母"。凡是当地人吃的，统称为"赤箭"。

蜀葵，本产自胡地，所以也叫"胡葵"。类似葵，但是更大，红色，可以用来织布。枯萎之后烧成灰，保存火种很好用，藏在蜀葵灰中的火种可以久久不灭。蜀葵花有重瓣的。

茄子。"茄"这个字，本来是莲梗的意思，读音"革遐反"，今天读作"伽"，不知道从什么时候开始变的。

我过节的时候吃过几只茄子，偶然问及我的好友张周封关于茄子的来历，张周封说："茄子还叫作'落苏'，这事在《食疗本草》里有记载。"

后来我发现，他又记错了，不是《食疗本草》，应该是《拾遗本草》。

我记得沈约《行园》诗中提到茄子:“寒瓜方卧垄，秋菰正满坡。紫茄纷烂漫，绿芋郁参差。”

茄子还被称作“昆仑瓜”。

岭南的茄子，经年的老根可以长成树，有五六尺高，姚向做南选使的时候，曾经亲眼见过。不光茄子可以长成树，旧本《神农本草》记载广州有“慎火树”，树大三四围，慎火就是“景天”，俗称“护火草”。

茄子成熟了，吃了能滋养胃肠，动气化痰，茄子根能治手足冻疮。想要茄子多产，就在茄子开花的时候，把茄子叶散在路上，用灰圈起来，让路人践踏，这样的茄子高产，这种做法叫作“嫁茄子”。

僧人经常烤茄子吃，很好吃，有一种新罗国的茄子，颜色略白一些，形状像是鸡蛋，西明寺造玄和尚的院子里就有这个品种。

《水经》里说:“石头城西边是‘蔡浦’，浦长上百里，上游叫作‘大荻浦’，下游叫作‘茄子浦’。”

第九卷

佛门逸闻

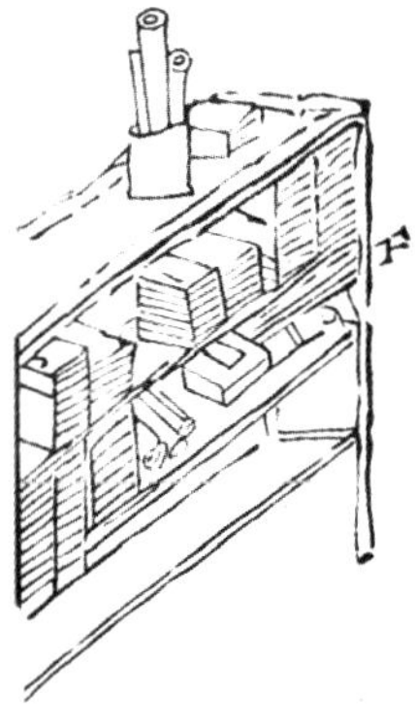

壹　贝编

古印度有贝多树，这种树的叶子粗厚，称为“贝叶”。在造纸术传入印度之前，释门子弟用“贝叶”来书写佛经，可以传承五六百年之久。这一卷专写释门掌故，所以称为“贝编”。

贰　三界

佛教有三界、二十八天、四洲，还有华严藏世界和八寒八热地狱等。

佛法中有三身、五位、四果、七支，还有十八界和三十七道品之类。

学佛的人一般都知道这些，耳熟能详的就不收编在这里了，这里只记录佛经中一些奇妙的事情。

这是佛教的小世界图，须弥山以上，可以清晰地看到“三界二十八天”的划分。

一千个这样的“小世界”称为“小千世界”，一千个“小千世界”称为“中千世界”，一千个“中千世界”称为“大千世界”，一个佛祖能教化的范围是三千个“大千世界”。

须弥山以下，分东西南北四大部洲，分别是：东胜神洲（孙悟空出生地），南赡部洲（我们的世界），西牛贺洲，北俱卢洲。

叁　四天王天

刚才说的“三界二十八天”里有一个“四天王天”，是欲界六天里最下一层。“四天王天”里又分五大天，其中第一天是“鬘持天”，“鬘持天”又有十住处，此处略去不表。只说“鬘持天”，简直快乐极了，下界最伟大帝王享受的快乐，和“鬘持天”相比，不及十六分之一。“鬘持天”有四种乐，一、无怨；二、随念能行；三、余天不能胜其威德；四、天女不念余天。

此处众生，身体产生的香气可以绵延一百由旬那么远，由旬是古印度里程单位，或曰四十里，或曰六十里，或曰八十里。

“四天王天”中的第二天就是“迦留波陀天”，也就是“象迹天”，这里跟“鬘持天”一样，有十个住处。第一地是“行莲华”，此处的高级生灵不眨眼；第二地是“胜蜂喜”，顾名思义，这个地方的蜂类可以发出美妙的声音；第五地叫作“风行”，是香风吸尘器，欲界六天的香风都跑到这里来了。

“四天王天”第三天是“恣意天”，跟前面两个天一样，也分十住处，十地里面有“众彩”“质多罗”，等等，就不一一详述了，只说第九地。此地名“清凉池”，里面有八片树林，里面的树都是七宝组成的。

“四天王天”第四天是“箜篌天”，跟前三个天一样，也分十住处。第一地叫“乾陀罗”，有六条大河，其中一条叫金流河；第二地叫“应声”，有无影山；第三地叫作“喜乐”，有一种鸟叫作影游鸟，这种鸟飞到哪里，大地的颜色就与它相同；第四地叫作“探水”，在这里各种鸟儿一起唱佛颂；第五地叫作“白身天”，这里的高级生灵们身着白衣，颜色如同白睡莲；第六地叫作“共游戏”，这里有宝树，其枝叶铺展开来像宫殿，此处的地很柔软，随着步履而上下起伏；第七天叫作“乐游戏”，这里有长着翅膀的宫殿。

肆 忉利天

欲界六天第一重是“四天王天”，第二重就是“忉利天”，也叫“三十三天”，在这层天中，中央住着天帝释，四方各有八天，合为三十三天。

第一天叫“善法堂天”，里面有数以亿计的天女，还有忆念树，可以随着天女的心意长出各种东西；还有十大莲花池、千柱殿和六时林；更有一种带轮子的移动宫殿，像车一样行走，是天后舍支所乘坐的。

第三天是“山顶天”，这里的华服与别处不同，布料没有织布的经纬线。

第四天叫“善见城天”，居于中央，天帝释就住在这里，这里的天人要死的时候，身上会沾满灰尘；天帝释乘坐的是千辐四轮的七宝舆，由一千只鹅拉着的。

第五天叫“钵私地天”，这里的天人生下来就佩戴金刚线做成的绶带。

第六天叫“俱吒天”，这里有“行林”，林中的金树，是跟随天人的意念而生出来的。

第七天叫“杂殿天”，这里的鸟金胸银翅。

第八天叫“欢喜园天”，这里有白象王的化身，有一百个头，每一个头有十根象牙，每个牙端有一百个水池；头顶上有座山，叫作“界庄严”；两个鼻孔里有河，就好像阎牟那河，飘散世界各地化作雾气；肩膀下有两个园子，一个叫“喜林”，一个叫“乐林”；白象王的名字叫“伊罗婆那”。

第九天叫“光明天”，这里有无边的森林，叫作“光明林”，林子的四面有像镜子一样的如意树，天帝释要和阿修罗作战的时候，众天人来到如意树面前，自然就照出了自己的胜负之相。出了光明林之后，还有甲胄林，这里的树上会长出盔甲，可以刀枪不入。

第十四天叫作“旋行地天”，这里的莲花出摩偷，摩偷是一种美酒。

第二十天叫作“微细行天”，修满一千二百善业的人就可以生于此天了。

第二十三天名“月行天”，有一种鸟叫作“迦旃邻提鸟”，抚摩这种鸟可以获得极大的快感，相传只有转轮圣王出现的时候，这种鸟才会出现。

第三十二天叫“威德焰轮天”，这里有“开合林”，睁眼闭眼，都可以看到无量光明。

天帝释、帝释天、帝释都是他，相传为女子，所以形象多为男身女相，手持金刚杵，骑六牙白象，他本来是印度教中的最大神，被佛教收编成为护法，是“忉利天”之主。“忉利天”是欲界六天中的倒数第二层，还处在六道轮回之中，印度教的超大神，在佛教中只是欲界中众神之一，貌似不被重用。

天帝释在印度教中主要管战争，到了佛教之后，也承袭了这种职能，最著名的事情就是带领众天人跟阿修罗没完没了地打架。阿修罗属于天龙八部之一，身大好斗，战斗力爆棚，阿修罗国男丑女美，国土位于须弥山下的大海之下。

《正法念处经》里说，天帝释之所以跟阿修罗争斗不已，竟然是因为爱情，天帝释看中了罗睺阿修罗王的女儿，罗睺阿修罗王不肯，于是女婿上门打老丈人。传说罗睺阿修罗王身形巨大无比，从大海里站起来，比须弥山还高，

另，佛教说，佛陀就是从忉利天下降人间的。

伍　夜摩天

刚才讲了欲界六天中的前两重，也就是最低两重，再往上，就是“夜摩天”。三界二十八天，“四天王天”在须弥山半山腰，“忉利天”在须弥山山顶，以“夜摩天”为分界线，它及之后所有的天都在虚空之中，虚空下有风托着，这个风叫“阎婆风”。

“夜摩天”里有三十二地，咱们只来说第四地——“积负地”。

此处有个积崖山，这山有三百由旬那么高，有七种宝，每一种宝打开是一箱，一共七箱。

在这里出生的天人，刚一诞生就有五种相。初相为金光附体，因为身上没有衣

服，所以有光明覆盖全身。第二相是好奇，因为从未见过眼前的诸般景象，所以心生好奇，把四处看遍。第三相是看到天女而面露羞怯，不敢正视。第四相是看到其他天人，虽然想上前亲近，但心中难免疑虑。第五相是因为害怕飞升虚空，所以飞不高，飞不远，总是依附城壁。

这就是“生天五相”，还有“退天五相”，讲的是天人临死时的五相。

第一相是靠近莲花池，莲花都不开了。第二相是进到树林里，蜂类都飞走了。第三相是听到天女的歌声，反而心生厌恶。第四相是靠近树木的时候，树上的花都枯萎了。第五相是失去了飞行的能力。

还有十二种濒死之相，其中有身上发不出金光，衣物重如金刚，还有照镜子的时候镜子里没有头，等等。

天女临死有九相。第一相，皮肤松弛。第二相，头上的花散落下来。第三相，头上的红花变成黄的。第四相，本来是无缝天衣，但是风吹起的时候，竟然跟凡人的衣服一样有了缝隙。第五相，没有力气飞行。第六相，身上的汗水变得污浊。第七相，去摘花时，树枝向上升起，离手越来越远。第八相，见到男性天人的时候，媚相全失。第九相，头发变得粗糙散乱。

还有一些退相，类似明明没有说话，但是嘴唇忍不住一张一合；佩戴的璎珞、华鬘之类的饰物变得不堪重负；等等。

“夜摩天”里还有一件宝物——“摩尼珠”，是兜率天王留在“夜摩天”的宝珠，有大神通，这颗珠子发出的光明能让整个“夜摩天”的光明暗淡下去，“摩尼珠”里面有金字偈。

还有，如果人道中的人进行十二种离垢布施，再加上平时的持戒，那么这人命终之后，可以生在此天。

“夜摩天”有一处毗琉璃宝庄严之山，山上都是鹅、鸭、鸳鸯之类的鸟，皆是青影，能覆盖一万由旬那么广阔。

陆　失坏

“失坏”可理解为“业劫”，佛教认为万物皆有“失坏”，此处讲讲欲界六天的“失坏”：

“四天王天”有十二种失坏，类似经常与阿修罗作战等。

“三十三天”有八种失坏，类似阿修罗不被天帝释赏识等。

“夜摩天”有六种失坏，类似食时劣者心生羞惭等。

“兜率陀天”有四种失坏，类似不喜欢听佛说法等。

“化乐天”有四种失坏，类似善业就要消尽，脚边有影子等。

“他化自在天”有四种失坏，类似宝翅蜂飞走等。

以上讲的是欲界六天，如果仔细查看我们小世界图的话，会发现，欲界除了六天，也包括日月星辰、四部洲、地狱等等。欲界里的生灵都是有欲望的，所以刚才我们讲到“四天王天”里还有美貌仙女，男神女神还可以行警幻仙子所训之事。欲界之上这些也都没有了。

佛教常说的六道轮回，就是在欲界中轮回，六道分别为：天道、阿修罗道、人道、畜生道、饿鬼道、地狱道。

六道众生不能脱离生死，今生在此道，来生在彼道，所以称为“轮回”。至于佛陀、菩萨之类，已经跳出轮回之外了。

柒　色界

刚才所说是“欲界”，“欲界”之上是“色界”，从“色界”天落下一块大石头，要经过十万八千三百八十三年才落地。

捌　四部洲

阎浮提洲，就是南赡部洲，这里的人（此处指古印度人）只有三肘半到四肘那么高，有四十五根脊骨，十三条经脉。体内有“毛灯虫”“瞋血虫”“禅都摩虫”等，都寄居在血液中，“善色虫”寄居在粪便里，这种虫让人安乐。

还有一种“起根虫”，寄居在膀胱里，膀胱涨满了它就欢喜，男性于是勃起，所以叫作“起根虫”。还有一种“欢喜虫”，可以制造各种梦境。还有一种“赤口臭虫”，可以让人生病，还有“集虫”，让人沉睡不醒。

南赡部洲地域广大，有一种赊婆罗人，喜欢在自己嘴唇上穿孔。还有一种脸长得像骆驼的人。

南赡部洲还有一个地方，那里的人都只有一只脚，狮子背上有翅膀，女人都长着狗脸。

还有一个林子叫“吱多迦”，住着许多罗刹，罗刹善于飞行，一瞬间可以疾行千百由旬那么远。

还有一些奇特的地方，比方赤贝、金地、黑双、五铜和康白，等等。

罗刹，跟我们生活在同一个洲（南赡部洲），我们属于人道，他们属于饿鬼道，吃人。但罗刹最突出的特点是飞行速度，一念能飞行2000由旬，“一念”就是“一刹那”，约等于0.018秒，一由旬如果保守估计40里的话，那么罗刹的飞行速度已经超光速，违反了爱因斯坦的相对论。

女罗刹极貌美，但心狠手辣，属于蛇蝎女，《西游记》中铁扇公主有个外号就叫“罗刹女”。

郁单越洲，就是北俱卢洲，有“鸡多迦香薰河”等七十条大河，北俱卢洲人没有宫宅，反而自在无畏，四天王天的天人住在宫殿里，反而心怀恐惧。

北俱卢洲有“白云持山”，山上有一片树林，叫作“鸭音林”，里面有“迦吱多那”等二十五种鹿，附近还有一座山叫“饶山”，上面生长着“麒麟陀树”。

北俱卢洲第五山第二峰叫作“银峰”，这里产一种檀香，名“牛头旃檀”，天人和阿修罗战争之后，常来这里取香抹伤口，伤口就会愈合。

北俱卢洲第六山叫作“鬘庄严山”，这山里有几种异树，一种“提罗迦树”，见日光开花；一种“拘尼陀树”，见月光开花；一种“无忧树”，女子触碰才会开花；还有“尸利沙树”，用脚踩一踩就会长高。

北俱卢洲还有一座“时乐山”，里面有一些异花，比方日花、龙舌花、鹅旋花、鼻境界花等。

瞿陀尼洲，也就是西牛贺洲，女人有三个乳房，这里有十亿个部落，一万二千城，有大国名字叫作“多迦多支”，还有“月力河”等五大河。

弗婆提洲，就是东胜神洲，有一座“大波赊山”，山里有三大林，其中一林名为“峪鬘”。该洲还有三个大城，六十三个中下城，其中最大的下城名叫“一切负”，里面有三亿五十万三千五百五十六部落。

南赡部洲，此处人耳朵头发美好。

北俱卢洲，此处人眼睛美好。

西牛贺洲，此处人头顶和肚皮美好。

东胜神洲，此处人肩膀和大腿美好。

玖　中阴身

此一世过完要进入六道轮回，在咽气之后、转世之前这一过程，叫作“中阴身”。

如果中阴身满眼看到白色细绢，那么他就要托生于南瞻部洲。

如果中阴身满眼看到红色细绢，并且他下一世的生母在他眼中是鹅的形象，那么他就要托生于北俱卢洲。

如果中阴身满眼看到黄色细绢，并且他下一世的生母在他眼中是牛的形象，那么他就要托生于西牛贺洲。

如果中阴身满眼看到青色细绢，并且他下一世的生母在他眼中是马的形象，那么他就要托生于东胜神洲。

中阴身七天为一周期，也就是说七天之内可以有一次机会转世轮回，并不一定转世为人，只是落入六道之中，或进入天道，或进入阿修罗道，或人道，或畜生道，或饿鬼道，或地狱道。如果在七个周期，也就是七七四十九天之内还没有落入轮回，就会被自动分配进饿鬼道。所以民间有在亡者故去后每七天大做法事的习俗，借此希望亡灵早早轮回。

拾　阿修罗

阿修罗，可分为两种。一种是为“饿鬼道”所摄，这种阿修罗虽然身是饿鬼，但是比一般的饿鬼有神通。另外一种是为“畜生道”所摄，这种阿修罗住在海底八万四千由旬的地方。

其中有一个大阿修罗王，叫作罗睺阿修罗王，他所居住的城里有异树，其一是“酒树”；其二是“如愿树”，树上多有蜂群，浓蜜流淌；还有一种“婆那娑树”，结的果实像瓮一样大。

罗睺阿修罗王有“如影”等四彩女，都是意念所生，每彩女都有无数侍女环绕服侍。

在罗睺阿修罗王住的地方有境界十三处，这些地名有：遮迷、蜂旋、赤目鱼、正走、水行、住空、住山窟、爱池、鱼口等等。还有铠毗罗城，里面有黄鬘林。

堕入阿修罗道者，寿命相当于人间的五千岁。

在罗睺阿修罗王地下二万一千由旬的地方，是花鬘阿修罗王所住的地方，叫作

“月鬘”，那里有座大城叫作“双游戏”，城中有山叫作“不见顶山”。

众天人和阿修罗作战的时候，如果手足被砍断，就会再长出来，但是如果被砍了半截身子，或者把脑袋砍去了，就完蛋了。

拾壹 饿鬼道

饿鬼道，地处南瞻部洲之下五百由旬处，有三十六种，其中“魔罗食鬘鬼”，就是我们平常说的“九子魔”。

畜生道里有一种鸟，叫作“遮吒迦鸟”，这种鸟只能接雨水喝。有一种饿鬼，叫作针口饿鬼，它腹如山，口如针，永远吃不饱，这种饿鬼业报满后，可以转投畜生道了，就转世成这种鸟。

畜生有三十四亿种。

拾贰 龙力

南瞻部洲的龙有五十七亿。西牛贺洲的龙是不下浊雨的，因为那里的人一旦饮用了浊水就会死。北俱卢洲的龙不兴冷风，因为那里的人怕冷。东胜神洲的龙不打雷，不闪电，因为那里的人怕雷电。

龙之雷，在兜率天听起来好像歌声一样美妙，但是在南瞻部洲（人类世界所在洲）听起来就好像沧海的海潮。

龙之雨，在不同的地方有不同的形式：在兜率天就是下珍宝，在护世城就是下美食，在大海中下雨就如车轴滚滚不停，在阿修罗就是下兵刃，在南瞻部洲下的就是清净水。

拾叁　地狱

地狱分三类，分别是“根本地狱”“近边地狱”“孤独地狱”，有一百三十六处地狱，名字各异，比方活地狱、黑绳地狱、众合地狱，等等。

有一个说法叫作“三角生死”，意思是说，如果行善业，就会投生天道；不行善业，就会投生地狱道；如果行杂业，有善有恶，就会投生人道。

对天道和人道中的人，如果在本道中轮回，意思是说生于天道、复生于天道，生于人道、复生于人道的，这叫“团生死”。在地狱道中轮回的，叫“青生死”。在饿鬼道中轮回的，叫“黄生死”。在畜生道中轮回的，叫“赤生死”。

下面来说说“八热地狱”。

“八热地狱”属于“根本地狱”。有八处，其中第一处叫作“等活地狱”，“等活地狱”又有十六处。地下天的五十年，相当于“等活地狱”里的一天。（天有五类，一、上界天：色界和无色界诸天；二、虚空天：夜摩天之上的四天；三、地居天：四天王天和忉利天；四、游虚空天：就是我们人类的天，有日月星辰；五、地下天：龙、阿修罗、阎摩王所见天。）

“等活地狱”里的第一处，叫作“屎泥地狱”，在这里有一种酷刑，是喂人吃屎，屎烧得很热，上面覆盖一层金刚虫，这种虫生有金刚嘴，人吃下去之后，便被这些金刚虫一点一点蚕食干净了。

“等活地狱”第三处，叫作“瓮热地狱”，这里的酷刑是用大锅煮人。

“等活地狱”第四处，叫作“多苦地狱”，各种酷刑，其中一种，是吊住人的咽喉，在黄蓝花丛中拖来拖去。还有一种装置叫作“排筒”，装在人的肛门处，然后用力鼓风，将人吹爆。

地狱有条河，叫“鞞多罗河”，河里都是业力，非常湍急，就好像轮回一样，滚滚向前，弥泥鱼生于河中，跳出水面象征着进入天道、人道，潜入水底是进入了饿鬼道、畜生道、地狱道，弥泥鱼跳进跳出，这就是六道轮回的相。

“八热地狱”第二处叫“黑绳地狱”，这里的狱吏在人身上画上黑线，然后用炙热的刀锯沿线砍人。黑绳地狱有很多别处，一个名叫“旃荼处”，一个名叫“畏鹫处”。

“八热地狱”第三处叫作“众合地狱”，在这里众山自动合拢，猛烈撞击，碾碎众生。

这里有上、中、下三种苦，有一种苦是把罪人扔到熔化的铜水里（铜的熔点1083.4摄氏度），身体被炸得酥焦，好像干油脂。还有一种苦是把人放到“鹫遍山”上，山上全是铁鹫，腹内是熊熊大火，看到人就一口吞下肚子。

“众合地狱”有十六别处，第二别处叫作“割刳处”。第六别处叫作“多苦恼处”，这里的罪人全身坚硬，一碰就分解成碎块，坠地之后，又有一种怪物叫作“炎口野干”过来分食，罪人此时还有感觉，需要忍受极大的痛苦。第八别处叫作“朱诛处”，这里有“朱诛虫”，还有铁蚁。吃人的时候有顺序，先吃肉，再喝血，继而断筋、破骨、吸髓，最后吃内脏，整个过程罪人都一直活着。第十别处叫作“泪火处”，在这里要把人眼眶劈开，用一种叫作“佉陀罗”的木材烧成炭，塞进眼眶里。

“八热地狱”第四处为“号叫地狱”，其中众生被烈焰持续燃烧，所以大声号叫，以此得名。

地狱里有“鑞汁池”，鑞汁是铅和锡熔化的汁液，有大鼋把人驮进鑞汁池，煮得稀烂。

“号叫地狱”也有十六别处，有“发火流处”，也有“火末虫处”，此地狱所受苦有四百零四种病，每一种病都可以灭绝一大部洲的生灵。还有一个别处叫作“云火雾处”，这里的火势高达二百米。

“八热地狱”第五处地狱，叫作“大号叫地狱”，这里跟“号叫地狱”类似，但是残酷程度更胜一筹。

在“号叫地狱”里的人被煮焦、风干之后，再送到“大号叫地狱”里继续煮，所以难免更大声哀号。

这里的罪人舌头有三居赊那么长，狱吏把舌头拉出来，用热铁犁在上面烫，舌头上还要生长一种“确虫”，不停噬咬舌头。

“大号叫地狱”的第十四别处，叫作“火鬘处”，这里的罪人被用两块烧红的大铁板夹在中间，反复磨锉，直到被磨成肉泥，一片鲜红，如同“金舒迦炎色赤树”。

第十六别处叫作“受无边苦处”，深受鱼腹之苦，这里的罪人会被一种“摩竭鱼”吞食，这种鱼内外都有火焰，腹中炎热更如老君炉一般。

第十八别处的名字叫作“十一炎处”，这里有十一处大火，东、南、西、北、东南、西南、东北、西北、上、下，这十方都有火，再加上罪人内在受饥渴之火的折磨，而从口中喷出来的火，一共十一处火。

“八热地狱”第六处是“焦热地狱”，这里比“大号叫地狱”更痛苦十倍。

这里有十六别处，第三别处叫作“龙旋处狱”，这里的罪人生于毒龙之中，一出生就被撕咬成碎片，随死随生，无休无止。

第四别处叫作“赤铜弥泥鱼旋处狱”。这里的罪人沉浮在炽热的铜汁河里，深受烫煮之苦，还有铁“弥泥鱼”过来吞咬，罪人一半在鱼口中，忍受鱼的咀嚼，一半在铜汁中，身处两种极大的痛苦中。

第五别处叫作“铁镬处狱”，这里的罪人在六口巨锅中熬煮，随死随生，铁锅高五十由旬，熬煮的泡沫也有半由旬那么高。

“八热地狱”第七处叫作“大焦热地狱”。

在这个地狱里，吹的风叫作“必波罗针风”，这种风吹起来好像炽热的针往人身上扎，业风一吹就吹三十六亿由旬。

“大焦热地狱”第九处有一种虫子，叫作“地盆虫”，这个虫子牙齿尖锐，可破金刚之体，专门啃骨食髓。

第十二处叫作“鬘块乌处”，罪人在这里被扔进鼓里，鼓自动发声，罪人的心脏就破裂了。

第十三处叫作“悲苦吼处”，这里有一头大嘴巴恶龙，这头龙有一千个头，一刻不停地在吃人。

佛教注重轮回，所以设置地狱劝诫世人行善业，佛教地狱有一百三十六处，每一处还会继续细分，可不止十八层地狱。

地狱是个除了痛苦什么都没有的地方，而且刑期漫长，经常长达万年、万万年。人生一世，不过区区百年，能做多少恶业，是否值得在轮回中受这样的痛苦？

地狱众生苦，狱吏何尝不苦？那些行刑的魔吏，吃人的恶龙，吞人的恶鱼，咬人的恶虫……无眠无休的工作，想想都让人不寒而栗。

“八热地狱”第八处叫作“阿鼻地狱”，也叫“无间地狱”，是地狱的最底层，也是终极地狱，堕入这个地狱的人，几乎没有脱离的可能，杀父杀母杀和尚，等等，都来此地狱。其他地狱的痛苦加起来，不及这个地狱的千分之一。

“阿鼻地狱”有十六别处。

将要堕入“阿鼻地狱”的人有一些症状，比方衣服常常无缘无故地破损，洗完澡又马上无故变脏等等。

人死之后，如果要堕入“阿鼻地狱”，其“中阴身”呈现八岁孩子的样子，然后头冲下跌入“阿鼻地狱”，这个过程足有两千年，在堕入的过程中一直受地狱狂风吹。

在“阿鼻地狱”中受的苦是极苦，就好像在色界十八天之最上的“色究竟天”里受的乐是极乐一样。

地狱的臭气能够熏坏欲界六天，所以这里就有“出山”和“没山”两座大山，用来遮挡臭气。

“阿鼻地狱”的十六别处中，有“乌口处”，有“黑肚处”，有“星鬘处”，该处有“一角处”，有“二角处”。

至于“八寒地狱”的情况，跟大家所知道的差不多，在此就不记录了。

拾肆 恶业

凡是堕入地狱的人，都有三种形式，罪轻的化为人形；次之化为畜形；最重的没有形状，看上去就像是一块肉板、一个肉瓶一样。

现在寺庙里多有关于地狱的壁画，称为“地狱变”，只有“隔子狱”画得勉强符合佛经所说，里面的地狱之苦画得很详细，但是描绘人间万象就没有什么根据了。

以前有种说法，地狱中的“中阴身”，身受牛头狱吏的残害，这都是因为在世时做了恶业的原因。

善人死的时候，从脚底开始冷起。恶人相反，从头顶冷起，慢慢下行。当热气从脚部消失的时候，就是他要去地狱的时候了。

拾伍 四劫

佛教认为，世界有四大劫，分别是“成”“住”“坏”“空”，四个阶段，代表着一个世界之成立、持续、破坏、虚空的过程，当世界进入“坏”劫阶段的时候，地狱就不再接受新成员了。

拾陆 观见池

花鬘阿修罗王住在“星鬘城”里，那里有一个池子叫作“一切观见池”，阿修罗每次跟天帝释交战之前，可以在倒影中看到战局胜负，当然，永远是输。

恶业

拾柒 欲界

前面说过，欲界六天是：四天王天，忉利天，夜摩天，兜率陀天，化乐天，他化自在天。

下面说的这些天都是在前三天里的，有些已经说过了，但还有逸闻值得补充。

“鬘持天”，属于“四天王天”，有一个“镜林”，天人可以从中见到自己的善恶因缘。

“正行天”，属于“四天王天”里的“箜篌天”，有一个“颇梨林”，里面遍生“颇梨树”，可以观见人间一切的善与恶，四大天王中的西方光目天王，也叫作“毗留博叉”，经常在这里观看。

“善法堂天”，属于“忉利天”，殿壁明亮如镜子，从中可以看到“忉利天”里三十三重天的天王们在天道和人道之间轮回七次的事情，没有第八次了。

“波利邪多天”，是“忉利天”第十重天，这里有“波利邪多树”，可以显示南赡部洲人（就是我们世界所在洲）行善或者行不善之相，如果行善，树开花光明耀眼，可以照耀一百由旬那么远；如果行不善，它就凋零枯萎；如果半行善，它就只开一半的花。

“微细行天”，是“忉利天”第二十重天，有宝树，枝叶可以见到众天人的影像，也能看到他们的上、中、下三种业，也就是善业、恶业、无善无恶业。

“阎摩那娑罗天”，是“忉利天”第二十四重天，有“娑罗树”，可以看到因果报应，也有“果报之殿”，宝殿墙壁明亮如镜，可以看到众天人的因果报应。第二棵树，曾经被天帝释（也就是忉利天的最大首领）手持金刚敲开，里面别有世界，有“千柱殿”“有业网”，各大地狱的“十六隔子狱”，都显现在里面。

“夜摩天”有一处所在叫“无垢境地”，地如镜面，可映出天人影像，镜子中的天人额头上会出现业果和轮回的预示。还有“阎浮那陀佛塔”，塔壁中可以看到欲界的罪福和三恶道。六道是：地狱道、饿鬼道、畜生道、人道、阿修罗道、天道。前三道是恶道，后三道是善道。

说到天象异常，如果将有月食，油脂就会沉入水中，鸟贴近地面飞；如果将有日食，就会各方变红。

拾捌　二十八星宿

说到二十八星宿，佛家是这样分的。

昴宿是第一宿，属火天，一昼夜运行三十时，群星的形状像剃刀，姓鞞耶尼，祭礼用乳汁。

毕宿属水天，形状像立叉，祭祀用鹿肉，姓颇罗堕。

觜宿属月天，是月之子，姓毗梨佉耶尼，形状像鹿头，祭祀用果。

参宿属日天，姓婆斯絺，形状像妇女的黑痣，祭祀用醍醐（多次提炼的乳酪）。

井宿属日天，姓与参宿相同，形状像是足迹，祭祀用粳米和蜜。

鬼宿属木星天，姓炮波罗毗，形状像佛胸，祭祀用品和井宿相同。

柳宿属蛇天，姓蛇，形状和祭祀用品和参宿相同。

星宿属火天，形状像是河岸，姓宾伽耶尼，祭祀用黑芝麻。

张宿属福德天，姓瞿昙弥，形状和祭祀用品都与井宿相同。

翼宿属林天，姓憍陈如，祭祀用黑豆，形状和张宿相同。

轸宿属沙毗梨帝天，形状像是人手，姓迦遮延，祭祀用莠草和稗子。

角宿属喜乐天，姓质多罗，形状和轸宿相同，祭祀用花。

亢宿姓迦旃延，祭祀用绿豆。

氐宿姓多罗尼，祭祀用花。

房宿属慈天，姓阿蓝婆，形状像璎珞，祭祀用酒肉。

心宿属忉利天，姓迦罗延，形状像大麦，祭祀用粳米。

尾宿属猎师天，姓遮耶尼，形状像蝎尾，祭祀用果根。

箕宿属于清净天，姓持义迦，形状像牛角。

斗宿姓莫迦逻，形状像人在垦地，祭祀用品和井宿相同。

牛宿属梵天，姓梵岚摩，形状像牛头，祭祀用品和参宿相同。

女宿属毗纽天，姓帝利迦遮耶尼，形状与心宿相同，用鸟肉祭祀。

虚宿的姓和翼宿相同，形状像只鸟，祭祀用乌豆汁。

危宿姓单罗尼，形状像参宿，用粳米祭祀。

室宿属蛇头天，蝎天之子，姓阇都迦，祭祀用血。

壁宿姓陀难阇。

奎宿姓阿瑟吒，祭祀用乳酪。

娄宿属乾闼婆天，姓阿含婆，形如马头，祭祀用大麦。

胃宿姓跋伽毗，形如鼎足。

二十八星宿到了中国，与古代术数相结合，融入“奇门遁甲”，分东白虎、西青龙、南朱雀、北玄武，用于占卜吉凶。

“奇门遁甲”本来是中国古老的占卜术，以《周易》为基础，主要依赖朴素的经验主义和术数运算。星象天文学随着佛教进入中国之后，“奇门遁甲”吸收了其中的星象学和天体学，让“奇门遁甲”更加完善，慢慢摆脱“巫术”的痕迹，往“玄学”发展。

严格意义上讲，“奇门遁甲”属于文化交流的产物，其源头可以一直追溯到两河流域的文明，与今天的“星象学”是同一源头。所以才会看到同一个命相，找奇门遁甲的大师算，和找星象学的大师算，算的结果差不多。

拾玖　星日

二十八星宿轮番值日，一个星宿代表一天，每一天都是一个星日。

在亢、虚、参、胃这四个星宿日，不宜上战场。

在轸宿日出生的人，蛇不敢靠近七步之内。

在角宿日出生的人，有表演天赋。

在女宿日出生的人，逢亢、参、危三宿日，做事不顺，逢虚、觜两宿日，诸事顺利。

贰拾　刹那

一千六百刹那为一伽罗。

六十伽罗为一模呼律多。

三十模呼律多为一日夜。

贰拾壹　彗星

夜叉嘴里吐出了烟火，就是彗星了。龙王身上会发出光芒，这种光叫作“忧流迦”，也就是我们所说的天狗。

佛教夜叉与中国民间传说中的夜叉并不完全相同，夜叉属于“饿鬼道”，半善半恶，半人半神，有神通，被佛法感化之后，成为天龙八部护法之一。男夜叉极丑，女夜叉极美。夜叉的飞行速度惊人。

夜叉分三种：地夜叉，虚空夜叉，天夜叉。地夜叉属于巡逻员，一旦发现南赡部洲有人毁坏佛法，就马上通知虚空夜叉，虚空夜叉气得一面喷火，一面飞速跑去四天王天汇报。虚空夜叉喷的火，就是彗星。

贰拾贰　经幡

汉明帝首建白马寺，曹魏时，寺中悬挂着经幡，经幡的影子映入皇宫，魏明帝奇怪说：“佛祖有什么神奇之处？人们要这样恭敬地侍奉他。”

白马寺是中国第一座寺庙，也是目前规模最大的寺庙。释门将僧侣出家的所在称为“寺”，也是源自“白马寺”。

“寺”本是汉朝官署的名称，据《魏书》记载，汉明帝做梦梦到佛陀，于是派人前往大月氏取来第一部佛经《四十二章经》，专门设置一个官署供僧人译经，因为是白马驮经，所以起名“白马寺”。之后中国佛教徒沿用“寺”这个字。

贰拾叁　佛印

乌仗那国有佛祖留下的脚印，去丈量佛祖脚印时，随着自身福寿的不同，丈量的结果也不同。

在那揭罗曷国，城东的佛塔中收藏着佛祖的顶骨，顶骨周长二尺，如果想预知善恶，就用香粉和泥涂抹在顶骨上，顶骨上纹理显现，所有的善恶相就都出来了。

在北天竺的犍陀罗国有一座大佛塔，佛祖预言说，这座佛塔要七烧七毁之后，佛法才有可能毁灭，玄奘法师去的时候感叹说：目前已经烧毁三次了。

西域摩揭陀国有佛陀的金刚座，佛涅槃后，金刚座沉入地下，诸国君王按照大体方位，在金刚座的两旁放置了两座观音菩萨像，用以标示边界。此国人相传，当这两座菩萨像沉没看不见的时候，也就是佛法消失的那天。隋朝末年，菩萨像已经淹没到胸口了。

在犍陀罗国的辛头河岸边，有曾经系过白象的树，此树的花叶都像枣一样，冬天时节才成熟结果。相传，这棵树死的时候，佛法也就毁灭了。

玄奘西行，历经 17 年之久，行程 5 万里，途经 138 个国家，共带回了佛经 657 部。

这里提到的四个古国：乌仗那国、那揭罗曷国、犍陀罗国、摩揭陀国，都位于玄奘西行之路上，乌仗那国、那揭罗曷国和犍陀罗国位于今天的阿富汗东部，摩揭陀国在今天的印度东北部。

其中犍陀罗国在公元前 6 世纪就已经存在了，它一度被孔雀王朝划入版图，后来独立。到玄奘法师西行的时候，犍陀罗国已经沦为迦毕试国的属国。公元前 3 世纪至公元 5 世纪，这七八百年的时间里，佛教曾盛行于犍陀罗国。阿育王派遣布教师到此布教，让佛教在犍陀罗国生根发芽。

犍陀罗古国最主要的艺术成就是雕刻。佛教初兴时，不拜偶像，后来犍陀罗国吸收了古罗马的雕刻艺术，开始雕刻佛像，并以极强的艺术感形成自己的独特风格，迅速风靡普罗大众，从此佛教才立佛像。

魏晋时，犍陀罗古国的雕刻艺术，随着丝绸之路来到中国，深刻地影响了中国的雕刻艺术，龙门、云冈、莫高三大石窟都表现出强烈的犍陀罗风格，中国之后的雕刻都难以望其项背。大家可以比较一下汉时木俑、石俑的艺术呈现，很明显能感受犍陀罗雕刻艺术对中国审美的影响。

贰拾肆　袈裟

北朝时，在徐州角城县之北（今江苏淮阴以北），那里的和尚尼姑穿白色袈裟，间或也有穿青色的。

袈裟，梵语是“杂色”“不正色”“坏色”的意思。做袈裟时，应该避开青、黄、赤、白、黑五种正色，这个做法象征着僧人调和、随缘、质朴、受百家供

养的特质。

袈裟有大、中、小三种，分别是五条布缝制的小衣；七条布缝制的中衣；九条乃至二十五条布缝制的大衣，用作礼服。

段老先生作此书，取“不同寻常”四字，记载这条，是为了吐槽某些僧人不依法。

现代染织术发达，正色的布料反而便宜，所以僧人并不拘泥，正红、正黄的袈裟很多，蒙古、藏两族僧人的袈裟，大多是正黄、赤红两色。

贰拾伍　亟缚

波斯的属国有一个阿奞荼国，在城北的大竹林中有座佛寺，昔日佛陀在此讲法，允许比丘们穿亟缚，亟缚就是我们说的皮靴。

佛陀不穿鞋，有三因缘：第一，给众生做榜样，让修行者少欲望；第二，让脚下的千辐轮显现；第三，让见者欢喜，有亲近感。所以进入佛堂听佛法的比丘、比丘尼，都应该脱鞋。

段老先生记述这一段，是感叹佛祖慈悲，这次讲法，很多比丘来往于山路之间，一路奔波，脚都被割破了，所以佛特别允许他们穿鞋听法。

贰拾陆　宁王

宁王李宪生病卧床，玄宗非常担心，不停地命令中使前去送药，送药的人一个接一个，络绎不绝，但是宁王始终不见好转，后来崇一和尚前去看病，宁王竟然有了起色，玄宗很高兴，赐给崇一和尚绯袍和鱼袋。这是五品以上官员才有的待遇啊。

宁王李宪，原名李成器，是唐睿宗的嫡长子。

睿宗被儿子李隆基拥戴复位之后，在立储问题上一度非常犹豫，如果按照军功论，第三子李隆基是最佳的太子人选，但是嫡长子李宪温良有才，素有贤名。在废立问题上睿宗陷入两难，这时李宪主动让太子位于李隆基，避免了第二次玄武门之变。

李宪从此远离朝政，纵情声乐，玄宗封其为宁王。宁王与玄宗的关系一直极好，他去世后，玄宗悲伤不已，谥号“让皇帝”，中国历史上，让位兄弟能够如此和睦，彼此之间又毫无猜忌之心的，凤毛麟角。

宁王在《酉阳杂俎》中出现三次，除了这次之外，还有杨贵妃抱狗扰乱棋局那次，陪玄宗下棋的正是宁王，后面还提到一次，也是极见其性格。

鱼袋，专门装鱼符挂在身上的袋子。鱼符，是唐五品以上官员的身份证。《新唐书·舆服志》中有道：“唐初，内外官五品以上，皆佩鱼符、鱼袋……”本来应该是虎符，但是唐高祖李渊为了避讳其祖李虎的名讳，改虎符为“鱼符”。后来武则天当政，武系为玄武（龟蛇），则将鱼符改为“龟符”，至唐中宗年间恢复“鱼符”。

唐代官员四品穿深绯色，五品穿浅绯色，一个和尚就能享受五品大员的待遇，不过是因为他让重病的宁王稍有起色罢了，玄宗敬爱宁王可见一斑。然而，一年多以后宁王还是去世了。

贰拾柒　崇佛

梁简文帝写过《谢赐郁泥纳袈裟表》。

东魏使者陆操来到梁国，梁武帝乘坐小舆，陆操再三行礼，梁武帝让中书舍人殷炅宣旨慰问，到了重云殿，引领魏使登殿。梁武帝穿着袈裟，坐北朝南，太子以下的所有朝臣都穿着袈裟，侍卫也都穿着僧衣。陆操等面向西方依次站立，其他人都在西厢面向东方列班。一位僧人主持赞礼，诵经共有三卷，第三卷中颂曰："为东魏皇帝、丞相高欢，以及南北二朝的百姓颂礼"。诵完佛经，使者和朝臣都再行施礼。

东魏使者李骞和崔劼出使梁国的时候，前往著名的同泰寺参观访问，梁国负责外交事务的尚书主客郎王克和中书舍人季贺以及三名僧人在寺门口迎接。进了佛塔，只见佛陀像旁边有一位手拿纸笔的和尚塑像，僧人介绍说："这就是'尸头'，也叫'尸利沙迦'，他负责记录人的罪过。"李骞说："这就是和尚中的董狐啊。"又进入二堂，佛像面前有个铜钵，里面点着长明灯，崔劼说："这真是庄子说的'日月出矣，爝火不息'啊。"庄子的意思是：日月之光都出来了，这小火苗还在这里不肯熄灭。

梁武帝崇佛闻名于史，他早年质朴勤政，国泰民安，开创南梁一派繁荣景象，晚年佞佛，疏于政事，导致南梁成为短命朝代。他在历史上的评价毁誉参半，但他一家在文学上都很有天赋，堪比曹氏父子。

他的长子萧统，就是大名鼎鼎的昭明太子，"昭明"是他的谥号。这位太子英年早逝，刚刚活了30年，但是在这30年的时间里，他做了很多了不起的事情。目前《金刚经》的三十二分则，就是他的手笔。除此之外，他还编辑了《昭明文选》，我们后面会有介绍。

梁简文帝是梁武帝的第三个儿子，他自幼精于文学，在昭明太子去世之后，成为南梁中央文坛的领袖人物。"侯景之乱"发生以后，梁简文帝即位，但是南梁风雨飘摇，他无法支撑，两年之后，梁简文帝被侯景害死。

梁简文帝喜欢华丽辞赋，他词尚轻险，情多哀思。魏征曾经毫不客气地评论说"盖亦亡国之音乎！"

同泰寺，位于南京，梁武帝普通二年（521）建立，巍巍大寺，寺中有九层佛塔，大殿六所，小殿十余所，非常壮观。就在皇宫旁边，梁武帝为了方便进出此寺，在皇宫中开了一个门。梁武帝晚年佞佛到了无法自拔的地步，所谓"南朝四百八十寺，多少楼台烟雨中"。实际上，南朝寺庙多达上千座。梁武帝晚年发生了"侯景之乱"，饿死在寺中。

段老先生此处记东魏使者出使南梁时见闻，不外两个意思：其一，梁武帝信佛到了行为艺术的地步，接见外交使臣都要穿袈裟、颂佛经。其二，东魏外交部发言人口才了得，参观寺庙也要唇枪舌剑，不肯落下风。

另，在第一卷“礼异”中段老先生记载过此次出访，其中中书舍人名“般灵”，此处作“殷灵”，不知哪一个才是正确的。

贰拾捌　金榆山

卢县（今山东长清）东边有座“金榆山”，以前朗法师让弟子来这里采榆荚，然后拿到瑕丘县（今山东兖州）集市上去买东西，榆荚全部变成了金钱。

贰拾玖　宝志和尚

北魏孝明帝之母胡太后临朝的时候，曾经向宝志和尚询问国运。宝志和尚是当代高僧，与达摩齐名，相貌丑陋但是心智通达，他每预言将来事总是发言似谶，让人不得其解，这次也是，他只对太后说了句：“抓米给鸡唤朱朱。”众人不解。

后来太后滥权，毒杀自己亲生儿子孝明帝，另立幼帝，尔朱荣拥兵入朝，抓住胡太后，沉于黄河。宝志和尚说的“朱朱”意味着“二朱”（尔朱），就是指尔朱荣了。

有个叫赵法的人曾经找宝志和尚占卜，宝志和尚说：“大竹箭，不须羽，东厢屋，赶快修。”大家都不知道什么意思。十几天后，赵法丧父，用到苴杖，就好像没有羽毛的竹箭，而丧父期间，赵法就在东厢屋守丧。

叁拾　磬石

济南历城县的光政寺有块磬石，半月形，色泽细腻，流光欲滴，敲之，声传百里。北齐的时候，这块石头被搬到都城邺都（今河北临漳），再敲，就什么声音都没有了。于是把它重新送回光政寺，那个好听的声音就又回来了。当地人说："这块磬石有神性，眷恋光政寺啊。"

叁拾壹　那烂陀寺

唐朝开国之初，高僧玄奘前往五印度（分别是东天竺、西天竺、南天竺、北天竺、中天竺）取经，西域各国都非常敬重他。我曾经听倭国和尚金刚三昧说起过，他曾经去过中天竺，那里很多寺庙都画着玄奘法师的麻鞋和筷子，并用彩云托住它们，可能是因为西域没有这种东西吧。每到戒斋日，僧俗都对着这些画顶礼膜拜。

金刚三昧又说，在天竺的"那烂陀寺"，天气热的时候，总是聚集着数万只大苍蝇，等到僧侣们上堂用斋的时候，这些苍蝇就很自觉地飞到门外树上了。

那烂陀寺值得书写一大篇文章，它曾经是古印度第一大寺庙、最高学府和学术中心，是玄奘的留学所在，是《西游记》中大雷音寺的原型。

那烂陀寺5世纪初建寺，鼎盛时期曾有多达900万卷的藏书，万余僧人学者聚集于此，教师达1500名，精通三藏的僧人达1000多人。

那烂陀寺如此辉煌灿烂，但是它的落幕方式却令人泪下。公元1193年伊斯兰大军征服北印度，继而在全国展开"去佛教化"的行动，首当其冲遭清洗的就是那烂陀寺。伊斯兰军人围住寺庙，要求僧人一个一个走出来，每一个僧人都被问一个问题："是否愿改宗？"如果回答"否"，就拉到一旁砍头。

数千名僧人鱼贯而出，每个人都平静地说“否”，刽子手那一天砍了数千颗头颅，那烂陀寺精英一朝殆尽。伊斯兰军队继而放火焚烧了整个那烂陀寺，代表着印度文明和佛教文明的伟大寺庙就此灰飞烟灭了。自此，佛教绝迹于起源地，直到19世纪末期佛教才从斯里兰卡传回印度，其实斯里兰卡的佛教也是衰落不堪，几次由缅甸回传。

坦白讲，佛教多亏丝绸之路，由中亚传入中国，有此一脉香火传世，才能重塑价值体系，跻身世界三大宗教之列，避免了跟袄教一样的下场。

今天当我翻译“贝编”一卷时，需要翻阅佛经，难免遇到困难，我发现佛经中很多说法颇有异同，而且不明所以然。这是因为佛经传入中国不是系统化的，而是碎片化的，很多时候翻译经书的人只翻译其中一部分，要等到几十年后，另外部分传入中国才能明白上下文关系，才能有通透的解释。今天的很多佛法疑案，有可能永远成为悬案，因为我们再去哪里取经呢？

段老先生记载那烂陀寺只记苍蝇，真是一派天真烂漫，他不知道几百年后那烂陀寺遭遇的灭顶之灾，这样也好，历史中如果只有苍蝇之事可记，这是人类幸事。

叁拾贰　万回

万回和尚，一生下来就憨憨的，到了二十多岁，依然不大灵光，轻易不说话。

他的哥哥戍守辽阳，很久没有音讯，大家说他可能已经死了，家里人就为他设斋祭奠，万回闯进来，卷了很多大饼和菜蔬，大声说：“哥哥还活着，我这就去给他送吃的。”说完就飞奔而去，快马都追不上。

晚上，万回竟然回来了，手里拿着哥哥的手书，封口处还是湿的，算下来，他这一来一去，一天走了一万多里，所以大家叫他“万回”。

万回和尚还有一个事迹，当年天后曾经听任酷吏罗织罪名陷害大臣，官员都难以自保，每天早上上朝的时候，都跟生离死别一样，就怕晚上回不来了。

博陵王崔玄暐，位高望重，他的母亲很担心他，对他说：“你去请万回和尚吧，他是圣僧，必知吉凶，虽然他跟宝志和尚一样，装疯卖傻不肯明说祸福，但我们观其行为，也许可以猜个八九不离十。”

万回和尚来了以后，崔玄暐的母亲流着眼泪向他行礼，并且赠予他一副银筷子。万回和尚走下台阶，一扬手，把筷子扔到堂屋屋顶上，然后甩着手臂走了，前后不发一言。

大家都说：“完了完了，这肯定不是好兆头。”

第二天，仆人上房去取筷子，结果在筷子下面的屋瓦里发现了一卷书，拿下来一翻，差点儿吓死，竟然是一部谶纬书，赶紧烧了。

过了几天，果然有官府的人上门，在崔家大肆搜查图谶，结果一无所获，崔家才幸免于难。

当时酷吏经常令飞贼晚上把蛊物和图谶藏在大臣家里，过个把月，再搜查其家，治其重罪。这次如果没有万回和尚，崔家就要灭门了。

圣僧万回，在第一卷“志忠”篇里曾经预言过中宗之死。

玄奘去天竺取经时，在西域见一佛龛的柱子题道：“菩萨万回，谪往阌乡地方教化。”玄奘记在心里，回到大唐之后，专门去了阌乡（今河南灵宝市），找到万回，收其为徒。

万回历经则天、中宗、睿宗、玄宗四朝，多有神迹，我们后面还会讲到一些。但是民间因为他一天来回万里报家人平安，于是供奉他是“团圆欢喜”之神，称其为“万回哥哥”“和合仙”。清代之后，“和合仙”才改由“寒山”“拾得”二僧担任，称为“和合二仙”，万回正式下岗。

叁拾叁　不空金刚

玄宗皇帝曾经让罗公远和不空金刚比试高下，让他二人一同求雨，比赛谁的本领高强。结果真的下雨了，皇帝请两人过来说明，看到底是谁的功劳。不空金刚说："我昨天求雨时焚烧的是白檀香龙。"玄宗让侍从们捧起庭院中的雨水来闻，果然有檀香味道。

不空金刚每次祈雨的时候，也没有什么特别之处，只是放置好几个绣座，然后手持几寸长的木神旋转摆动，口中念念有词，接着把木神一扔，那木神就自己立在绣座上了，一会儿工夫，这木神嘴角长出牙来，等到可以眨眼睛的时候，雨就下下来了。

不空金刚精通密宗法门，可以支使各路神仙，玄宗皇帝很敬重他。有一年大旱，玄宗让他求雨，不空金刚说："过了某日再求吧，如果现在求，一定暴雨成灾。"

玄宗皇帝不信，就请来不空金刚的师傅金刚智法师设坛求雨，果然连日暴雨不止，街上竟有淹死的尸体漂浮起来。玄宗赶紧召来不空金刚，让他停雨。

不空金刚在寺院中庭捏了五六个泥龙，把它们放在屋檐滴水处，用梵语大声骂它们，骂了好久，再把它们拿开，之后大笑起来。一会儿工夫就雨过天晴了。

不空金刚和罗公远陪玄宗皇帝在偏殿闲聊，罗公元后背痒，不时伸手去挠，不空金刚说："我这里有柄如意，借给尊师吧。"说着把手里的如意随地滑给罗公元，殿堂地面石头莹滑，那如意一下子就滑到罗公远面前，罗公远拿了几次拿不起来。玄宗也想去拿，不空金刚说："三郎不要起身，这不过是个影子罢了。"说完扬起手，那柄如意还在他手里呢。

在洛阳东北处的北邙山，汉魏以下，王侯公卿多半葬于此地，所以这里总有些妖异之气。

曾经，砍柴的人在这里看到一条大蛇，头如小丘，夜晚出来吸食露气，非常吓人。

有次不空金刚进山，遇到这条大蛇，大蛇对不空金刚说："弟子前世作恶，今世被罚蛇身，做蛇就做蛇，没什么了不起的，但我胸中有戾气，老想着闯祸，最近特别想水淹洛阳城，想得不要不要的，否则心里不痛快，和尚有什么办法可以超度我？"

不空金刚先给它受戒，再讲经说法，把四种苦恼相细细分析给它听。最后不空金刚说："你因为有瞋心才身受此苦，现在如果还心怀恶念的话，要我怎么帮你？刚才我说的佛法也够多了，你应该仔细想想，自己到底应该怎么办才可以脱离业障。”

后来，过了一个月，砍柴的人发现大蛇自杀在山涧里了，臭气熏天，传达十里。不空金刚愣是把大蛇说死了。

善无畏、金刚智、不空，称为“开元三大士”，这三人都是天竺和尚，汉传密宗的开山鼻祖。现在密宗主要存在于日本和西藏，中土不存，日本的密宗是空海和尚传回日本的。空海本人天分极高，他来到中国相当于一个行走的摄像机，看见什么记什么，恨不得吃喝拉撒都记。

那时的日本遣唐使无不本着这样的学习态度来到中国，他们多半是精挑细选的第一等聪明人物，又抱持最谦卑的求学心态。当时日本举倾国之力派遣遣唐使，把本国仅有的金子挖出来，让遣唐使带着，前往大唐购买有价值的物品带回国，以供学习。这些遣唐使回到日本之后，几乎把日本搞成了个唐朝小盆景，但也多亏他们，现在我们很多唐代资料都存于日本。

不空金刚聪颖过人，有语言天赋，相传别人需要 12 年翻译完的经书，他 6 个月就能完工。生病的时候也“卷不释手，扶疾翻译”，不空 16 岁来到中国，70 岁在中国去世，这期间共翻译佛法 120 余卷。

叁拾肆　古镜

僧一行精通术数，也会法术。开元年间，天下大旱，玄宗皇帝命一行和尚求雨，一行说：“求雨不难，但需要一个法器，上面要有龙的形状，才可以求到雨。”

皇帝让他去内府中随便寻找，挑了好久，都说不行。正要放弃的时候，在库里发现一面古镜，镜鼻就是一条盘龙，一行大喜过望：“这就是真龙了。”于是手持古镜作法求雨，只一个晚上就甘霖普降。

据说这面古镜是扬州进贡的，当初镜匠在制模的时候，遭遇困难，来了一位奇人，号称可以帮忙解决，但要求关门闭户，单独制模，镜匠同意了。

过了好几天终于完成，打开门一看，人已经不见了，只留下镜炉里的镜模。镜匠把镜炉移到船上，划到扬子江心，炼铜成镜，其镜卓然不群，皎皎生辉。

这其中曲折，有图影流传于世。据说，这面镜子是五月五日铸造而成的。

"江心镜"的故事除了《酉阳杂俎》之外，《唐国史补》和《异闻录》中都有记载，但是故事发生的时间是天宝年间，而不是开元年间，求雨的人也从僧人一行，变成道人叶法善。因为这三本书成书年代相近，所以无法判断谁是谁非。但是"江心镜"是真实存在的，也确实精美异常，所以玄宗之后形成惯例，由扬州进贡这种百炼而成的特殊镜子。

但是这种镜子到底什么样子，没人知道，这个秘密到了 1998 年被揭晓了。

1998 年德国人在印度尼西亚海域打捞出唐代沉船"黑石号"，在货舱中的宝物中，就发现了一枚"江心镜"。这枚镜子肯定不是玄宗给一行和尚求雨的镜子，因为最外圈上的铭文为"扬子江心百炼造成唐乾元元年戊戌十一月廿九日于扬州"。乾元是玄宗儿子肃宗的年号。第二圈是八卦卦象。第三圈是青龙、白虎、朱雀、玄武四象，中心是镜鼻，是不是龙造型，看不清楚，诸位如果有兴趣，可以去新加坡看实物——"黑石号"的所有宝贝（包括约 67000 件瓷器），被新加坡官方以 3000 万美元的价格打包拿下，新加坡也因此成为保有唐朝瓷器最多的国家。

叁拾伍　狂僧

德宗贞元年间，在荆州有一个狂僧，名字叫作些些，善唱《河满子》。有次某个衙役喝醉了，故意羞辱他，让他唱一曲，些些于是放声高歌，唱的都是这个衙役以前做过的违法乱纪的事情，衙役吓了一大跳，后悔不迭。

叁拾陆　义师和尚

还是贞元年间，苏州有个叫义师的和尚，疯疯癫癫的，常做些出格的事。

有人盖了十余间店铺，刚盖好，义师和尚提着斧头跑过来砍他的屋檐，怎么劝都不听。这人知道义师有神通，上前施礼说："大师请您体谅体谅我吧，我就指着这几间店铺生活呢。"义师和尚说："你知道心疼了？"说完扔下斧头扬长而去。当天晚上大火，只有义师砍过的那几件房屋没被烧毁。

义师平常就住在废弃的寺庙里，不论冬夏都要生一堆火，庙里的破布幡和木神像都被他用来生火。他还喜欢活烧鲤鱼，不等鲤鱼熟就吃了。整天蓬头垢面的，不知道洗脸，但是一洗脸就下雨，当地人都看着他洗脸当天气预报。

义师和尚死之前，饮下几斛草灰汁，念佛打坐，不吃不喝，百姓都跑来围观，就这样坐了七天之后死了。当时正值盛暑，尸身不变色，四肢不枯萎。

京城安国寺有个和尚叫熟地，也经常烧木佛，言谈举止却颇有佛理，庙里的其他和尚都说他很不简单。

叁拾柒　玉佛

睿宗皇帝出生在含凉殿，则天皇帝在殿里安置了佛像造佛事，里面有一尊玉制佛像。等到睿宗皇帝长大些，一天闲来无事，盯着佛像看，佛像突然开口："你以后会当天子。"

第十卷

寺塔旧记

壹　大兴善寺

靖善坊的“大兴善寺”，寺名来自“大兴城”和“靖善坊”,《两京新记》里记载：“寺中原有优填王的雕像，唐高宗总章初年不小心被烧了。”

据其所说：“这座西域优填王雕像本来在荆州。”又说：“是隋朝的时候从梁都台城移来此寺。”前后不能自圆其说，不知孰真孰假。

大兴善寺现在有一座旃檀木的优填王雕像，开过光，雕工拙劣，实在是差得太远了。

埋藏不空和尚舍利的三藏塔前有很多老松，天旱的时候，官府就砍下塔前松枝作为龙骨祈雨。据说不空和尚可以驭龙，所以人们认为他塔前的树也应该很灵验吧。

行香院大堂的后壁上，有一幅《双松图》，是宪宗元和年间画家梁洽画的，颇为不俗。

曼殊堂的塑像做工非常精妙，堂外壁画颜料里混有泥金，泥金是不空高僧从西域带来的。

塔里供奉着隋朝的舍利，塔下有文字记载说：“……在皇宫之中，起居之处，舍利感应，前后不止一次……隋文帝仁寿元年十二月八日。”

旃檀佛像堂中有部《时非时经》，用朱砂打出格子书写，盛在漆盒里，僧人说这是隋朝旧物。

大兴善寺后院原来有个曲池，不空和尚临终时突然枯竭了。后来惟宽禅师驻锡本寺，因下大雨泉眼疏通，曲池又有水了，还长出白莲和水藻，现在又干涸成陆地了。

东廊的南边是素和尚住的院子，庭中有青桐四株，是素和尚亲手栽种的。宪宗元和年间，卿相们爱来此园游玩。青桐树到了夏天会渗出树脂，像出汗一样，不小心弄脏衣服，跟擦车的滑油一样，很难清洗掉。

昭国坊东门的郑絪相国曾经和几位丞郎在这里避暑，不喜青桐出汗，就对素和尚说：“弟子为和尚砍了这些树吧，在原处各种一棵松树。”傍晚，素和尚就跟青桐树开玩笑说："我把你们种下二十多年了，你们因为出汗而惹人厌恶，如果明年还出汗，我一定砍了你们做柴火。"从此之后青桐树就不再出汗了。到了敬宗宝历末年，我听说青桐树已经超过十五年没有出汗了。

素和尚平常足不出院，诵念《法华经》三万七千部，曾经有貉子晚上跑来听经。斋饭的时候，鸟雀都从素和尚的手掌上取食。

穆宗长庆初年，庭院里的一株牡丹开出并蒂花。玄幽和尚为院子题诗说："三万莲经三十春，半生不踏院门尘。"

如今这院里住了一位梵僧憍陈如难陀，用石灰粉把墙基涂上了，这人性子狷急，为人傲慢，不怎么熟悉中华本土佛典。

东廊左手有蛤像。传说，隋朝皇帝喜欢吃蛤，每次膳食必须有蛤蜊，吃了成千上万的蛤。有一次吃到一只蛤，怎么砸也砸不开，皇帝觉得很奇怪，就随手放在案几上。到了晚上，这只蛤闪闪发光，第二天自己打开，里面显出一尊佛像、两尊菩萨像，皇帝悲悯后悔，发誓再也不吃蛤了。这事不是陈宣帝的事情。

大兴善寺还有于阗玉雕像，高一尺七寸，宽一寸多，其中有一尊佛像、四尊菩萨像、一尊飞仙像，都是用一块完整无瑕的玉雕成的，其玉质洁白无瑕，膏脂一样，滑腻温润，流彩欲滴。

天王阁是穆宗长庆年间造的，本来在春明门内，和兴庆宫的宫墙相连，其形制宏大，天下无双。到了文宗大和二年（828），奉旨移到了大兴善寺，拆迁的时候，在天王塑像的肚子里发现了五百匹布、几十桶漆。如今和天王像一起塑的其他神像都已经毁坏了，只有天王像完好无损。

贰　安国寺

长乐坊的安国寺，里面的红楼，是睿宗为藩王时的舞榭。

东禅院，也叫作木塔院，院门北西廊有五面墙壁，吴道子的弟子释思道在这里画了天龙八部，不施色彩，很有其师的风范。

法空禅师的影堂也在此。法空禅师世称吉州空，他有一头骡子，养了多年，禅师临终时，骡子不停地嘶鸣，奔跑而死。禅师以前有个弟子叫允嵩，患有精神病，禅师将允嵩锁在空房子的一根柱子上，会昌毁佛后，允嵩的病也好了。

安国寺的佛殿是开元初年玄宗皇帝拆除宗庙的后殿而建的。朝南向有尊弥勒佛像，是法空禅师从光明寺移来的。本朝开国之前，这尊弥勒佛像在长安某处村子的寺院中，因佛像经常发光，这个寺院就叫光明寺。光明寺位于怀远坊，后来寺庙毁于大火，只有这尊佛像幸免于难。法空禅师当初移动佛像的时候，用了虎口大的绳索，十几头牛去拉，绳索都拽断了，佛像依然岿然不动。法空禅师就手持香炉，依法作礼，接连九拜，流着泪发誓，佛像忽然嚗嚗有声，崩裂成几十段，分解落地，不到一天就移到安国寺里了。

寺中还有利涉和尚的塑像堂，宪宗元和年间，这里被选作圣容院，用以供奉帝王的真容，利涉和尚的塑像无处摆放，就迁到廊下。某天晚上宪宗皇帝做了一个梦，梦到一个和尚，形容奇伟，斥责皇帝说："我风吹日晒好几天了，这难道是圣君的意思吗？"天亮后，宪宗皇帝起驾去寺中查看利涉和尚的塑像，果然与梦中所见一模一样，他当即下旨把佛像移回堂中，就摆放在圣容旁边，并设置帷帐安放好。

叁　光明寺

寺中有鬼子母和文惠太子的塑像，举止形态莫不栩栩如生，雕塑的工匠名叫李岫。

山庭院，古木参天，幽静如山谷一般，当时用车拉了好多土建造而成。

上座璘公院子，有一株穗柏，枝干纵横，浓荫蔽日，下面可坐十几个人。

肆　赵景公寺

常乐坊的赵景公寺，是隋文帝开皇三年（583）建造的，本来叫弘善寺，开皇十八年（598）改为赵景公寺。在南中三门里东墙上，有吴道子白描的《地狱变》，笔力劲怒，鬼怪形象阴森恐怖，看了让人不觉寒毛倒立，这是吴道子的得意之作。

在三阶院西廊下，有范长寿画的《西方变》及十六观故事。其中宝池画得尤为精妙，仔细看去，墙壁上如水波荡漾一般。院门上还白描着树木山石，很像阎立德的手笔。我曾经带去阎立德《行天祠》的画稿，两相比较，果然笔法相近。

西中三门里门南，有吴道子画的龙，天王须是用排刷抹的，笔迹如铁，另有一位手持香炉的天女，眼神顾盼，若有所语。

华严院中有一尊黄铜的卢舍那佛立像，高六尺，样子古朴精巧。

在塔下有舍利子三斗四升，当年移塔的时候，守行法师建了道场，然后才取出舍利，当时围观者众多，颂赞声还没停，满地惊现舍利，众人不敢践踏，都走出寺外闪避。守行法师制作了近十万个小泥塔和小木塔来供奉这些舍利，至今还留有几万舍利在寺中。

寺中有六百多座小银像，一尊金佛，高达几尺，一尊大银像，有六尺多高，样子非常古朴精巧。还有一架小屏风，其上用七宝镶嵌了《多心经》，小屏风收在宝盒里，盒子装饰有杂色珠和珍珠，成对镶嵌，极为夺目。这本来是宫里的东西，安史之乱时，宫人拿出来藏在寺庙中。小屏风共有十五片，三十行经文，在经文后写着："发心主司马恒存，愿成主上柱国索伏宝息、上柱国真德为法界众生造黄金牒经。"善继怀疑这可能是域外之物。

吴道子是唐朝天才画家，他大约生在唐高宗时期，小时候家境贫寒，但是擅长绘画，无师自通，不到20岁就已经画名显赫。他曾经做过一段时间的小吏，但其人骄恣潇洒，意志纵横，无酒不欢，自然不耐烦做个小吏，于是辞去公职，

专心绘画。

其时，两京寺庙林立，每座寺庙都需要大量的壁画，吴道子就流连两京，在各处寺庙留下诸多壁画，据说画了 300 多面墙，如此过了 10 年逍遥日子。

开元初年，唐玄宗将吴道子召到宫内任职，并命他“非有诏不得画”。从此他多在宫中绘画，民间留下的画作就少了。玄宗尊重艺术，是个养艺人的皇帝，吴道子的日子并不难过，他在精进画艺的同时，授徒传艺，画风滋养了整个中国绘画史。吴道子活到 70 多岁。

伍 云华寺

同在常乐坊还有一座云花寺，代宗大历初年，俨法师在此讲经，天降花雨，到了离地面咫尺高的地方就不见了。晚上讲经的时候，法堂里光芒照耀，于是皇帝下诏改名为云华寺。

俨法师就是康藏和尚的师傅。康藏和尚本来住在靖恭坊的毛毡巷，某日忽然看到一道光如车轮一样滚滚前行，问众人，也都说看到了。和尚于是跟着光走，来到俨法师讲经的地方，光芒熄灭，康藏和尚就拜俨法师为师。

佛殿的西廊，立着十六位高僧的画像，是天宝初年从兴庆宫移来的，画法很拙劣。

云华寺的西北角落有观音堂，德宗建中末年，有个百姓叫屈俨，得了恶疮，快要死了，某天晚上梦到一个菩萨抚摩着他的疮说：“我住在云华寺。”屈俨惊醒，浑身大汗淋漓，几天之后竟然痊愈了。之后就到寺里寻找，在圣画堂里见到菩萨的画像，正如梦中所见。此事一传开，全城百姓都来礼拜，屈俨于是单独设立一个佛堂，专门供养菩萨画像。

圣画堂里有一面高墙，其壁画五彩缤纷，本是邵武宗画的，不知道为什么称为“圣画”。据《大唐西域记》记载：“菩提树东有一处精舍，当初婆罗门兄弟想请人画一幅“如来成佛像”，整整一年没有画师来应召。一天忽然来了一人，说是最擅长画如来妙相，但是需要香泥，还要一盏灯照明，要求闭门作画六个月。大家终究觉得这事太奇怪了，在还差四天满六个月的时候把门打开了，但见里面空空如也，只留下一幅如来像，右胳膊还没有画完。”可能好事的人把这个传说移过来，称这里作圣画堂吧，堂中还有一尊于阗的黄铜佛立像，非常古朴。

《游目记》里提到的刺柏，在文宗大和年间被砍了用作修建大殿的材料。

陆　宝应寺

道政坊宝应寺。

韩幹，蓝田人。年轻时经常帮酒家给赊酒的人送酒，王维兄弟还未出仕的时候，喜好赊酒漫游，韩幹常去王家讨酒钱。

等待的时候韩幹就在王家地上画一些马匹人物打发时间。王维本人也精于绘画，看到韩幹的画，非常欣赏，于是每年出资两万钱，让他去学了十几年的绘画。

今天宝应寺里的《释梵天女图》，就是当初韩幹照着齐公王缙（王维的弟弟）家里的歌舞伎小小等人画的。寺庙里还有韩幹画的《下生帧》，里面弥勒佛穿着紫色的袈裟，右面有仰面菩萨和两头狮子，都画得极为精妙入神。

寺中还有王家的一块旧铁石，以及齐公王缙一岁就夭折的儿子，这个孩子死后被浑身上漆，漆成罗睺罗的样子。这两样东西每到盂兰盆会的时候就会拿出来。

寺庙里的弥勒殿，原先是齐公王缙的寝室。

在东廊的北面，有杨岫之画的鬼神，齐公嫌他笔力不工，所以只让他画了一堵墙。

柒　玄法寺

安邑坊玄法寺，当初是张频的家宅。张频曾经供养了一个僧人，这个僧人以念《法华经》为业，这样过了十几年，张家门人污蔑僧人私通张家的侍妾，张频就找了个理由把僧人杀了。僧人死后，张家总是响起念经的声音，不绝于耳。张频这才明白冤枉了僧人，追悔莫及，于是捐献家宅成为寺庙，又铸造金铜像十万座，设立金、石佛龛供奉，摆得满满当当，还有几万座佛像无处安置。

东廊南观音院，卢舍那佛堂内隔墙北墙上，画着《维摩变》。据说佛堂屏风上有虞世南的书法。有次，张希复让人把碍事的东西搬开，自己踩着床榻仔细看，确实有“世南献”的落款，这才知道传言不虚。

西北角院里，有怀素的草书，颜真卿的《序》，以及张谓侍郎、钱起郎中写的《赞》。

代宗大历年间，画工陈子昂在曼殊院东廊庭下画了象、马、人、物，都堪称一时之妙。还在屋檐前额上画着《相观法》，手法效仿韩幹，几可乱真。在西廊墙壁上，有刘整画的双松图，也是别出心裁。

捌　菩提寺

平康坊菩提寺。佛殿东西障壁还有各个柱子上的壁画，是隋朝郑法士的手笔，原先在东廊上，开元年间，因为房屋损坏，才移入大佛殿内墙的北壁上。

食堂的东壁上，有吴道子画的《智度论色偈变》，偈语是吴道子自己题写的，笔迹遒劲，犹如鬼神的毛发俱张。另一堵墙画的《礼骨仙人像》，天衣飞扬，满墙风动。

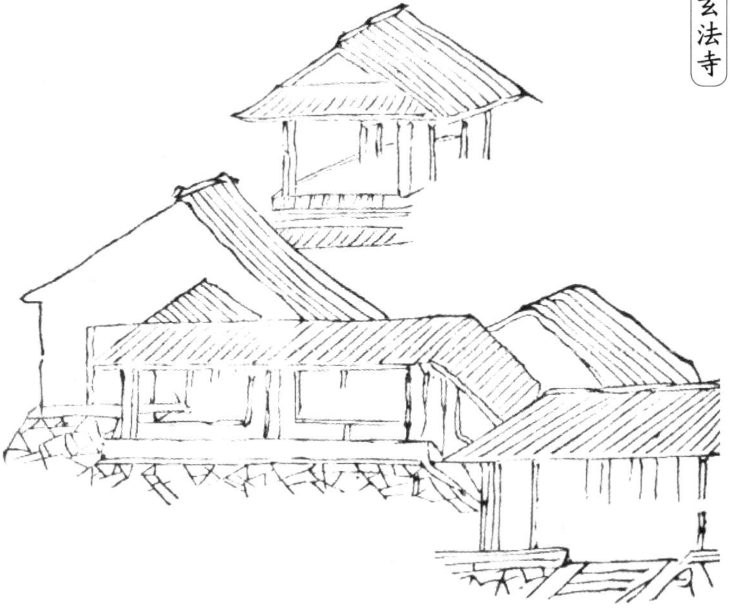

玄法寺

佛殿内壁的后墙面上，是吴道子画的《消灾经》故事。画面中古树参天，山石险峻，元和年间，宪宗想要把画移入宫中，担心移动不好把画面毁坏了，就下诏挑选好画工临摹进献。

佛殿内壁的东墙上，画着《维摩变》，画面上的舍利弗回眸斜看。宪宗元和末年，俗讲僧文溆修缮佛殿，把画迹都磨没了。

已故的郑余庆尚书题北壁僧院诗云："但虑彩色污，无虞臂胛肥。"这句就题在寺碑的背面，雕饰精巧，相传是郑法士设计的图案。

五代王仁裕《开元天宝遗事》卷二载："长安有平康坊者，妓女所居之地，京都侠少萃集于此，兼每年新进士，以红笺名纸游谒其中，时人谓此坊为'风流薮泽'。"

所以长期以来，平康坊都作为长安的红灯区而赫赫有名。但是平康坊不是一般的红灯区，这里诸妓层次很高，她们隶籍教坊，从小受到比较严格的歌舞、诗词、乐器等训练，供奉和服务的对象主要是宗室贵族和官僚士大夫。她们经常要应召供奉和侍宴，眼界开阔，文化素养和品位也比较高，所以非常吸引长安的知识分子。

但是平康坊不是除了妓院什么都没有，正如段老此处记载的，平康坊中有大寺庙，除了寺庙之外，平康坊中的官署也很多。因为靠近尚书省官署，所以平康坊中有大量的驻京办，驻京办最多的是其北面的"崇仁坊"，有 25 个，其次就是平康坊，有 15 个。所以此处是一个集文化、娱乐、行政、艺术、休闲、餐饮、酒吧于一体的CBD。

这寺庙是当初会觉上人用信众施舍的钱财建造的，占地十多亩，完工之后，酿酒百石，装在大瓮里分列在两庑之下，会觉上人领吴道子来看说："施主为我画壁画，这些酒就都是您的了。"吴道子本来就好饮，给的酒又这么多，就欣然答应。但是我觉得他这次画的比不上给景公寺画的《地狱变》。

中三门里，东门塑有神像，张希复说是吴道子弟子王耐儿的手笔。旁边有个鬼像，据说有灵，百姓都开玩笑说："不能得罪它，否则就要生病，口眼会丑得跟它一样。"

一般来说，寺院的钟楼都在东面，只有这座寺庙，因为李林甫的宅邸在东面，所以就把钟楼建在了西面。寺庙里有郭子仪用过的玳瑁鞭，还有郭子仪夫人王夫人用过的七宝帐。

寺庙的住持是元竟和尚，知道很多佛门故事，他说："李林甫每到生日的时候，常请这所寺庙的僧人到家里设斋。有个僧人赞佛赞得好，李林甫就施了一副马鞍，僧人拿去卖钱，得了足足七万钱。

"还有个僧人，讲经多年，很有声名，轮到他赞佛的时候，他借机赞美李林甫，说得天花乱坠，也希望得到丰厚赏赐。斋会之后，李家从帘子下递出一个彩竹篮，里面用香罗帕包了一样东西，有几寸长，看上去就是个生锈的钉子。

"僧人拿了这个东西失望了好几天，又想到这么大的官应该不会戏弄他，于是拿着这个东西去西市卖钱，西域的商人一看大惊失色，问他：'上人您是从什么地方得到这个东西的？多少钱您开个价，我一定买。'

"僧人大着胆子喊了一百钱，胡商大笑：'太少了，你尽管大胆开价。'僧人开价到五百钱。胡商说：'这个东西值一千万。'僧人就按一千万把东西卖给了他，之后僧人问这到底是个什么东西，胡商说：'这是佛骨舍利啊。'"

另外，菩提寺里原先有个僧人，不知道姓名，每晚背负一捆干草坐卧在寺庙的两廊下，不肯住进院里。这样过了好几年，司事僧就劝他搬进来住，这和尚说："你厌烦我了？"当天晚上就用背负的干草自焚了。天亮之后，人们发现只余一堆灰烬，没有一点血肉焚化的痕迹，大家这才知道碰到高人了，于是用草灰为其塑像，至今还摆在殿上，世称"束草师"。

玖　奉慈寺

宣阳坊奉慈寺。开元年间，这里本是虢国夫人的宅邸，安禄山攻陷长安之后，伪设百官，任命田乾真为京兆尹，这个宅子就成了他的府邸。后来郭暧驸马娶了升平公主，这里又成了驸马的府宅。当今皇上继位之后，太皇太后为自己的母亲升平公主祈冥福，奏请皇上，把这里设为奉慈寺，赐钱二十万，绣像三车，又抽调了左街十座寺庙的僧人四十人住进寺里。

如今这里有个僧人叫惟则，请人用七宝仿建了一座阿育王的舍利塔，从明州（今浙江宁波一带）运送进京。建寺两年后，司农少卿杨敬之的小女儿，当时只有十三岁，为此寺题了一首六韵诗，诗里有警句："日月金轮动，旃檀碧树秋。塔分鸿雁翅，钟挂凤凰楼。"这事被皇上知道了，诏令赐给衣物。杨敬之的小女儿，字德邻，自称是东汉杨震的第二十七代孙。

拾　光宅寺

光宅坊的光宅寺，本来是宫廷的葡萄园，设有中禅师影堂。中禅师号惠中，肃宗上元二年（761）的时候应旨来到京师，就居住此寺。肃宗诏书是这样写的："禅师请持您的锡杖来吧，京师并不遥远，寡人一心向佛，去除杂念已久，希望禅师不要辜负了我的深意。"

德宗建中年间，高僧竭和尚要造曼殊堂，在水边筑造墙基，担心伤害生灵，就连做了三天法事，祝祷所有生物，不管是一只脚的、多只脚的，还是没有脚的，都到别处去。法事做完之后再挖地基，一直到挖出泉水，也没有碰到一只虫蚁。

竭和尚用多重细绢过滤水，滤出一只虫子也要投到井里去放生，这井叫作"护生井"，至今还在，只是干涸了。竭和尚还铸造了铜蟾蜍造型的无烟灯，天下纷纷效仿。

如今曼殊院里常组织诵经，皇帝每每赐香。

寺里的七宝台非常高大，登到台上极目四望，心旷神怡。台上两层窗台，上层窗沿儿壁画出自尉迟乙僧之手，下层窗沿儿壁画是吴道子画的，算不得他们的得意之作。丞相韦处厚，从供奉内廷一路升迁到相位，每次回家都来这座七宝台焚香瞻拜。

本寺的普贤堂，本来是武则天的梳洗堂，每到葡萄成熟的时候，天后就会来这里。

现在堂中壁画是尉迟乙僧画的，颇有奇绝的地方。四面墙壁的画像，还有《脱皮白骨像》，无不独具匠心，用意险峻。特别是画中的变形三魔女，栩栩如生，仿佛要从画上走下。佛像上的佛光用色缤纷，格外炫目。

讲经座东面壁画也可圈可点，特别是佛底座前的锦缎，其灵动如同旧幡杆上落下的旗帜，佛旁还画着诸多梵僧和胡人，个个相貌不俗，但是没有西壁画得好，西壁的画近看栩栩如生。

拾壹 保寿寺

翊善坊保寿寺，本来是高力士的住宅，天宝九载（750），舍为寺院。

当初寺里刚铸好大钟时，高力士设斋饭庆祝，满朝文武都来了，每敲一下钟，就送十万钱做贺礼。有人看透了高力士的心思，就连敲二十下。

寺里的藏经阁高耸精巧，两座佛塔装饰着琉璃珠，有十余斛那么多。

河阳（今河南孟州）佐吏李涿喜好搜罗稀奇古物，他和智增和尚交好，两人曾经结伴来保寿寺观看库里的旧物。忽然在破瓮里发现一物，像破败不堪的旧被子，稍微一碰就尘土飞扬。李涿小心打开，原来是一幅画。李涿用三张州县图和三十匹细绢跟寺庙把画换来，拿回家找工匠装裱，竟然有十几幅之大，请教了常侍柳公权才知道，这是张萱画的《石桥图》，是当年玄宗赏赐给高力士的，所以留在了寺中。后来有个叫宗牧的画贩子，把这事告诉了左军首领，很快就有宫中小吏带着几十个军卒去了李涿家，宣旨取画，当天就送进宫去。先帝武宗皇帝喜好古物，一见大喜，下旨挂在云韶院。

保寿寺里有《先天菩萨像》，来自成都的妙积寺。开元初年，有个叫魏八师的比丘尼，常念《大悲咒》。双流县百姓刘某，名意儿，刚刚十一岁，自愿跟随魏八师学法，魏八师怎么赶也赶不走，只好答应。刘意儿经常站在静室禅修，有次跟魏八师说：“先天菩萨现身此地。”接着就在庭院中筛满香灰。过了一个晚上，灰迹上果然出现了一个巨大的脚印，有几尺长，足底的纹理都清晰可见。

魏八师请画工来，按照刘意儿说的画像，但怎么画都不像。有一个僧人叫杨法成，自称能画，刘意儿先双手合十祝祷一番，然后详细讲述。杨法成依言去画，用了十年的时间，才画成了这幅《先天菩萨像》。

后来又按照画稿塑造先天菩萨像，菩萨一共二百四十二个头，头排列成塔状，手臂分出来，好像藤蔓。画稿上有一百四十棵扶桑树，凤凰有四个翅膀，还有水瓶一样的树，画的东西都稀奇古怪，不可详知。

画稿共有十五卷，有个柳七师，是成都尹崔宁的外甥，把画稿分成三卷带往京师。长史魏奉古将画送进宫里，后来玄宗在四月八日佛诞日那天赐给了高力士，现在成都留下的那份是摹本。

拾贰　静域寺

宣阳坊的静域寺，本来是太宗皇帝生母太穆皇后娘家的宅邸。庙里的和尚说：“当年高祖皇帝在此雀屏中选，现在的三阶院门外，就是高祖皇帝射孔雀的地方。”

禅院门内外的壁画《游目记》，据说是王昭隐画的。门西里画的是“和修吉龙王像”，据说非常灵验。门内之西，画着火目药叉，还有北方天王，造型奇特凶猛。门东里是贤门，画了好多夜叉，鬼头上盘着蛇，让人一见生怖，汗流浃背。东廊上画着树木石头，也非常险怪，画中高僧若干，个个面貌奇特。

西廊，万菩萨院门里南壁上，是皇甫轸画的鬼神和雕，无不栩栩如生，好像要从墙上飞奔袭来一样。皇甫轸和吴道子是同时代人，吴道子因为他技艺高超，对自己有威胁，就雇人把他杀了。

李渊的夫人窦氏出身高贵，她的父亲是北周驸马、神武郡公窦毅，她的母亲是周武帝的姐姐襄阳长公主。窦氏一生下来就非常美貌，性情恬静，小小年纪气度不凡，她的舅舅周武帝非常喜欢这位外甥女，经常接进宫中亲自教导。

等到窦氏成年之后，她父亲窦毅跟她母亲襄阳长公主说："这个女儿才貌超群，不可以随便嫁人，一定要找个响当当的人物。"于是在门屏上绘制了两只孔雀，京城有来求婚的贵公子都需要先射两箭，以较高低。

最后李渊两箭都射中孔雀的眼睛，窦毅非常高兴，说："这就是我女婿啊。"就将窦氏嫁给了李渊。这个女儿果然贵气逼人，就是日后的太穆皇后，她去世得早，死在李渊登基之前，但是她给李渊生下了五个胆识过人的子女，个个是人中龙凤，分别是：李建成，李世民，李玄霸，李元吉，平阳公主。平阳公主我们介绍过，就是募兵七万帮助老爸打天下，死后以军礼下葬的那位奇公主。

现代遗传学分析，子女的智商主要来自母亲，但是在1000多年的北周，有一个人凭借朴素的经验主义也明白了这个道理，就是北周通道馆学士长孙炽。

窦氏小时候经常进宫看自己的舅舅周武帝，言谈举止之间露出超高双商，长孙炽冷眼旁观，回家跟他弟弟长孙晟说："这个女子非同一般，咱家是没本事娶她了，但咱们可以嫁女儿。她将来生下孩子肯定不同凡响，为我们长孙家着想，你要有女儿的话，一定要嫁给她儿子，嫁不了长子就嫁次子。"长孙晟后来就真把自己的小女儿嫁给了窦氏的二儿子李世民，这就是赫赫有名的长孙皇后。

李渊雀屏中选的故事，听起来像是穷小子娶了白富美。实际上，李渊的出身也极其高贵，不输窦氏。李渊的亲生母亲是独孤曼陀，独孤一门出了很多皇后，曼陀这一辈，就出了三个皇后，隋炀帝之母是独孤曼陀的妹妹，李渊和隋炀帝是姨表兄弟。

独孤曼陀老夫人脾气不好，到了老年作天作地，在诸多儿媳中，最招老太太喜欢的，就是李渊的媳妇窦氏，因为她胆识过人、顾全大局，会讨老人家开心，由此可见窦氏的双商。

静域寺万菩萨堂里有一座宝塔，塔身装饰着数百个小金铜塔，代宗大历年间，将作监有个姓刘的官员，他儿子出生的时候双手合十，七岁就能念《法华经》，死后焚烧尸体，得到几十粒舍利，这些舍利子被分别收藏在小金铜塔里。张希复说："这些塔应该就是刘氏制造的。"

佛殿的东廊有古佛堂，此处本来是个叫“雍村”的地方。堂中摆放的都是石像，相传隋恭帝就死在此堂之内。

三门外的壁画，出自皇甫轸之手，所画的金刚，据说很灵验。驸马独孤明的宅邸离寺庙很近，天宝初年，独孤有个婢女叫怀春，年幼俊俏，喜欢西邻的一个读书人，两个人经常半夜在寺门幽会。某日出现一条巨蛇，把他们死死缠住，两个人就这么死了。

佛殿内，西座的吐蕃神像非常古朴，德宗贞元之前，大唐与吐蕃国两度结盟，每次都把这蕃神抬出来，立在祭坛前盟誓，相传当时非常灵验。

拾叁 招福寺

崇义坊的招福寺，本来叫正觉寺，毁于开国之初，原先的地方被用来建筑宅邸，分封诸王。睿宗在藩时曾经居住。高宗乾封二年（667），长宁公主的佛堂被迁移到这里，重新建寺。

寺庙里以前有个水池，从永乐坊挪来几方土，把池塘填平了，如今地下还常有树根露出来。

武则天长安二年（702），宫里赏赐给寺庙真人大小的金铜像一尊，还有九部乐谱。

南北两个门上的匾额，由后来的玄宗皇上和岐王、薛王亲自送到庙里，当时盛况空前，彩车络绎不绝，仪仗护卫云集，宫人身上的香气在街上持续了好几天。

睿宗景云二年（711），宫里又赏赐皇帝的真容坐像，下诏在寺中另建一座圣容院，坐像比照的就是睿宗为太子时的真容。

玄宗先天二年（713），皇上下旨从内库拨出库钱两千万，指派能工巧匠一千名，重新修葺了寺院。

睿宗圣容院的门外，有几面墙，画满鬼神，是从宫里挪来的，笔法非常奇特，画中鬼怪手抓野鸡，鸡毛都立起来了。

库院墙上画着“鬼子母像”，是李真于贞元年间画的，非常有周长史的风韵，其中有个拿镜子的，造型格外工整。

寺庙西南隅，画着“僧伽和尚像”，一直都很灵验，百姓供奉的幡伞至今络绎不绝。

起初，寺里有个叫朝来的奴役，每天添加灯油，擦拭地面，几十年坚持不懈。李某任府尹的时候，有个贼诬陷朝来，官府抓捕朝来，朝来觉得特别冤枉，就上钟楼，遥遥对着“僧伽像”诉说冤屈，然后纵身跳楼。恍惚间，看见一个怪和尚用如意敲打他说：“不要担心，这事自会了结。”朝来清醒过来，发现自己虽然跳楼，但是毫发无伤，诬陷他的盗贼听说了这件事，羞愧难当，主动认罪，朝来最终平安无事。

拾肆　崇济寺

昭国坊的崇济寺，寺里有武则天织成的蛟龙披袄子及绣衣等六样东西。东廊从南数第二个院子，有释道宣制作袈裟的殿堂。曼殊堂前的几株松树，样子奇特。

拾伍　永寿寺

永安坊的永寿寺，三门东墙上有吴道子壁画，似乎算不上他的得意之作。

大殿叫作“会仙殿”，本来是宫中的梳洗殿。

德宗贞元年间，寺里有位证智禅师，颇有些神灵，他曾经白天在张椟寺中耕田，晚上回到永寿寺。张椟寺在金州地界（今陕西安康），离长安七百里之遥。

拾陆　资圣寺

崇仁坊的资圣寺，净土院门外的壁画，相传是吴道子某个晚上酒醉之后秉烛画的。画中鬼神手持画戟，凶神恶煞，令人望之生怖。院门里的壁画，是卢楞伽所画，卢楞伽曾经求师吴道子，吴道子教给他一些手法窍门，卢楞伽就用这些手法为总持寺的三门作画，画到一半时被吴道子看到，大加赏识，跟人说："卢楞伽学了我的手法，但是不得心法，故而用心太苦，恐怕不能长久啊。"果然，卢楞伽画完之后就去世了。

中门的窗户之间，有吴道子画的高僧，韦述撰的颂赞，由李严亲笔书写。中三门之外，两面窗户之上，有不知道什么人画的人物，很有阎立本的风格。

在寺西廊的北面一隅，有杨坦的壁画，画有一天女飞行于塔尖之上，其眼神明媚，仿若水波流转。

团塔院的北堂，有铁铸的观音像，高三丈多，观音院两廊共有四十二幅圣贤画像，是韩幹画的，元载宰相写的颂赞。东廊北头画着散马，不经意看到，非常传神，好像正奋蹄嘶鸣。

圣僧像里，龙树和商那和修两位圣僧画得非常绝妙。团塔上的菩萨像是李真画的，四面花鸟是边鸾画的。药上菩萨头顶上的蜀葵画得格外好。

塔里收藏有《法华经》一千部。

拾柒　楚国寺

楚国寺，寺里有楚哀王的等身金铜像，楚哀王的绣袄半幅袖子还在。长庆年间，穆宗皇帝赏赐双凤图案的夹黄袄子，镇在寺中。寺门里有放生池。

大和年间，文宗赐白毡黄胯衫。

寺院的西墙外，曾是朱泚的宅邸。

楚哀王是李渊的第五个儿子李智云，前四个儿子都是窦皇后所生，所以李智云算是庶长子，他的母亲万贵妃性格温顺，在窦皇后死后几乎就是后宫之主。但是窦皇后的出身太显赫，留下的儿子又太能干，万贵妃始终没能封后，所以唐朝第一代皇后其实是空缺的。

万贵妃只有一个儿子，就是李智云，但是李智云死得很早。李渊起兵反隋的时候，李智云随大哥李建成客居河东，李渊在太原起兵，李建成潜回太原助父，临行前不知道出于什么理由，大概觉得这个弟弟还小，官府不会拿他怎么样，就把李智云留在河东。结果当地官府把李智云捉到长安，当时镇守长安的阴世师为了威慑李渊，将李智云当众斩首，年仅14岁。

李渊称帝后，追封这位早逝的儿子为楚王，谥曰“哀”。万贵妃因为这个事情，内心对李建成一直有看法，但是她性格温柔，没有表露任何不满。在秦王夺嫡的时候，她没有站队李建成，选择了中立，大概就是出于这种个人情感上的选择，但也因此避免了“玄武门事件”之后被政治清算。

拾捌　慈恩寺

慈恩寺，本是净觉寺的故地，在此基础之上修建而成，一共十几个院落，一千八百九十七间房子，曾经奉旨在这里度化了三百名僧人。

当初玄奘自西域回长安，太宗皇帝下诏让太常卿江夏王李道宗设九部乐，迎接经书和佛像入寺，出动彩车一千余辆，太宗皇帝亲临安福门观礼。

太宗皇帝曾经赏赐给三藏和尚一件僧衣，价值约莫百金，巧夺天工，上面几乎看不出针线缝制的痕迹。

当初，三藏和尚翻译《因明论》，参加翻译的僧人栖玄把翻译好的经文拿出来给尚药奉御吕才看。吕才就把经书张贴在大街上，指出经书翻译中的不足之处，还为此写了一篇《因明注解立破义图》。

其序里有言："没有看到《易经》的《象传》和《系辞》就开列佛教修行的八种法门，在世间万物还没有之前，佛法就已弘扬。"文章里提出的疑问有四十多条。太宗皇帝就下诏让吕才到慈恩寺里跟三藏法师辩论。

三藏法师对吕才说："汉代扬雄模仿《周易》而著《太玄经》，文义艰深，施主从未读过《太玄经》，但是皇上一下诏，你很快就声称能理解。你从来不接触'象戏'这种游戏，但是试着研究十来天就号称精通，施主这只是有限的智慧，可叹施主不自知，遇到事情就想充内行。"

说着就吕才提出的疑问，一一进行分类解答，分析细微而透彻，滔滔不绝几千言，吕才不能领会其中奥妙，理屈词穷，礼拜告退。

在塔的西面，画的是两耳下垂的狮子，高处画的是蟠龙，是尉迟乙僧画的，还有跌心花、千手千钵文殊菩萨等，都是当时的绝妙之作。

慈恩寺里有柿子树，还有白牡丹，都是法力上人亲手种植的。上人经常手持香炉沿着各屋墙壁走动，看到有变相处，就恭恭敬敬地敬香祈祷，年年月月如此。

另外，大殿庭院里有大莎罗树，是代宗大历年间安西都护府进献的。大慈恩寺获赠其中四株，树苗端头被火烤过，包裹得严严实实，高僧行逢亲手种下，只有一株没活。

第十一卷

道家往事

壹　三清

佛教有三界二十八天，道教这点上和佛教类似，只是名称不同罢了。

但是道教在三界二十八天之外又有四梵天：常融天、玉隆天、梵度天、贾奕天。

四梵天之外有三清，名为太清境大赤天、上清境禹余天和玉清境清微天。三清之上是大罗天。大罗天之上还有“波梨答惒天”等九天。

佛教、道教三界诸天一览表

道教三界三十六天			**佛教三界二十八天**		
三界二十八天	欲界（六天）	太皇黄曾天	三界二十八天	欲界（六天）	四天王天
		太明玉完天			忉利天
		清明何重天			夜摩天
		玄胎平育天			兜率陀天
		元明文举天			化乐天
		七曜摩夷天			化自在天
	色界（十八天）	虚无越衡天		色界（十八天）	梵天
		八极蒙翳天			梵众天
		赤明和阳天			大梵天
		玄明恭华天			少光天
		耀明宗飘天			无量光天
		竺落皇笳天			光音天
		虚明堂曜天			少净天
		观明端靖天			无量净天
		玄明恭庆天			遍净天
		太焕极瑶天			福生天

道教三界三十六天			佛教三界二十八天		
		元载孔升天			福受天
		太安皇崖天			广果天
		显定极风天			无级天
		始黄孝芒天			无烦恼天
		太黄翁重天			无热天
		无思江由天			善见天
		上揲阮乐天			善现天
		无极昙誓天			色究竟天
	无色界（四天）	皓庭霄度天		无色界（四天）	空处天
		渊通元洞天			识处天
		翰宠妙成天			无处有天
		秀乐禁上天			非想非非想天
四梵天		无上常融天			
		玉隆腾胜天			
		龙变梵度天			
		平育贾奕天			
圣境四天	三清天	太清境大赤天			
		上清境禹余天			
		下清境清微天			
	大罗天				

道教成型于东汉末年，兴盛于唐朝。魏晋以降，讲究门第到了登峰造极的地步，门阀大族自恃出身，把皇族也不放在眼里。李唐皇帝有鲜卑血统，急于寻找中土正统，唐高祖李渊还有门阀的思维惯性，找到了老子门第投靠。到了太宗李世民，他本身雄才大略，对门阀出身一事不像父亲那么痴迷，便立凌烟阁，抬高“立功”在官僚体系中的作用，变相削弱门阀，宗教政策也倾向于百花齐放。

在相对公平的竞争环境中，佛教凭借自己完备宏大的宗教思想体系，跻身C位，几乎达到碾压道教的效果。但道教依然是唐代名义上的第一大教，这从段老先生将“玉格”排在“贝编”之前可以看出。

即便如此，道教依然深感来自佛教的威胁，几次灭佛不成之后，道教改变了态度，从佛教中吸收了不少理论来丰富自己的价值体系。比方这个“三界二十八天”，还有“地狱”的概念，都是借鉴甚至可以说照搬了佛教。

同样是“三界二十八”，道教为了高佛教一头，又加了“四梵天”和“圣境四天”。“圣境四天”中的“三清天”是有主宰者的最高天，“大罗天”里只有一股浩然正气，呈“真空”状态。

每一所道观都有三清殿，供奉的正是三清天的三位主宰神仙：太清境的道德天尊，玉清境的原始天尊，上清境的灵宝天尊。

贰　天地

天是圆的，分为十二纲，北斗九星就是天纲，负责运转天关，每三百六十转为一个周期。天纲运转三千六百周就会发生阳孛，跌宕激烈，会导致世界性的毁灭。

地也在转，九泉之下有地纪，它推动地机旋转，三百三十转为一度，运转到三千三百度的时候发生阴蚀，阴蚀会导致水涌河决，天塌地陷，也是世界末日。

天地之间相隔四十万九千里，四方相隔一亿九千里。

天下名山有三百六十座，其中称得上是“福地”的有七十二座，昆仑山是天地的枢纽。

地下分为九层，称为“九地”，每层再分四份，称为“三十六土”，跟天界三十六天（三界三十二天外加三清和大罗天）遥相对应。

另外，还有“八溟仙宫”，指的是遥远的八溟海。

地下九地三十六土，和八溟海这些地方，据说都是贬谪阴魂的地方。

三清

叁　阴都

在极北之地的北溟海，有座“罗酆山”，方圆三万里，高两千六百里，就是我们常说的阴都。

在罗酆山中，有六宫，这六宫也叫“六天”，方圆一万里，高两千六百里，是鬼神居住的地方。

六宫都有名称，第一宫叫“纣绝阴天宫”，第二宫叫“泰煞谅事宫”，第三宫叫“明辰耐犯宫”，第四宫叫“怙照罪气宫”，第五宫叫“宗灵七非宫”，第六宫叫“敢司连苑宫”。

道教认为人死后，亡灵都会来到这里，所以活着的人常念六宫的名字，可以鬼怪不侵。

洞天六宫是由三阴掌管的。

六宫的职能不同，其中，普通人死了，要来第一宫“纣绝阴天宫”报到。圣贤死后，区别对待，去第三宫“明辰耐犯宫”报到。至于判定祸福安康，增减岁数，这样的事主要是第四宫“怙照罪气宫”负责，这一宫的主事是北斗真君，这位北斗真君也是七辰北斗的隶属长官。

项梁城写过一篇《酆都宫颂》，其中写道：

纣绝标帝晨，谅事构重阿。炎如霄汉烟，勃如景耀华。武阳带神锋，怙照吞清河。开阖临丹井，云门郁嵯峨。七非通奇灵，连苑亦敷魔。六天横北道，此是鬼神家。

他一共写了两万余字，我这里只记述天宫的名字罢了，据说晚上轻声诵读这些名字，可以远辟鬼邪。

罗酆山也产稻米，名字叫“重思”，米粒像石榴籽，但是略大些，味道像菱角。三国时杜琼写过《重思赋》：

霏霏春暮，翠矣重思，云气交被，嘉谷应时。

阴都有四明公，负责领导四方鬼，分别是东明公、西明公、南明公、北明公。

这四明公也各有来头，东明公是大禹之子夏启，西明公是周文王，南明公是召公，北明公是季札。

那些至忠至孝的人，死后都可以成为鬼官，一百四十年之后就可以成为下仙，被授以大道。

人间的圣德之人，死后可得到三官手书——“三官”是天、地、水三官——成为鬼官。一千年之后，可以转到三官中的五帝手下任职，再一千四百年，就可以有机会漫游“太清胜境”，成为九宫里面的中仙。

一些有才华、有才能的人，死后被封为“善爽鬼”或者“三官清鬼”；那些前世积下阴德，泽被后世的，还有修炼自身，如此累积七世的，这些人死后，会把一根脚骨留给三官，其余的骨头都依然保留在身体里，男的留左脚骨，女的留右脚骨。之后他们会被任命为鬼官，二百八十年后，可以成为地仙。

阴都的老大是北太帝君，主管天下亡灵，就是炎帝。

《三元品式》《九真明科》还有《九幽章》，这些都是他用的规章律令。

他的治下也分不同的行政机构，比方连苑曲泉、泰煞九幽、云夜、九都、三灵、万掠、四极、九科，等等。

“地司”是亡灵所在，但不等同于地域。亡灵中有“恶灵”，也有“善灵”，刚才说过“善灵”可以成为地官，将来还可以成仙。那么“恶灵”在哪里？在地府中的地狱里。

道教地狱有三十六处，比方“流沙赤”，还有北岳恒山下的“溟泠狱”等等。作为阴都的罗酆山有二十四地狱，其中有九平、元正、女青、河伯等等。

一个人如果犯了五千恶行的话，死后就要下地狱；犯了六千恶行，打入二十八层地狱；如果犯够了一万，万恶之人，就要坠入“薜荔地狱”，永世不得翻身了。

地狱中记录罪行的册子是统一配置的，白纸黑字，赤红绳子简编。

地狱中有这么几种苦难：搬运蒙山的石头去垒泰山，开凿夜山石去塞黄河源头，汲引西津的水去填东海，还有风刀、电风这些皮肉之苦。

鬼官有七十五种品级，仙位有九太帝、二十七天君、一千二百仙官、二万四千灵司、三十二司命。总共分三品，从低到高分别是仙、真、圣，每品有三，合为九品，每品三位，共二十七位。修仙境界有七域、九阶，计有七十二万个品级。

道教本来没有“地狱”的概念，后来借鉴佛教，也设置了地狱，其中最深层地狱叫“薜荔地狱”，“薜荔”二字来自梵语“薜荔多”（Preta），就是佛教中的“饿鬼道”。佛教中的“饿鬼道”不是地狱，但既然是借鉴，就不用那么讲究了。

后来，“薜荔”二字多用来指鬼一般的情形，毛泽东有诗云：“千村薜荔人遗矢，万户萧疏鬼唱歌。”此处“薜荔”就是指人间地狱。

罗酆山也被简称为“酆都”，重庆丰都以前的名字是“酆都”，所以就被误会成“鬼都”，道教中的“罗酆山”地处极北的北溟海中，离岸边几万里之遥，自然不可能在重庆。新中国成立后，周恩来改“酆都”为“丰都”，但是积习难改，人们还是将重庆丰都与道教地狱混为一谈。

肆　化胡

老子西出函谷关，越过沙漠，足迹遍布八十一个国家，最后来到乌弋（西域古国）、身毒（古印度），化身释迦牟尼，开创了佛教，教化了三千个国家。有各种戒律经文九万多种，汉朝从大月氏处得到的《复位经》就是其中之一，在里面孔子是“元宫仙”。

佛祖释迦牟尼在道教中也是天仙。前面说过，道教有三界三十六天，释迦牟尼在第三十二天，为延真宫主，他所传佛法来自天竺国的一位“古先生”。这位“古先生”最擅长的其实是无为之法，有人说他就是老子。

《魏书·释老传》里也说，“释迦牟尼在西域得道悟法”。陶弘景说：“道教仙人所居住的小方诸国里，佛法也很盛行，那里的人长生不死，因为服用五星精，他们还可以飞行，因为勤读《夏归藏》，这本经书就是一部菩萨戒经。”

这就是道教的“老子化胡说”。佛教刚刚进入中国的时候，曾经提出“老子化胡说”，想通过这种方式拉拢受众，以此推广佛教。后来佛教势力越来越大，道教反用其作为压制佛教的手段，宣称老子是佛教的始祖。

后来佛道之争越来越厉害，几次吵架吵到皇帝那里，初唐的几位皇帝都为此出了宗教红头文件。

唐太宗写了《令道士在僧前诏》——“其道士女冠，可在僧尼之前”。把道教排在佛教之前，这是因为皇家姓李的缘故。

武则天信佛，出了《释教在道法上制》——“自今已后，释教宜在道法之上”，把佛教排在道教前，为佛教扳回一局。

但是道教表示不服，多次抗诉，最后武则天出了《佛道并重敕》，支持“老子化胡说”，官方认证了佛祖就是老子变的。但武则天要求佛道两家互相尊重，其中写道：“自今后，僧人入观不礼拜天尊，道士入寺不瞻仰佛像，各勒还俗，仍科违敕罪”——和尚到了道观不拜天尊，道士到了庙宇不拜佛祖，都要被罚还俗。

这种“佛道并重”的态度在很长一段时间里主导着大唐的宗教政策，直到唐武宗灭佛。

但是“老子化胡说”随着佛经被大量的翻译引进，渐渐失去其公信力，终于在唐中宗的时候被明令禁止了。唐中宗出了《禁化胡经敕》，写道：“如闻天下诸道观，皆画化胡成佛变相……敕到后，限十日内，并须除毁……自今后，其诸部《化胡经》，及诸记录有化胡事，并宜除削。若有蓄者，准敕科罪。”皇家盖戳《老子化胡经》为禁书，并要求十日内焚毁，否则治罪。

段老先生写作此书距中宗禁书已经100多年了，看来禁得比较彻底，所以此处段老把“化胡”当作逸闻记载。

伍　仙籍

方诸山，在东方，有大方诸山和小方诸山，都是神仙的所在。

庄子也是道家的太极真仙，他是太极闱编郎。

说到道教修仙，持守八十一条戒律，行善一千二百件的，进入洞天福地修行；持守二百三十戒律，行善两千件的，升任名山灵官；能行善过万件的，就可以升玉清之境成为上仙。

有些人一出生，名字就已经在仙界册箓了，这叫有仙籍。这些人往往生有异相，比方说：

肚皮上长着白痣，名字在琼简的人；眼睛里有绿血丝，名字在金赤书的人；下体生有伏骨，名字在琳札青书的人；胸前生有偃骨，名字在星书的人；双眼四规，名字在方诸的人；掌纹盘曲螺旋，名字在箓籍的人。

上面说的这些人，都是天生的上仙，可以不用修炼，直接得道。

其次，鼻子上生黑痣，肚子上长黑痣的，也是仙人之相。但如果口臭，不注意清洁，邋里邋遢的，那么就会坏了自己的仙相，别想得道成仙了。

陆　魂魄

人体有五脏、九宫、十二室、四肢、五体、三焦、九窍、一百八十个关节、三百六十个骨头，里面寄居着三万六千个神灵。

人体之魂，以精为根本；人体之魄，以眼睛为门户。

人有三魂七魄。三魂为胎光、爽灵、幽情；七魄为尸狗、伏矢、雀阴、吞贼、非毒、除秽、臭肺。三魂七魄都是可以被拘制的。

人体内有三个作祟之神，称为三尸。庚申日这天，三尸神会向天帝告发宿主的过失，天曹记录在案，留着在本命日（与出生之年干支相同之日）计算功过，以删减宿主的寿算。三尸神在庚申日这天拼命汇报，达到一天三朝。

三尸中，上尸“青姑”伤人眼睛，中尸“白姑”伤人五脏，下尸“血姑”伤人胃肠。

三尸也叫“玄灵”。还有一种说法：一个住在人脑子里，是黑色的，令人贪恋物质，喜欢高车大马；一个住在人肚子里，是青色的，令人贪恋美食，易发怒；最后一个住在人脚中，令人贪恋美色，亲近邪道。

要想制服三尸不难，庚申日熬着不睡觉就可以破解。连着三个庚申日不睡，三尸可被制服；连着七个庚申日不睡，三尸就被灭掉了。

柒　仙药

仙药有这些：钟山白胶、阆风石脑、黑河珊瑚、太微紫麻、太极井泉、夜津日草、青津碧荻、圆丘紫柰、白水灵蛤、八天赤薤、高丘余粮、沧浪青钱、三十六芝、龙胎醴、九鼎鱼、火枣交梨、凤林鸣醅、中央紫蜜、崩丘电柳、玄都绮葱、夜牛伏骨、神吾黄藻、炎山夜日、玄霜绛雪、环刚树子、赤树白子、徊水玉精、白琅霜、紫浆、月醴、虹丹、鸿丹。

道家为药草另起了很多名字，对照如下，前为道家名字，后为药草本名：

丹山魂—雄黄　　青要女—空青

灵华泛腴—薰陆香　　北帝玄珠—消石

东华童子—青木香　　五精金羊—阳起石

流丹白膏—胡粉　　亭灵独生—鸡舌香

倒行神骨—戎盐　　白虎脱齿—金牙石

灵黄—石硫黄　　陆虚遗生—龙骨

章阳羽玄—白附子　　绿伏石母—慈石

绛晨伏胎—茯苓　　伏龙李—苏牙树

七白灵蔬—薤白华，也叫守宅，家芝也是它

林林总总共有二十四个名字。

捌　经书

道家有驱鬼招神的图符七千多章，下面列出一些道教经书：

《雌一玉捡》《四规明镜》《五言经》《柱中经》《飞龟帙》《飞黄子经》《鹿庐蹻经》《含景图》《卧引图》《菌芝图》《木芝图》《大隗新芝图》《牵牛经》《玉珍记》《腊成记》《玉案记》《丹台经》《日月厨食经》《金楼经》《三十六水经》《中黄经》《文人经》《协龙子记》《鹿台经》《玉胎经》《官氏经》《凤纲经》《六阴玉女经》《白虎七变经》《九仙经》《十上化经》《胜中经》《百首摄提经》《步三纲六纪经》《白子变化经》《隐首经》《入军经》《泉枢经》《赤甲经》《金刚八叠录》。

玖　老子

关于老子的出生有很多说法。有一种说法是，老子的母亲是玄妙玉女，某日，天降玄黄之气，像个弹丸，玉女吞入口中而怀孕，在琼胎宫孕育了三千七百年，赤明劫，甲子年，玉女在扶刀盖天西那玉国的郁察山谷中生下老子。

另一种说法是，玉女怀孕八十一年的时候，剖开自己的左腋窝，生出了老子，老子一出生就是一头白发。

还有一种说法，青帝遭劫，元气更改，老子投胎洪氏。

又有一种说法，说老子的母亲为元君女仙，她吞入太阳的精华，因此有了身孕，之后有三色真气环绕着她，五行神兽保护着她，这样过了七十二年，最后在陈国苦县赖乡的涡水北岸，九井西的李树下生下了老子。

老子有三十六个化身、七十二个名号，另外还有九个称呼，还有人喊他千二百老君。

下面这些称呼也是指他：

九天上皇洞真第一君、大千法王、九灵老子、太上真人、天老、玄中法师、上清太极真人、上景君，等等。

老子身高九尺，也有人说他身高两丈九尺，耳朵有三个洞，有人说他耳垂像连环，也有人说他没有耳郭。他的眉毛如北斗，绿色的，中间生有五寸的紫毛。他的瞳孔是方形的，布满绿色的血管，发出紫光。他有两根鼻柱，嘴巴是方的，有四十八颗牙齿，下巴方阔好像小山丘，脸颊犹如横亘的土地，面如真龙，金光隐隐，额头上有三道皱纹，肚皮上有三颗痣，脖子上有三条环形纹理，掌有十道祥纹，脚踏阴阳五行，全身绿毛，血是白色的，头顶有紫气显现。

拾　尸解

道家有一门秘术，叫作“太阴练形”，可以使人脱胎换骨，羽化成仙，只是需要先死一次。修仙的人把尸体留在世上，尸体尽可腐烂，但是五脏六腑无碍，元神离开尸体进入太阴，重新炼化神形，练成之后，元神返回肉身，肉身再次获得生长，仙骨神肉，宛若重生。

元神离开肉身之术叫作“尸解大法”，人虽然咽气了，但是脚上的皮肤没有变灰变紫，瞳孔没有散开，头发全部脱落，这些状况都意味着这人已经“尸解”而去。

白天死的，是“上解”；半夜死的，是“下解”；晨晓或者傍晚死的，则成为“地下主”。

尸解的时候，“太乙神”守护着尸体，“三魂”守护着骨骼，“七魄”守护着肉身，“胎神”储存着元气不散，这就是传说中的“太阴练形”。春秋时期的赵成子死后五六年，肉已经腐烂了，但是骨骼依然完整，体内还有血液流动，体外有经络包裹。

还说，尸解之人只是暂时死去而已，元神进入太阴冥界，经过三元宫炼化，尸体虽然血沉脉散，但是五脏不死，白骨如玉，太神龟息，静等元神功德圆满归来。

这一过程快则三年，慢则三十年都有可能。

还有一个说法，白天尸解的都是尸解仙，他们成仙去了，而不是普通的尸解而已。尸解的方法有很多种，水解、火解、剑解，吃药也可以解等等。

传说中的鹿皮公，因为长期服用玉屑而能把“三尸”赶出身体。仙人王西城，服用龙胎丹药而死诀，饮琼精仙药而扣棺。仇季子服食金液神丹而成仙得道，尸臭远至百里之外。司马季主服食云散丹药就可以飞升上天，身首分离。墨子服食虹丹之后，可以投水尸解。宁封子服食石脑丹药之后，可以自焚尸解。柏成子吸纳天地的灵气，就可以尸解。

拾壹 灵芝

在句曲山（今江苏句容大茅山）有五种灵芝，如果想得到它们，可在山石中放置两对金环，不要刻意挂念，一定会得到灵芝的。

第一种灵芝叫作“龙仙芝”，吃了之后可以成为太极真仙。第二种灵芝叫“参成芝”，吃了之后可以成为太极大夫。第三种灵芝叫“燕胎芝”，吃了之后可以成为正一郎中。第四种灵芝叫“夜光洞草”，吃了之后可以成为太清左御史。第五种灵芝叫“料玉芝”，吃了之后可以成为三官真御史。

拾贰 剑解

尸解有很多种，其中之一是“剑解”，留下一具尸体不好看，留下一把宝剑替代尸体就高级多了，这是尸解术中的上乘之术。

也不是什么宝剑都可以的，“剑解”用的宝剑有讲究，锻造它的时间需在七月的庚申日，或者八月的辛酉日。剑长要求三尺九寸，宽一寸四分，厚三分半，剑锋九寸，这种剑名“子干”，字“良非”，尸解时要喊剑的名字，作为咒符第一句。

拾叁　仙丹

彭祖的弟子青乌公隐居华山，潜心学道，享寿四百七十一岁。他参加上仙考核，十二道题目里有三道未能通过，后来他服食了金汋神丹而升为太极仙人，但是因为他毕竟有三道未过，所以只能做仙人，做不了真人。神仙三品，仙、真、圣，一级比一级高。

有一位傅先生，在焦山（今江苏镇江东北）修道，第七年的时候，太上老君给他一根木钻，让他钻一块磐石，这块石头足足有五尺厚，老君说：“把这块石头钻穿，你就可以得道了。”傅先生钻了四十七年，终于凿穿，发现里面有一枚仙丹。

拾肆　误道

范零子跟随司马季主学道，在北岳恒山的石洞修行，石洞东北角处有一个石柜，司马季主告诫他不要打开。有次司马季主不在，范零子擅自把石柜打开，眼前竟然出现了自己的父母家人，活灵活现，都在柜子里。范零子看了之后十分想念感伤，司马季主知道后就说：“你回家吧，实在不行就别回来了。”

但是范零子还是回来了。过了几年，司马季主又让范零子看守一个铜柜，相同的事情再次发生，范零子又没忍住，私自打开了柜子，见到跟上次一样的景象。再一再二没有再三再四，最终，这个没有自控力的范零子没有得道。

拾伍 瓜穴

卫国县（今山东章丘附近）西南方有个“瓜穴”，无论冬夏，水流如常，像白练一样，不时有瓜叶随水流出。

相传苻秦时，有一个人叫李班，好道术，有次进到瓜穴中，大概走了三百多步，眼前豁然开朗，看到亭台楼阁，大殿上有床榻，床榻上堆着经书。有两个须发皓白的人相对而坐。李班赶紧上前施礼，其中一人看了他一眼说：“你回去吧，此地不可久留。”

李班于是告辞。到了洞口，看到有几个大瓜，刚要取，瓜倏忽化成了石头。

李班出洞后，找到来时路，急急返家。家里人看到他时，无不大吃一惊，说：“你这一去已经四十年了。”

拾陆 桃年

山东的长白山，就是传说中的肃然山，山南常有钟鸣声。

话说东晋南燕时，有个叫释惠霄的和尚，从广固城（今山东青州）云游到此，循着钟声前行，遇见一座寺庙，门厅轩朗，栋宇华美，于是进门求一顿午饭。一个小沙弥摘了一枚桃子交给他，过了一会儿，又拿来一枚桃子，对释惠霄说：“师父在这儿待得已经够久了，请回吧。”

释惠霄走出寺庙，一回头，身后空空如也，寺庙不见了。回到广固后，他的弟子都说他已经离开两年了，释惠霄这才恍然大悟，小沙弥为什么要跟他说“待得够久了”，原来两枚桃子就是两年的意思啊。

拾柒 鸣石

高唐县（今山东聊城附近）有座鸣石山，山上有块岩石高达百余仞，击打岩石，会发出非常悦耳的声音。

西晋太康年间，有个隐士田宣在岩下隐居，叶风霜月的夜晚，他常常击打岩石自娱自乐。奇怪的是，每次敲石，就会出现一个白衣翩翩的人，在石头上徘徊不去，直到清晨才离开。

田宣就让别人敲打岩石，自己爬上岩石，想要看个究竟。

岩石一响，那人果然又出现了，田宣上前抓住他的衣袖，询问他是何方人士。那人说他姓王，字中伦，卫国人，周宣王时到河南少室山学道，近来常常要去方壶仙山，路过这里，喜欢听此鸣石之声，所以每每逗留听石。

田宣急忙向他拜求养生之术，白衣人被缠不过，留下一枚雀卵大小的石头，然后凌空而去，一开始百余步之内还看得到，后来就渐渐隐入云雾之中不见了。

田宣得到这块石头，常常含在口中，一百天不吃东西也不觉得饥饿。

拾捌 韶石

荆州利水一带，有两块巨石隔河相望，好像门阙一般，名字叫作韶石。东晋永和年间，有天外飞仙，衣冠如雪，两人各挑了一块石头，落在上面歇息，待了十日才离去，好多人都看见了。

鸣石

拾玖　玉女

贝丘（今山东滨州）以西有座玉女山。相传西晋泰始年间，北海国（今潍坊一带）有个人叫蓬球，字伯坚，有天进山砍柴，忽然闻到异香，于是顺风寻找，结果闯进了玉女山。只见眼前宫殿盘郁，楼台博敞，不似人间。宫门口有五棵玉树，进门前行，见到四个女子，个个风华绝世，正在堂上玩弹棋的游戏，见到蓬球，四人惊得站了起来，问他："蓬君怎么找到这里来了？"

蓬球如实回答："跟着异香来的。"这四个女子就不再理他，继续玩棋。

一个年纪较小的姑娘跑到楼上弹琴去了，剩下三人喊她："元晖你为何自己跑上楼了？"

蓬球独自站在树下，没人理他，颇为尴尬，不知不觉有点儿饿，就去舔叶子上的露水。西面飞来一个驾鹤女子，怒道："玉华，你们这里怎么有个俗人？王母娘娘让王方平巡视各处仙宫，转眼就到，到时候看你怎么交代！"

蓬球听了又怕又羞，赶紧出了宫门，一回头，什么都不见了。回到家，满目萧瑟，才发现已经是后赵建平年间（六十年之后）了，以前的房屋旧舍，全都变成了荒冢废墟。

贰拾　蛇患

西晋人许旌阳，是道士吴猛的弟子，当时江东闹蛇怪，出了条巨蛇，危害当地百姓，吴猛决心为民除害，他挑选了弟子百余人，浩浩荡荡来除蛇患。

这天，走到江西高安，离巨蛇不远了，吴猛让大家就地休息一晚，养足精神，明天斩蛇。安顿下来之后，吴猛命弟子们备下木炭一百斤，按尺寸切成很多段，放在法坛上，众人都不知道吴猛的用意。

到了晚上，弟子们身边突然出现很多美貌女子，妖娆妩媚，万般缠绵，如此过了一宿。

到了早上，吴猛开始检查宿舍，发现每个人的袍子都黑了，原来这些女子都是木炭幻化的，不用说这些弟子晚上都很快活。但是有一人例外，就是许旌阳，唯有他的道袍一尘不染。

吴猛知道许旌阳是至纯至刚之人，就让众弟子留守原地，只带着许旌阳去辽江斩蛇。

这条巨蛇果然威力无比，吴猛和它争斗许久也无法取胜。眼看师傅年迈气衰，就要败下阵来，许旌阳大喝一声，脚踏禹步，手挥宝剑，三步两步奔上蛇头，牢牢站住七寸位置，巨蛇刚要反咬，许旌阳手举剑落，斩下蛇头。

许旌阳，本名许逊（239 — 374 年），字敬之，江西南昌人，晋代著名道士，道教净明派祖师，尊称许天师、许真君，与张道陵、葛玄、萨守坚共为道教四大天师。

许旌阳生性聪颖，博通经史、天文、地理、医学、阴阳五行学说，尤其爱好道家修炼法术。他 29 岁拜吴猛为师学道，36 岁时在南昌西山隐居，平日以孝、悌、忠、信教化乡里。他有名言："父母不孝，奉神无益；兄弟不和，交友无益。"他的教义中糅杂了儒家的"忠孝悌"思想，后来根据他的教义形成的净明道也是秉承这样的宗旨。

净明道成形于北宋，奉许旌阳为祖师，该教派有两大指导纲领，其一是净明，教人清心寡欲，主张道性清虚不凝滞于物；其二是提倡"忠孝廉慎宽裕容忍"之道，号召大家做忠臣孝子良民，这是儒家的思想。

北宋靖康之变后，国家战乱，"忠孝"二字备受推崇，许旌阳一派得到朝廷的重视，宋徽宗为许旌阳上尊号为"神功妙济真君"。南宋时，净明道兴盛，被誉为仙家之"最正者"，一时之间"真君垂迹，遍于江左湖南北之境，因而为观府、为坛靖者，不可胜计"。

贰拾壹　救龙

孙思邈曾隐居终南山，宣律和尚也隐居在此，二人交好，经常在一起探讨教义。

当时天下大旱，天子敕令有异术的人作法祈雨。有个西域僧人请命，愿意在长安城外的昆明池结坛祈雨，天子大喜，赶紧诏令相关部门准备香灯，这西域僧人就煞有介事的作起法来。七天之后，虽然还没下雨，但是昆明池的水位下降了数尺。众人明白了，西域僧人这是要引昆明池的水降雨啊，果然高明。

终南山和长安城相去不远，这一夜，忽然有个老人来找宣律和尚求救，他说："弟子是昆明池里的龙王，天不下雨，跟我没有关系，但是胡僧一直想用我的脑子入药，就骗皇帝说要求雨，其实是想把昆明池水弄干，好取我的脑子，我法力不敌，命在旦夕，求大师护持。"

宣律和尚听闻大惊，说："贫僧只是个持戒的和尚，哪里有法力？只怕爱莫能助，你不妨去求助孙先生，他也许能帮到你。"

老人来到孙思邈居住的石室求救，孙思邈想了想说："这本不难，但是我知道昆明池龙宫中有三十个仙方，你拿给我，我就救你。"

老人说："天帝嘱咐过，这些药方不能随意泄露。"

孙思邈说："药方重要，还是你的命重要？"

老人叹口气说："好吧，如今事急从权，我不敢吝惜。"

一会儿工夫，老人把药方捧来，孙思邈收下药方说："你回去吧，不要担心那个胡僧了，我自有办法。"

这天之后，昆明池的水不再下降，反而上涨，不几天就溢出池岸，胡僧面红耳赤，羞愧而死。昆明池的龙王得救了。

孙思邈后来写了《千金方》，共三十卷，每一卷里都藏着一个仙方，无人知晓其中来历，大概用的就是昆明池的龙宫方子吧。

孙思邈后来也羽化成仙，死后很久，还时常有人见到他。

汉武帝时，西汉使者前往古天竺，在昆明国受阻，汉武帝大怒，仿照昆明滇池，在长安城西南挖了一个大坑，引沣河水，修筑了“昆明池”。近代考古学家估测“昆明池”大概有17平方千米，而当时长安城大概只有10平方千米，可见“昆明池”之大，以至于要在里面设个龙王。

“昆明池”的初始用途是训练水军，但是慢慢就变成了长安城主要的蓄水灌溉系统，是整个长安城的水源。唐中宗的女儿安乐公主曾经跟老爸要“昆明池”做自己的私人园林，中宗李显是有名的宠女狂魔，什么无理要求都能答应，但也没敢把这个长安的大水库赏给自己女儿。

贰拾贰 雄黄

唐玄宗避安史之乱到了蜀地，梦到早已死去的孙思邈跟他讨要武都雄黄，玄宗就命中使准备十斤雄黄，送往峨眉山顶。中使还没走到山腰，就碰到一人，戴头巾，穿短衣，须发皓白，左右站了两个扎丸子头的青衣小童。这人用手指着一块大磐石说：“雄黄就放在这里吧，石头上有一份表章，你抄下来替我奏谢皇帝。”

那石上果然用朱笔写了一百来个字，中使恭恭敬敬开始抄，随着抄写，石头上的字逐渐消失，等到抄完，石头上的字也就没了。

抬头再看，只见白气弥漫，皓发老者和小童都不见了。

贰拾叁 病鹤

同州司马裴沆曾经说过一件奇事，这事发生在他的同族伯父身上，我们姑且称他为裴某。

有次裴某从洛阳前往郑州，赶了几天路，一天傍晚听到路旁有呻吟声，拨开杂草一看，荆棘丛中躺着一只病鹤，耷拉着翅膀，委顿不起，翅膀上生了一个大疮，羽毛掉了一片，样子非常可怜。

这时几十步开外出现一个白衣老者，拄着拐杖走过来，说："郎君这样年轻，莫非也怜悯这只病鹤吗？要想治它的病其实也不难，只要用人血涂抹伤口，它就可以飞起来了。"

裴某性情高逸，是个不拘小节的人，赶紧说："此事不难，就请刺破我的手臂取血吧。"

老者说："郎君肯这么说真是让人佩服，但是必须三世为人，他的血才可以用，郎君前世不是人，只有洛阳的胡芦生三世为人。郎君这趟出行有急务吗，可否请你返回洛阳求助胡芦生呢？"

裴某很爽快地答应了，不到两个晚上就回到洛阳，找到胡芦生，详细告之此事，恳求他帮忙。胡芦生毫不犹豫，打开包袱取出一个小石匣，有两指大，他用针刺破自己胳膊，滴血装满石匣，交给裴某说："拿去用吧，不须多言。"

裴某带着石匣回到病鹤处，老者已经在那里了，喜道："郎君真守信。"然后让裴某把血抹在病鹤的伤口上。

两人非常投缘，老者就邀请裴某说："这里离我住的地方不远，郎君此行辛苦，可随我去歇歇脚。"

裴某也觉得老者不是普通人，称呼他为"丈人"，跟着他前去。走了数里，来到一处村落，只见竹篱草轩，庭院零落，裴某口渴，想讨口茶吃。老者指着一个土龛说："这里面存了一点点浆液，郎君可以解渴。"

裴某见那土龛里有半扇杏核，大如斗笠，里面盛满白色的浆液，裴某奋力举起，一饮而尽，味道就好像杏仁酪，饮完饥渴全消，比寻常浆液都解渴。这时裴某确定这位老者一定是世外高人，赶忙拜倒，请求追随左右。

老人说："郎君命中注定还有小小的官运，有此使命在身，不便随我隐居，倒是你的叔叔颇有修行，你可能不知道，我跟令叔是老交情了。我这里有一封信，还请你务必交给他。"

鹤

接着包好一个饭碗大的包袱，告诫他不可私自打开看。走之前又带他去看那只病鹤，翅膀受伤的地方已经开始长羽毛了。老者说：“郎君刚才饮下的杏浆，不是一般的水，就凭这个，你就可以成为全族中最长寿的人了，但是要记住控制酒色啊。”

裴某回洛阳途中，想偷偷打开包袱，刚一动手，包袱四角就出来四条赤蛇，裴某吓得不敢再看。他叔叔拿到包袱之后，当即打开，里面有一块像大麦干饭一样的东西，足足有一升。他叔叔后来仙游王屋山，不知所终，倒是裴某，一直活到九十七岁。

贰拾肆　魂游

赵业，明经出身，德宗贞元年间被选作巴州清化县县令，自谓不得志，总是郁郁寡欢，渐渐成疾，不吃不喝四十多天了，怕见光，整天躺在床上。

这日正在床上休息，房间里突然响起一声炸雷，接着半空中出现一股鼓状的赤烟，它翻来滚去，飘到床的正上方，正好对着赵业的心脏位置。

赵业不知不觉开始精神游散，好像做梦一样，只见前面出现一个戴着平巾帻的红衣人，赵业就迷迷糊糊跟着这人出门往东走了。

转眼来到一处山谷，一条大河横亘东西，岸边站了很多人往水里看。两人接着东行，过了一座金碧辉煌的桥，向北是一座城池。二人进得城来，红衣人带着赵业去了一个衙门一般的所在，里面有官吏有百姓，挤挤挨挨不少人。

赵业赫然看到另外一个自己站在人群中，正和自己的妹夫贾奕争论杀牛的事情。赵业一身冷汗，莫非自己来到了冥司？这么一想，不由得害怕起来，赶紧躲进旁边的墙壁之间，这墙石头砌成，通体漆黑，高达数丈。还没躲多久，里面传来吆喝声，那红衣人过来把他领进大院，小吏接着通报：“司命提审犯人！”

妹夫贾奕也来了，一见赵业就开始争辩，非说是赵业杀的牛，他言之凿凿，赵业百口莫辩，无法自证清白。这时厅中升起一面大镜子，直径足有一丈，悬在半空，赵业仰头看时，发现镜子里的贾奕正在磨刀杀牛，镜子里的赵业倚着门，满脸都是不忍心的样子。真相大白，杀牛的是贾奕，不是赵业，贾奕见此只好认罪。

红衣人继续领着赵业往前走，来到另外一个衙门。一进门，迎面过来一个官吏，穿着褐色披肩，戴着紫霞冠，长得活像庙里塑的天尊像，上来就斥责赵业说："你为什么偷人家梳子和头巾？还在滑州集市上偷人三升橡子？"

这事倒是没说错，赵业直认不讳，不停地叩拜认错。完结之后，还是红衣人领他出来，赵业以为又要去另一处衙门，但是红衣人反而问他："跟我一起游上清仙境吧？"

赵业无法，只好答应。两人登上一山，山下流水湍急，水波奔腾，无数人在里面随波逐流，赵业不知不觉中发现自己也到了水里，过了好久，不知道怎么回事，又爬上一块大石头，上面有青白两色模糊的纹路。

红衣人化成两人，一个在前引路，一个在后催促，赵业爬到大石之顶，发现这里平坦干净，别有洞天。如此走了数里，路边有像红蓝花一样的草，叶子密密麻麻，但是没有刺，花瓣拂拂然飘在空中。还有一种植物，像莴苣，趴在地上，其花也漫天飞舞，这花刚长出来的时候像马勃菌，绽开后大如盘子，赤黄色。

路过这些之后，眼前出现熊熊大火，火势如山，横亘天地之间，赵业一行只能停下来等火灭了，才继续前行。

终于来到好大一座城池，城门上有双层的谯楼，十分气派。进了城门，街道两侧都是果树，还有仙女成群，都唱歌鼓乐，仙资绝世。

又过了三重门，只见城中处处金碧辉煌，地面和墙壁都光可鉴人，抬头看不见天，似乎有一层淡淡的红云笼罩着。三重正殿上全都供奉着神像。遇到一个道士，看着似乎是个老熟人，但又想不起是谁，赵业想拜他为师，人家不答应。

仙女摆弄的乐器里，有一种好像琴的东西，长四尺，九根弦，靠近琴头一尺的地方变宽，中间有两道横，用来调音。还有一种乐器，像酒壶，三弦，长三尺，上宽下窄，背面隆起。

正在四处观望，听到赵业的簿录提出来了，要审他。红衣人赶忙领着他来到宫阙南面的一个庭院里，一个红冠紫霞帔的人让赵业与两个红衣人坐在厅堂候审，他坐在堂上查阅戊申年的档案。

那簿录看上去跟人间的诉讼文书没有什么区别，先录明该人生辰，后面写姓名、年纪，出生月日，又起一行，横列着六十个天干地支，每一天的表格下记录这人的功过，如果这一天无功无过，就记下“无事”二字。

赵业偷偷看自己的簿录，只见姓名、生辰日月一字不差，这种簿录数以亿兆，简直不可胜数。红衣人说：“每过六十年，就要检查天下人的档案，评价他们的功过是非，以增减寿算。”

查完档案，红衣人带着他从北门出来，走到来时路，执手告别，说：“跟着我漫游的是你的魂魄，沿着这条路一直走，不要回头，就可以回家了。”

赵业听从他的建议，一不小心走快了，跌了一跤，如梦中惊醒，才知道自己已经死了七天了。

赵业后来写了《魂游上清记》，详尽地叙述了这件事。

贰拾伍　桃遇

史论在山东齐州做官的时候，有一天出门打猎，不知不觉来到县界，不远处有一座寺庙，史论觉得乏累，就进庙休息。

忽然闻到一股桃子味道，勾得史论馋虫大动，就把寺里的僧人叫来，让他们拿桃子来吃。僧人起先支支吾吾不肯承认，后来瞒不过，从案子底下拿出两个桃子说：“别人布施的，请大人品尝吧。”

桃子足有饭碗大小，史论正觉饥饿，于是毫不客气地吃下了，谁想桃子异常鲜美，连桃核也有鸡蛋那么大。史论追问僧人：“这绝不是普通的桃子，从哪里得来的？”

僧人知道赖不掉，只好说实话：“刚才是隐瞒您了，这不是香客布施的，离此处十余里的地方，有一片桃林，我偶尔行脚走到那里，摘了两个桃子回来。但是那处地方位置隐蔽，路途又艰险，很不好走。”

史论说：“这有何难，我们骑马去便是，我明白你的顾虑，我不带随从，就你我二人，你只管前面带路。”

僧人推辞不过，只好领着这位大人一路往北，两人在荒山野林间走了五里，碰到一条河，僧人说：“这河很深，恐怕中丞大人过不了河。”史论说：“来都来了，自然没有回去的道理。”僧人看他心意已决，只好请他把衣服脱下来，顶在头顶，游了过去。

上岸之后，两人又往西北方向走，连渡两条小河，翻山越岭走了几里地，终于到了一处所在。只见这个地方遍布奇泉怪石，全不像人间景象，果然有几百株桃树，枝干上结满桃子，压弯垂地，离地面只有两三尺高，异香扑鼻，令人欲罢不能，史论和僧人一人摘了一个桃子吃，马上就饱了。

史论脱下衣服，想多带一些走。僧人制止他说：“这里是仙境，不可多取，我听方丈讲过，以前有人来过这里，太贪心，取了五六个桃子，结果就迷路回不去了。”

史论心想这个僧人不同寻常，姑且听之，于是只取了两个，僧人嘱咐说：“此事千万不要跟别人提起。”

史论回到齐州之后，越想越古怪，派人来请僧人，僧人已经不见了。

第十二卷

杂录：黥雷梦道

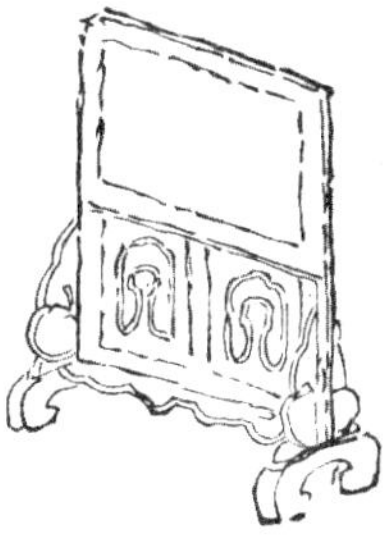

壹　京兆尹

武宗年间，宦官弄权，神策军在长安横行无阻，长安街头的地痞也都依仗神策军的势力，为非作歹。他们往酒肆里扔蛇，以此勒索，还用羊胛骨打人，这些地痞都剃光头，遍体文身，扰乱治安，无人敢管。

京兆尹薛元赏决心肃清乱象，他上任三日，就命令里正暗中抓捕了三十多个地痞，全都乱杖打死，暴尸街头。这招非常见效，城里那些刺龙画虎的流氓，都纷纷烧艾蒿去掉自己身上的刺青。

当时大宁坊有一个壮汉叫张幹，左臂上刺着“生不怕京兆尹”，右臂上刺着“死不畏阎罗王”。还有一个壮汉叫王力奴，花了五千钱请文身师傅给自己刺了一身图案，有山岭、亭院、水榭、草木、鸟兽等等，精雕细刻，好像用笔勾画的一样，也被薛公乱棍打死了。

还有一个地痞叫赵武建，全身文了一百六十处外国图案，还有盘旋的喜鹊若干，肩膀上刺了一首诗：“野鸭滩头宿，朝朝被鹘梢。忽惊飞入水，留命到今朝。”

陕西的高陵县抓了一个文身的家伙，叫作宋元素，身上文了七十一处文身，左臂上文着：“昔日已前家未贫，苦将钱物结交亲。如今失路寻知己，行尽关山无一人。”右臂上刺了一个葫芦，一个人头从葫芦里伸出来，好像木偶戏里的郭公，县吏看不明白，问他，他如实回答：“这是个葫芦精。”

薛元赏为人果敢正直，擅长打黑除恶，曾两度出任京兆尹，颇有政绩。第一次受命京兆尹是文宗太和九年（835）的时候，文宗一度想摆脱宦官的控制，结果谋事不秘，功败垂成，导致了“甘露之变”。当时控制朝局的是大宦官仇士良，他也掌管着长安的神策军。“甘露之变”发生之后，激起了仇士良的疯狂报复，他指使神策军大开杀戒，诛杀涉案文官大臣及家属近千人，大明宫内血流成河，神策军由此成为长安一霸，在长安横行霸道，薛元赏第一次出任京兆尹就是在这样的背景之下。

薛元赏上任后第一件事就是诛杀了一位神策军将领。当时走马上任的薛元赏前去拜见当朝宰相李石，发现一个神策军将领对着宰相大声呵斥，极不礼貌。薛元赏令人将此人捆绑至大明宫内下马桥，当场杖毙。仇士良闻讯大怒，呵斥道："痴书生何敢杖杀禁军大将？"意思是本朝只有禁军杀文官，哪里有文官杀禁军的事？薛元赏不慌不忙地回答说："如果宰相的人对中尉无礼，我作为京兆尹也一样格杀。"仇士良无奈，只得作罢。

薛元赏第二次出任京兆尹，就是段老记载的这次。武宗年间，长安城乱得不行，黑社会横行，扰乱社会治安，但是这些流氓背后是神策军撑腰，几任京兆尹都不敢有所作为，这才让薛元赏走马上任，于是就发生了这个故事。当然，段老是为了记载文身逸事，不为政治人心。

贰 天王像

宪宗元和末年，李夷简出任西川节度使的时候，遇到这样一件事情。成都有个叫赵高的地痞，无赖好斗，进出监狱是家常便饭，但是他整个后背文了个毗沙门天王像（托塔李天王），狱卒本来要杖责他后背，但是一看到这个天王像就不敢打了。赵高就仗着这个，成为城里一害。

左右把这事报告给了李夷简，李夷简出身高贵，是唐高祖李渊第十三子郑惠王李元懿的四世孙，李夷简这人还是个无神论者，佛道不信，这下撞到枪口上了。李夷简听闻大怒，让人把赵高绑到厅前，找来一根崭新的棒子，棒头就有三寸粗，跟衙吏说："给我打！把天王打干净算完。"于是一连打了三十几棒还不让停，打得赵高叫苦不迭。

过了十来天，赵高养伤养得差不多了，就光着膀子挨家挨户地叫嚷，说是要凑功德钱修补天王。

叁　刺青

西蜀小将韦少卿，他是翰林学士韦表微的堂兄，小时候不喜欢读书，嗜好刺青。他叔父曾让他解开衣服，见他胸前密密麻麻刺了一大坨，中间一棵大树，树梢聚集了几十只鸟，树上挂着一面镜子，镜鼻上系着绳索，有人手握绳索站在一旁。

他叔父不明白这是什么意思，韦少卿笑着说："亏您还是个读书人，难道没读过张燕公的诗吗？这刺的就是'挽镜寒鸦集'啊。"

叔父都无语了："贤侄啊，张燕公写的明明是'晚景寒鸦集'，洗刺青疼不疼？"

肆　白诗

荆州有一个勇敢的街卒，这人不怕针扎，是白居易的铁杆粉丝，从脖子以下，刺满了白居易的诗画。

有个叫陈至的人，有次和人聚会，他在人前自己把衣服解开，背上的诗他都背得出来，自己反手指着自己的背，随指随背。念到"不是此花偏爱菊"（这其实是元稹的诗），就出现一个人端着酒杯站在菊花丛中的图案；念到"黄夹缬林寒有叶"，就出现一棵树，树上挂着彩带，彩带的纹理花色刺得非常精细。就这样刺了三十多首，体无完肤，这简直就是"白舍人行诗图"啊。

伍　路神通

有个赶车的叫路神通，每次军中校力，他都大出风头，因为他力大无比，可以头顶石盘，脚拖六百斤的石头，石栗果壳坚硬，他可以一口气咬碎几十颗。他背上刺着天王，据他说，自己的力气是神助的，炫技之时看的人越多，神助力就越大。

每到初一、十五的时候，他就准备好乳酪贡品，沐浴焚香，自己光着膀子坐好，让妻儿向他后背的天王施礼，供养天王。

陆　刺蛇

崔承宠年少的时候从军，此人身手敏捷，擅长骑驴击毬，后来他官升黔南观察使。

他年少时胡闹，身上刺了一条蛇，蛇头从右手开始，蛇张开口，对着食指和拇指之间，蛇身绕着手腕和脖颈，在腹部盘旋，长尾甩出去，直到小腿。有外人在的时候，他用衣袖盖着手，不轻易露出，但是酒至半酣，他以手做蛇形抓住伶人，开玩笑说："蛇咬你了！"伶人便假装被咬，大喊大叫地跑开了，他以此为乐。

柒　白袍人

敬宗宝历年间，长乐坊有个百姓在手臂上刺青，几十个人围观。其中有个人，一身白袍，头戴阔帽，侧着头看了一会儿，冷笑着离开了。才走了不到十步，刺青的人就开始流血不止，疼痛入骨，一顿饭的工夫，就失血一斗多。大家都觉得跟那个穿白袍的人有关，让伤者的父亲赶紧去求情。起先那人就是不点头，伤者的父亲再三请求，拜了几十拜，那人才捻起一撮土，念念有词，说："把这个拿去给他敷上吧。"敷上，果然就好了。

捌　黄坑

段成式的三从堂兄段遘，在德宗贞元年间曾经路过太原，太原有些习禅的和尚流行天葬，死的时候不埋葬，而是扔到附近的荒郊野外，让鸟兽吃，这个地方久而久之就叫黄坑。

他路过黄坑的时候，身边的仆人捡了几块头盖骨，准备入药，其中一块依稀有"逃走奴"三个字，墨痕极淡，猜想这个人生前一定是黥面的犯人。

到了晚上，仆人做了一个梦，梦到有人掩面跟他要头骨说："提出这个要求真的非常不好意思，但是如果您能帮我把骨头深埋地下，我必有回报。"

仆人一下子从梦中惊醒，吓得毛骨悚然，赶紧把骨头埋了。后来他每遇到事情，仿佛真有鬼在暗中帮助他似的。他也因此转了财运，临死的时候差不多积有十万钱了。

玖　杀尹

蜀将尹偃，有次军营晚点名，有个士兵迟到了，尹偃大声斥责他，这士兵喝了酒，竟替自己大声分辩，尹偃更生气了，命令杖责，打了几十下，差点儿打死。

这个士兵的弟弟就在军营里做典吏，最重手足之情，听说尹偃打自己的亲哥哥，非常不满，就在身上刺了“杀尹”二字，还用墨把字染得黢黑。尹偃私下知道了这事，心里膈应，就找了个理由把这个小吏杖杀了。

到了大和三年（829），南诏进犯剑南西蜀，尹偃带领几万人镇守邛崃关（今天的四川荥经）。尹偃平素十分健壮，常让左右击打他的小腿玩，小腿越打越粗，毫无伤害。所以他自恃武力，身先士卒出关迎敌，把南诏军队赶出数里，结果遭到埋伏，前后夹击，尹偃大败，从马上跌下，中了数十枪而死。

当初尹偃领兵出关那天，他忽然看见以前杖杀的那个典吏抱着一捆大如车轮的文书站在队前，他心里很厌恶，问左右，大家都说没看到，想不到这竟然应验在他死于阵前。

拾　妒妇

房孺复的老婆崔氏，是远近闻名的妒妇。她不许家里的奴婢化浓妆，不许挽高髻，每月只给一丁点儿胭脂水粉。房家新买了一个女奴，妆稍微好看了些，崔氏就发怒说：“你喜欢化妆是吧，那我就给你画！”命人用刀刻出她的眉毛，把靛青填在伤口里，再烧眉心，烫眼角，待毛焦皮卷，崔氏就把胭脂敷在上面，等到伤口结痂脱落，还真的就好像化了妆一样。

拾壹　“三王子”

杨虞卿当京兆尹的时候，市井里有个人诨号“三王子”，力大无比，可以掀翻巨石，这人一身花刺，体无完肤，还不学好，前后犯的事够死好几次的了，但是每次他都跑到禁军营里逃脱了。

一天，这人又闹事，杨虞卿让衙役把他抓来，关上门，不等审讯就乱棍打死了，审判书上说：一身刺青，自称王子，还用审吗？这就是死罪。

拾贰 刺黛

蜀人擅长刺青，刺出来就好像画一样，有人说他们用黛石上色，所以色泽鲜艳，我问了我家的仆人，大家都说，“只是用的墨比较好罢了”。

拾叁 印文

德宗贞元年间，荆州城里有个卖刺青的，他有一些刺青印，印上排列着好多针，拼成各种图案，有蟾蜍、蝎子、杵臼什么的，人们想要什么，他就拿出那个印往身上一盖，再涂上石墨，等伤口痊愈后，留下的图案非常细致，比别人的手艺好。

拾肆 靥钿

近代女子流行在脸颊上做装饰，如射月、月黄、星靥，这种装扮方式叫“靥钿”。

名字由来大概是这样的。以前吴国孙和非常宠爱邓夫人。有次孙和喝醉了，舞动如意，不小心伤了邓夫人的脸颊，当时就流血了，邓夫人妩媚娇弱，非常痛苦，孙和赶紧命太医用药。太医说：“要用白獭的骨髓，与玉屑、琥珀屑，捣碎敷面就可以不留疤痕了。”孙和花重金买了一只白獭，配药膏的时候，不差钱儿，琥珀放多了，等到伤口养好之后，在左脸颊上留下一个红点，远看好像朱砂痣一样，倒更添媚态了。后来嫔妃们为了争宠，纷纷用朱砂在自己脸上点痣。

拾伍　花钿

现在妇人们装饰脸颊多用“花子”，也叫“花钿”，是昭容上官婉儿发明的，因为她被则天皇帝黥面，只好用“花钿”遮盖。在代宗大历年之前，士大夫的夫人们多悍妇，好嫉妒，左右婢妾稍有不如意，就黥面，所以女人就用“花子”遮丑，有“月点”“钱点”等称呼。

花子，梅花妆，并非完全源自上官婉儿，从南北朝时期就开始流行了。《太平御览》记载，南朝宋武帝刘裕的女儿寿阳公主，在某一年的正月初七仰卧于含章殿下，殿前落下来一朵梅花，正好粘在公主的额上，怎么揭都揭不下来。皇后只好把公主留在自己身边，三天之后，梅花被清洗下来，但公主额上却留下了五个花瓣的印记。宫中女子见公主额上的梅花印非常美丽，纷纷效仿，一种新的美容术从此诞生，当时被称为“梅花妆”。

拾陆　青痣

在民间，有些人在脸上贴青痣，好像被黥了面一样。

以前说难产而死的妇人，脸上要点墨，否则对后人不利。

拾柒　雕脸

越人常年在水里讨生活，一定要文身，据说这样可以躲避水里的蛟龙。现在西南地区还有獠族纹脸，这是南蛮“雕脸”的遗俗。

拾捌　刀墨之人

《周礼》说：“受黥刑的罪有五百种。”郑玄注释说：“先刻脸，再上墨，犯了这种罪的人，要被罚去守门。”

《尚书刑德放》中说：“‘涿鹿’这种刑，是指刻人脑门。‘黥人’这种刑，是用马笼子固定住人脸，再刻面。”郑玄注释说：“受‘涿鹿’和‘黥刑’的人，就是世人所说的‘刀墨之人’。”

拾玖　黥刑

《尚书大传》说：“上古虞舜帝用象征性的刑法，该处以‘黥刑’的人，缠上黑色头巾以示受罚。”

《白虎通义》说：“古之五刑，即墨刑（黥刑）、劓刑（割鼻子）、刖刑（砍脚）、宫刑、大辟刑（死刑），分别对应阴阳五行。墨刑，就是黥刑，在额头刺字然后用墨涂黑，这是取火胜金的意思，因为火烧金会变黑。”

《汉书》说：“废除肉刑，所以本应当处以黥刑的人，只需剃发戴枷，发往筑城劳役四年。”

《汉书》还记载：王乌等人出使匈奴，名为使臣，实为间谍。单于说：“汉使必须按照匈奴的规矩，去掉节杖，以墨黥面，否则不允许进入单于的穹庐。”王乌本来就是汉匈混血儿，于是按照匈奴的规矩，去节黥面，这才进入了穹庐，单于因此很爱重他。

晋朝法律：“奴隶第一次逃跑，用铜青黥刺眼角；第二次逃跑，黥刺双颊；第三次逃跑，横刺眼睛下方。都是一寸五分长。”

南梁的《杂律》说：“凡是偷盗的犯罪嫌疑人，即使还没定罪，都先在脸上黥一个‘劫’字。”

佛家的《僧祇律》说：“所谓‘印瘢和尚’，就是出家之前犯了王法的人，他们被用孔雀胆或者铜青墨之类的东西刺青，有黥字的，也有鸟兽形状的，以此作为印迹，也称作‘印黥’。”

在佛教戒律书《僧祇律》中记载了这样的故事，佛门中有些和尚出家前犯了王法，脸上带有印黥，世人讥讽说：“佛门怎么可以接受犯法的人？出家人不应该是品行端正的吗？”和尚表示不服，凭什么犯了事儿的人不能改过自新？官司一直打到释迦牟尼那里，佛祖说：“从今以后，脸上有印黥的人不可以出家，如果已经出家了的，就不必赶出佛门了。”

贰拾　裸人

《天宝实录》说：“在日南郡（今越南）有厩山，绵延不知几千里，裸人居住在这里，据说是《山海经》里提到的白民的后人，他们在胸前刺花，眼睛下方描画成粉紫色，拔掉两颗门牙，以此为美。”

贰拾壹 黥布

君子应该博文广知，如果有不知道的事，当以此为耻。就好像陶弘景经常说的那样："一事不知，以为深耻。"况且正史中也多记载刺青的事情，类似"相定黥布当王，淫着红花欲落"。

"相定黥布当王"讲的是英布的故事，"淫着红花欲落"不知何典。

黥布，即英布，汉初开国名将。《史记》记载，英布小时候有相士给他相面说："这个孩子将来肯定要犯王法，获罪黥面。"英布父母刚要哭，相士又接着说："但是，黥面之后就开挂了，可南面为王。"英布年长之后果然犯法获黥，街坊四邻就称呼他为"黥布"。黥布先随项羽反秦，后来又叛项归汉，是刘邦麾下三大名将之一，其余二人是韩信和彭越。刘邦平定天下后，封黥布为"淮南王"，吕后评价他说："黥布，天下猛将也，善用兵。"但好日子没过几天，汉高祖收拾开国功臣，狡兔死走狗烹，黥布落得个谋反被杀的下场。

贰拾贰 招雷

安丰县尉裴颢，是以前礼部尚书裴士淹的孙子，裴士淹曾经侍奉玄宗左右。裴颢说过这样一件事，大概是听他爷爷说起的。话说玄宗皇帝在一个冬月，召见隐士包超，让他召唤冬雷。包超说："不难，明天中午陛下只管听雷。"玄宗皇帝就派高力士监督他。

当天晚上包超就登坛作法，好一阵忙活。到了第二天，一片安静，都到了巳时临近中午了，天上依然一丝云彩没有。高力士非常担心，欺君之罪可不是玩的，包超说："将军不用担心，请看南山，是不是有一团黑气袭来，好像磨盘一般？"高力士远眺，还真是。过了一会儿，风起云涌，黑气弥漫，长安城中雷声大作。

玄宗皇帝以其为异士，还曾经令他跟随名将哥舒翰西征，每每对阵的时候，他可以起风助阵。

贰拾叁　雷雨

德宗贞元初年，郑州有一个百姓叫王幹，他遭遇了这么一件事。

夏天一日，他正在地里劳作，突遇疾风骤雨，他赶忙躲进蚕室避雨。想不到雷电跟着入室，王幹慌忙关门堵窗，但是来不及了，一股子黑气已经在屋子里弥漫。

王幹这人素有胆气，却也不怕，当下挥起锄头乱砍乱打，雷声于是慢慢小了，云气也有所收敛。王幹只管挥舞锄头，那团黑气慢慢变为一张床那么大，接着又缩小成磨盘那么大，最后就变成小熨斗、小折刀、小锅之类的东西，咣咣当当掉到地上。

贰拾肆　霹雳车

李鄘任河东节度使的时候，在北都（太原）发生过这样一件事。

一名介休县的百姓去送解试的录取通知书，晚上借宿在晋祠中。半夜的时候，听到有人叩门说："介休王暂借一下霹雳车，某天到介休县收麦子用。"过了好一会儿，门里有人回答说："我家大王说了，霹雳车正用着呢，不外借。"门外这人请求再三，门里的人终于答应了。

只见五六个人手持蜡烛，从庙后门出来，门外使者也策马进门。又一会儿，几个人合力抬了一件东西出来，好像是面大旗杆，上面环挂着各式旗幡，交与骑马使者说：“你清点查收吧。”骑马那人就清点旗幡，一共十八面，每一面上都有电光闪烁。

这位百姓颇有见识，知道“霹雳车”就是雷神行雨用的公务车，雷神要用车，必是为了行雨，这是要跟介休县百姓抢粮啊。一想到这里，这位百姓急忙掉头回家，通知附近各村，“马上就要下大雨了，大家赶紧收麦子啊”。

村里人都不以为然，天气这么好，怎么可能说下雨就下雨？这人没办法，先把自己家的麦子收了。到了那天，早上天气还晴朗，这人带着家人，找了一个高坡躲了起来。

到了中午，只见介山上出现滚滚黑云，好像煤窑里的浓烟，一会儿工夫就遮天蔽日，接着就雨下如棍，风吼雷震，上千顷的麦子都被雨冲毁了。附近村庄的百姓欲哭无泪，只好怪罪这个百姓，集体到衙门告他是妖。这人无法，只好交代来龙去脉，工部员外郎张周封亲眼看见他受审。

贰拾伍　雷神

段家有个人曾经住在至德坊，他年少的时候，住在江苏阳羡的亲戚家里。有一天晚上，忽降大雷雨，每一个闪电中，都能看到几十个人头，每个头都好像竹篓那么大。

贰拾陆　雷车

侍郎柳公权曾经听家里的亲戚说过这样一件事情。

宪宗元和末年，这人旅宿在福建建州的一座寺庙里，半夜，他听到门外有喧闹声，于是趴在窗棂上偷看，看到好几个人挥舞斧头在造车，这车跟画上的雷车一模一样。

造车的人毫无察觉，正挥汗如雨干得带劲，谁想这人不小心打了个喷嚏，周围就一下子变暗了，接着眼前一黑，什么都看不见了。

贰拾柒 雷猿

处士周洪讲过这样一件事。

敬宗宝历年间，有十几人结伴去乡下饮酒避暑，忽然来了暴风雨，电闪雷鸣中，有个东西从天而降，像是只大猿猴。大家赶紧躲在床下，只见这东西一下子跃上台阶，目露精光，回过头来挨个儿巡视一番，继而消失了。

雨停之后，众人从床下爬出来，惊魂未定，面面相觑，这才发现大家耳朵里都塞满了淤泥。回到庄子上，庄子上的人说："刚才好大的雷啊，牲畜发抖，飞禽坠落，从未有过，真是吓死人了。"但是这十来人只不过听到殷殷细语的雷声罢了。

贰拾捌 雷兆

这事发生在元稹出任武昌军节度使的时候。元稹在襄阳贾堑有个庄子，准备新建个厅堂，刚刚装上大梁的时候，突然下起暴雨，当时厅堂上有庄客送来的六七瓮油，只听咔嚓一个炸雷，这些油都整齐排列到大梁上了，一滴不漏。同年，元稹去世了。

贰拾玖 雷灵

德宗贞元年间，安徽宣州突然下大雷雨，有一个东西从天而降，只见此物长着一个猪头，四足各有两根手指，这家伙手里还抓着一条赤蛇，一口一口咬着吃，没一会儿，天色转暗，这东西就不见了。当时很多人看到，还绘成图像四处传看。

叁拾 衮服

北魏杨元慎擅长解梦。广阳王元渊北伐之前做了个梦，梦到自己身穿衮服，倚着一棵槐树，元渊问元慎这梦什么意思？元慎说：“恭喜您啦，衮服只有天子和三公（太尉、司徒、司空）才可以穿，这梦是说您将来会位列三公。”元渊很开心，觉得这真是个喜兆。

回来后杨元慎说：“王爷命不久矣，‘槐’字是一个木一个鬼，看来王爷的三公梦只能等追封了。”

后来元渊北伐被葛荣杀了，追封司徒。

叁拾壹 城阳

许超梦到自己偷羊进了监狱，去问杨元慎，杨元慎说：“恭喜您啦，你要封城阳令了。”这次解梦有点小误差，后来，许超被封城阳侯。

叁拾贰　松枣

补阙（官职名）于堇擅长解梦，有人梦到门口有棵松树，有人梦到屋顶上长了棵枣树，来找于堇解梦。于堇说："你俩这梦差不多，松树多半种在坟地里，枣字写作'棗'，是两个'来'字，'来''来'连呼，是叫魂的意思，二位只怕要早点儿准备后事了。"果然，这两人很快都死了。

叁拾叁　威骨

侯君集和李承乾同谋造反。侯君集是唐初名将，唐太宗还是秦王时就追随太宗，太宗皇帝非常信任他，侯君集对唐太宗情感也非常复杂，又佩服又敬畏，所以侯君集虽然答应和太子谋反，但内心总是不安。

有一天晚上，侯君集梦到自己随着两个甲士到了一个地方，看到一人戴着高帽子，吹胡子瞪眼地跟左右说："来人啊，把侯君集的威骨取出来！"

侯君集心头一惊，所谓"威骨"，是骨相中的奇骨，有"威骨"的人才有成为将军的命格。

果真过来了几个人，手持屠刀，割开他的头顶和右胳膊，各取出一块骨头，样子好像鱼尾骨一样。

侯君集大喊一声从梦中惊醒，脑袋和手臂似乎还在隐隐作痛。自从做了这个梦之后，侯君集常常心神不宁，深感乏力，连三十斤的弓都拉不开，整天惴惴不安，又很想自首，又没想好对策。首鼠两端之际，阴谋败露，唐太宗含泪将其赐死。

叁拾肆　紫霞

扬州东陵圣母庙的庙主，是女道士康紫霞。据她说，她年少时做了一个梦，梦中被人带到一处所在，说是上天有旨意，让她代理将军之职，去巡视南岳。

说完就给这姑娘披挂上金锁甲，扶她上马，浩浩荡荡有一千多随从跟着，腾云驾雾，一会儿就到了南岳，南岳神亲自马前迎接。小姑娘煞有介事地处理了一些事务，南岳的奇峰峻岭，山川溪流，也都一一游历过了，这才恍恍惚惚地回来了。

鸡一叫，她醒了，从此脸上就长出了几十根胡须。

叁拾伍　薪火

司农卿韦正贯当年应举的时候，曾经路过河南汝州，汝州刺史柳凌知他是世家子弟，素有才能，就留他担任军事判官一职。

有天柳凌来找他说："昨晚做了一个梦，梦中有人报案，案卷里说有人欠他一千七百束柴火，郎君认为此梦何意？"

韦正贯说："柴，就是薪木的意思，阁下莫非要结算薪俸升迁了？"

谁想过了一月有余，柳凌得病身亡，韦正贯为他清点身后事时发现，柳凌为官清正，都垫付了好几个月的薪俸，公家还欠他一千七百束柴。韦正贯看到这里才明白了柳凌之前的那个梦。

叁拾陆 验梦

道士秦霞霁，年轻起就勤修苦练，冥想不怠，他曾经做过一个奇怪的梦，梦到一棵大树，突然裂开一个树洞，里面蹦出一个小孩，穿着青色的夹衣，挽着发髻，走到秦霞霁面前说："合土尊师。"

怎么回事？秦霞霁一下子就惊醒了，从此之后常常梦到这小孩，梦中这孩子经常说些吉凶祸福的事情，无不灵验。

这样过了五年，秦霞霁觉得太奇怪了，莫非是走火入魔？有次去拜访师父，没忍住就把这事说了。师父急忙嘱咐他："快别说了，这是修行有功的表现啊，以后不要再怀疑了，说多了就不灵了。"

但是从此之后，小孩就再也不出现了。

以前老有人说，有些梦不要去验证它，看来真是这样啊。

叁拾柒 解梦

西蜀名医昝殷说："五脏中蕴藏的阴气重，就容易多梦，蕴藏的阳气盛，梦就少，而且做了就忘了。"

关于解梦的事，古书也有记载，《周礼》提到三种解梦方法：一个是"致梦法"，一个是"觭梦法"，一个是"咸陟法"，具体怎么操作，今不存。

《周礼》只是说："解梦，要根据其发生的时间，观察天地之会，辨别阴阳之气，根据日月之行和星辰之所在来占梦，日有甲乙，月有建破，星有居直，辰有符刻，一一对应可知梦兆吉凶。"

《周礼》还说："每年冬季，巫师将好梦赠送君王，然后朝向四方祭祀行礼，把噩梦送走。”说的正是上古时期，国家级大巫师方相氏，蒙着熊皮、黄金四目、玄衣朱裳，执戈扬盾，跳着大神把噩梦驱逐到郊外去的事情。

叁拾捌 食梦

梦到底是怎么回事？

《汉仪》里记载，大傩祭祀时，侲童的唱词里有“伯奇食梦”四个字，正是说神兽伯奇可以吃掉梦魇。

道教说梦是魄妖在作怪，又或者说是人体内的三尸在作怪。

佛家说有四种梦，一是善恶种子梦，二是四大偏增梦，三是贤圣加持梦，四是善恶征祥梦。

这是首素和尚告诉我的，他说这种说法出自《大藏经》，我没时间去查证，不知道真假。

还有一种说法，梦不能深究，越是深究，越是念念不忘，越容易做妖作怪。

据说盲人是不做梦的，可见，梦是人们日常习见所致，正所谓“日有所思，夜有所梦”。

叁拾玖 樱桃

我姑父裴元裕说，他们裴家子侄中有一个情种，迷恋邻家的一个女孩，梦见这个女孩送给他两颗樱桃吃，醒来，枕边当真有两枚樱桃核。

肆拾　梦中身

北齐李铉在《李子正辩》里说："至精至诚的梦，是能看到梦境在现实中的投射。"

比如白行简的《三梦记》记载了刘幽求的故事。刘幽求出差回家，在离家十余里的寺庙中歇脚，晚上忽然听到寺中某处传来欢声笑语，刘幽求过去一看，险些没晕过去，只见自己的妻子正和十几个男女混坐，推杯换盏，笑语盈盈。刘幽求大怒，以为自己被绿。但是仔细一想，荒郊野外，又是夜半三更，一个妇道人家无论如何不可能出现在这里。于是捡起一块瓦片扔过去，眼前的景象倏忽不见，哪里有什么夜晚派对，分别就是断壁残垣。刘幽求心中疑惑，快马加鞭赶回家中，见到自己的妻子正好端端地在床上睡觉，妻子还笑着对他说："刚才做了一个奇怪的梦，跟一群陌生人游览一处寺庙，正聚餐时，有人扔了一块瓦片进来，一下子梦醒，谁想不久你就回来了。"

可见刘幽求就是见到了妻子的梦中身。这样说来，梦是不能一概而论的。

据说下里巴人梦少，这话应该不假，我问过我家的仆役们，他们说一百个晚上也不会做一个梦。

肆拾壹　落榜

秘书郎韩泉擅长解梦。卫中行做中书舍人的时候，有故人子弟来京候选，拜托卫中行帮他疏通关节，卫中行欣然答应。

"落选榜"出来之前，这个子弟忽然梦到骑驴失蹄，落到水里，好不容易才挣扎上岸，非常狼狈，奇怪的是，靴子却是干的。

这人和韩泉相识，去拜访他时顺便请教这梦。韩泉刚刚喝了酒，半开玩笑说："你候选这事估计要悬，'驴'又称'卫'，从驴背上跌下，意思是'卫生相负'，靴子不湿，意思是'足下不沾'，这次放榜估计你没戏了。"

等到榜单出来，果然落榜。韩泉这人有学问，是韩皋的侄子。

肆拾贰 白米

威远军小将梅伯成擅长解梦。最近有个伶人李伯怜到甘肃泾州演出挣钱，对方答应给一百斛米，回家之后，他就安排自己的兄弟去拿，但是他兄弟去了好久都没回来。李伯怜甚为担心，一日白日做梦，梦到在洗一匹白马，醒来之后想莫非跟要账一事有关？就去找梅伯成解梦。梅伯成站着想了一会儿说："你们伶人最喜欢玩谐音游戏，'洗白马'，就是'泻白米'，你所担忧的事情，很可能被行船耽误了。"

几天后，这人的兄弟回来了，说是船在渭河里翻了，百斛米一粒不剩。

肆拾叁 臼饭

占卜先生徐道异说：江淮一带有个王生，以市井解梦为生。商人张瞻就要回家了，做了个梦，梦到自己在石臼里做饭，去问王生，王生说："你这次回家可能见不到妻子了，石臼做饭，因为没有釜（妇）了。"商人回到家，果然，妻子已经死了几个月了，这才知道王生的高明。

肆拾肆　凌云台

魏文帝曹丕建造了凌云台，高耸入云几十丈（相当于今天的六十多米高），结果建造的时候有一个小失误，把一幅空匾挂在台上。设计师说："只好委屈书法家登台写字了。"当时书法大家不少，但是题额匾最著名的是韦诞，韦诞不得已，只能奉旨前去书写匾额。

韦诞先站进一个笼子，再被辘轳吊起，悬在高达二十层楼的地方，颤颤巍巍把匾额写好，等下来的时候，大家发现韦诞须发皆白，差点儿没被吓死。从此韦诞立下家规，全族不准再学匾额大字。

后来魏明帝要去游览凌云台，大家发现匾额有点儿歪，皇帝就要来了，于是招揽有没有胆大的上去正匾。有个门卒自告奋勇，号称不畏高，也不需要什么特殊防护，穿着木屐，沿着塔台的边缘，蹭蹭就上去了，如履平地。魏明帝听说之后觉得怪异，认为不是好兆头，就把他杀了，这才发现他腋下长有两个肉翅膀，长几寸。

肆拾伍　盗跖墓

山东高唐县（今山东济南市章丘区）以南，有个鲜卑城，传说当年鲜卑慕容氏复国时，曾在这里驻扎。在鲜卑城郊外，有一座盗跖墓，墓型硕大，常有盗贼前来，偷偷祭拜祈祷。

北齐天保初年，附近的土鼓县闹贼，县令丁永兴就命人秘密潜伏在大墓旁边，一看到有人来祭悼，就捉回县衙审问处死，以此灭贼。慢慢地，就没人前来祭悼了。

《皇览》上说："盗跖墓在河东"。《皇览》的说法应该是不对的，按查，盗跖死在东陵，高唐县古名正是东平陵，我怀疑因为名字相近，《皇览》才有这个误会。

肆拾陆　轻功

人们说，刺客都精通飞天夜叉术，会轻功。

晋国公韩滉任职浙西的时候，曾经有这样一件事。有商人在南京瓦官寺布施，举行无遮大会，任何人都可以参加，一时之间好不热闹。

其间，有一个少年自告奋勇，要给大家表演助兴。他身穿短袖单衣，脚蹬貘兽皮靴，飞身上了屋檐，忽而像猴子挂在枝头，忽而像小鸟立在树梢，身手敏捷，犹如神鬼。还表演了一项技能，他手持水罐迅速滑至屋檐处，一只脚悬在空中，倒挂身子来接屋檐流下的水，观看的人无不为之胆寒。

肆拾柒　玉精碗

侍中马燧曾经有个玉精碗，夏天蚊蝇不近，用它盛水，一个多月也不会腐臭减少，如果眼睛疼，含一口这个碗里的水就会痊愈。马侍中非常珍爱这个碗，珍重地放在匣子里，收藏于卧室中。

马侍中有一个小奴，七八岁的年纪，趁马侍中不在家偷偷把碗拿出来看，失手打碎了。左右的仆人都非常惊恐，小奴也吓坏了。

马侍中回来后非常生气，打了仆人们几百鞭子，又四处寻找这个小奴要杀了他。翻遍整个府邸，连找三天，人影儿也没有看到。

有天早上，婢女扫地时发现床下有条紫衣带，朝床底下一看，只见这个小奴躲在里面，四肢着地，后背顶着床板。马侍中看到之后大惊，说："三天三夜不吃不喝竟然没事一样，莫非妖孽？如此说来，打碎一只碗反而是小祸。"于是让左右把这个小奴拎出来打死了。

唐代“水晶”，写作“水精”，并非指现代之水晶，而是一种光亮度比较高的玻璃。韦应物有诗《咏水精》云:“映物随颜色，含空无表里。持来向明月，的皪愁成水。”描述的就是玻璃。唐代时著名的“水精”产地是大秦，即罗马帝国，开元二十八年（740），康国进献唐玄宗的贡品中，就有大秦产的“水精眼药瓶子”。

此处“玉精”者，疑为“水精”，在唐代是皇家贡品，所以马侍中才会这么宝贝，一定要打死小奴，虽然罪名是“三天不吃不喝，仿佛妖孽”，但实质上，还是心疼碗。

肆拾捌　剑术

兴州刺史韦行规说过自己年轻时的一件事。

他少年时游历京西地区，有天晚上路过一家客栈，客栈前有位老人坐在那里箍桶，行规想连夜赶路，老人劝他说:“客人莫走夜路，这附近好多盗贼，不太平。”

韦行规说:“我平素勤习箭术，区区盗贼，不怕他们。”

老人摇摇头没再说什么。

韦行规离开客栈，这样走了数十里，天色越来越黑，韦行规突然感觉路边的草丛中有人尾随他。他大声呵斥:“什么人？”没人回应，于是他向草中连射好几箭，但是尾随的人依然不退。一会儿工夫箭射完了，这人依然在草丛中不急不缓地跟着他。

韦行规骑马狂奔，这时候狂风大作，隐隐有风雷之声。韦行规只好下马，背靠一棵大树站定。只见空中有电光互相追赶，好像道道剑气，如杖击蹴鞠，慢慢逼近树梢，接着就有什么东西噼里啪啦地坠落下来，仔细一看，是树枝，原来是剑气在削砍树梢，只一会儿，斩下的树枝就堆积到韦行规的膝盖。

韦行规非常惊恐，照这样下去，很快就会削到自己的脑袋，他扔掉弓箭，讨饶乞命，连拜数十次，电光石火慢慢退去，风雷声也远去了。

等一切回归平静之时，韦行规回头看依靠的大树，已经被砍得光秃秃的了，马虽然还在，但是马鞍已经找不到了。韦行规万般无奈，只好返回客栈。

客栈的老人还在，依然坐在那里箍桶，韦行规这才知道是碰到异人了，连忙恭敬行礼，对自己之前的大言不惭颇为懊悔，老人说："客官不要觉得会些箭术就了不起了，要知道还有高明的剑术呢。"说完站起身，带着韦行规去了后院，指着一副马鞍说："拿回去吧，昨天晚上只是试试你罢了。"说完又取出一块箍桶用的木板，只见上面都插满了韦行规昨晚射的箭。

韦行规请求老人收他为徒，老人没答应，只是略教了他一些剑术的事情，韦行规学其一二。

肆拾玖 兰陵坊

黎幹这人本来就好秘术诡道，代宗时他任京兆尹，任内发生了这样一件事。当时关中大旱，他在长安的曲江池做了个土龙求雨，一时之间前来围观的人有好几千。

黎幹亲自祭祀，他现身的时候，众百姓纷纷回避，只有一个拄着拐杖的老人不避。黎幹大怒，命左右杖打老人，杖脊二十几下，奇怪的是，每一下都好像敲在鼓面上一样，打完之后，老人甩着胳膊，没事人一样走了。

黎幹怀疑这老人是个奇人异士，就命一个坊役偷偷尾随查看。只见这老人径自去了兰陵坊，进了一个小宅邸，一进门就大喊："今天有人羞辱我了，快给我准备热水。"

坊役回去如实汇报，黎幹大惊，就用便衣罩在公服外面，让坊役带路去拜访老人。

这时天色已近黄昏，坊役先进去，通报了黎幹的官阶，"老人家，当今京兆尹来看您了。”接着黎幹急步上前，拜伏在地，说：“先前不识丈人真面目，我真是有罪该死。”

老人吓了一跳，站起身来问：“是谁把您带到这里来的？”说完上前扶起京兆尹，拉着他的手走上台阶。

黎幹看老人并没有怪罪他，这才缓缓解释说：“老人家，打您是万不得已，我身为京兆尹，要维护朝廷体面，否则不能服众。丈人隐身市井，需要如掾慧眼才认得出啊，如果因为我愚笨就怪罪我，是用高明的隐忍术让人犯错，不是义士之心啊。”

老人笑了笑说：“是老夫的错。”

于是备下酒席，招呼坊役一起席地而坐，交谈至深夜，说了好多养生术，言辞简单，道理精辟，黎幹越听越是敬畏。

老人说：“老夫有一个技艺，为大人展示一下吧。”

说完进了屋内，过了很久，再出现时已换了打扮。只见他身着紫衣，头戴红巾，手持七把剑，有长有短，在庭中做剑舞，只见他身手矫健，跳跃挥霍，手中的宝剑仿佛电闪雷鸣，剑起剑落，横劈似可裂盘，回旋又好像圆环，其中一把剑两尺有余，多次触及黎幹的衣襟，只差几寸就能取黎幹性命。黎幹吓得浑身发抖，不停叩头乞命。

老人舞完之后，把剑随手一扔，七把剑整整齐齐插在地上，好像北斗七星。

老人拱手说：“黎大人莫怪，试试您的胆气罢了。”

黎幹拜伏在地：“我的性命都是丈人所赐，从今而后，请丈人收我为徒吧。”

老人说：“大人，您的骨相中没有道气，急不得，以后再说吧。”说完对黎幹作了个揖，进屋就不再出来了。

黎幹回去后，好像生了一场大病，拿过镜子一看，胡须被削掉一寸有余。第二天黎幹又去了兰陵坊，已经人去屋空了。

伍拾　异僧

德宗建中初年，有个读书人韦生搬家去河南汝州，途中遇到一个和尚，这人谈吐有趣，颇可排解路途寂寞，韦生就和他并驾齐行。

走着走着太阳要落山了，和尚指着一条小路说："郎君倒也不必找客栈了，再往前走几里路就是贫僧的小庙，已经走到这里了，阁下岂有不去的道理？"

韦生心想也是，也就同意了。和尚打发随从先回家安排，韦生也让家人先走，自己同和尚在后面慢行。

走了十几里，还没看到什么寺庙。韦生疑惑，和尚指着一处林烟说："郎君莫急，那就是了。"

太阳已经下山了，越走越是荒郊野林，韦生更加疑心，他擅长弹弓，于是偷偷从靴子里摸出弹弓来，怀里揣着铜丸九十多枚，这才责怪和尚说："在下是要赶行程的，之前因为喜欢上人的谈吐，所以才答应邀约，现在都走了二十里了，还没到，在下倒要请教是何道理？"

和尚只是一迭声地说："只管走就好了。"

看来眼前这个和尚绝非良善之辈，韦生于是勒缰慢行，待落后和尚一百多步时，取出弹弓，连射五发，每发都正中后脑。和尚浑不在意，摸了摸后脑勺说："郎君别闹。"

韦生无可奈何，只好收起弹弓随他前行。

终于来到一处所在，并非寺庙，而是个庄子，天色已经全黑了，数十人举着火炬出来迎接。和尚引导韦生在厅中坐下，安抚他说："郎君不要担心，我不会对你怎么样的。"说着询问左右："客人都按我说的安顿好了吗？"又跟韦生说："郎君如果不放心，可先去看望家人再来吧。"

韦生来到妻女处，发现一应用品准备齐全，貌似非常周到，但是夫妻二人越想越怕，这分明是掉到贼窝里了，也没有别的办法，只能相对而泣。

回到和尚这里，和尚握住韦生的手说：“实不相瞒，我就是强盗，本来确实没安好心，但是郎君的技艺如此高超，倒是让我十分佩服，刚才那五记弹丸，换了是别人，早就当场完蛋了。所以我改了主意，只想跟郎君结交，希望您不要再疑心了，请看，刚才射我的五个弹丸都在这里。”

说完用手一摸后脑，五个铜丸应声落地。原来是他用后脑夹住了弹丸。列子说黄帝受鞭笞不留痕，孟子说齐国勇士北宫黝针刺皮肤就好像挠痒痒，想来也不过如此吧。

一会儿宴席摆好了，端上一个蒸牛犊，上面插了十几把刀，四周摆满了菜饼。和尚请韦生入座，又说：“贫僧有几个义弟，想请出来拜见一下阁下。”话音未落，五六个红衣的壮汉走到台阶下。和尚招呼他们说：“过来拜见郎君，郎君技艺高超，如果是你们先前遇到郎君，只怕早就粉身碎骨了。”

吃完饭，和尚终于吐露心声：“贫僧干这个行当很久了，现在年纪大了，想痛改前非，但是有个不肖子，技艺比我还要高明，比我还要无法无天，想请郎君为我裁断一下。”说着转头唤儿子：“飞飞，出来参拜郎君。”

只见飞飞刚刚十六七岁年纪，穿着长袖绿衣，肤如凝脂，是个绝美少年。和尚斥责他：“到后堂去等着！”

飞飞走了之后，和尚交给韦生一把剑，还有刚才的五个弹丸，黯然说：“请郎君施展绝技把他杀了吧，这个不孝子早晚要害死我。”

说完领着韦生去了后堂一个屋子，把门反锁后走了。

韦生定睛打量这个屋子，只见四角各点一盏灯，飞飞站在屋子中间，手里拿着一条短马鞭，韦生无法，只好向他射弹，想着必定百发百中，谁想铜丸被飞飞马鞭一一敲下。这孩子又施展轻功，一跳上梁，沿着四壁凌空游走，轻盈得好像猴子一样，韦生射尽铜丸，无一命中，只得抽出剑来，猱身而上，飞飞依旧是满屋子飞舞，倏忽在前，倏忽在后，离韦生不过一尺，但韦生怎么也刺不到他，飞飞手里的马鞭都斩成好几节，但依然伤不了他。

过了好久，和尚把门打开，问韦生：“替老僧除去这个祸害了吗？”韦生据实以告。和尚怅然若失，斥责飞飞说：“孽障，郎君已经验证了，你肯定要成为盗贼的，将来只能听天由命了。”

之后和尚再也不提飞飞的事，只与韦生谈论剑术和弓箭的事情，如此一晚，天亮和尚送别韦生，赠给他绢布百匹，在路口洒泪而别。

伍拾壹　唐山人

宪宗元和年间，江淮有位山人姓唐，他喜文史，好道术，游历名山，自称会炼金术，颇有些人跟着他学习。

唐山人在江苏楚州的客栈里遇到一个卢生，这个卢生也好炼金术，两人意气相投，颇有些共同语言。

卢生说自己外公家姓唐，于是就称呼唐山人为舅舅。两人越谈越开心，唐山人就邀请卢生一起去游南岳，卢生也说：“我有亲友故人在阳羡，正要去拜访，如今就陪舅舅一起去，路上也好游山玩水。”

行到中途，在一处寺庙歇脚，半夜的时候，两个人依然谈笑风生，卢生说：“我知道舅舅擅长炼金术，为我略说一二可好？”

唐山人笑着说：“我数十年间，四处拜师，只学了这点道术，怎么可以轻易说呢？”

卢生又不停地乞求，唐山人借口说：“就算是师传也要选个日子，到了南岳再说吧。”

卢生于是变了脸色说：“舅舅今天晚上就告诉我吧，不要拿我开玩笑。”

唐山人心想这人好不懂事，斥责他：“我和你风马牛不相及，不过是途中刚认识的朋友，道术怎么可能轻易传授？本来以为你是个君子，没想到你竟然如此粗鄙，连个马夫都不如。”

卢生挽起袖子，圆睁怒目，死瞪着唐山人说：“我其实是个刺客，你要今天晚上不说，别怪我不客气了，舅舅你就死在这里吧。”

说完从怀里取出一个黑皮袋子，里面是把匕首，呈月牙状，炉火前有个铁熨斗，卢生拿起熨斗就开始削，熨斗被他削得支离破碎，好像削木棒一样。

唐山人害怕了，只好讲炼金术给他听，卢生笑着说："这多好，差点儿误杀了舅舅。"

差不多讲到十之五六的时候，卢生才道歉说："我也是有道之人，道缘不浅，早就修得飞行之术，我的尊师是位仙人，近来有欺世盗名之徒妄传添金缩锡之术，我尊师就命我们弟子十人搜遍天下，凡有乱语者都要杀死。今天接触了先生，知道您不是随便传道之人，而且所说道术也都是正途，刚才多有冒犯了。"

说完冲唐山人一拱手，倏忽就不见了，唐山人以后凡是遇到道士方士之流，就讲这个故事告诫他们。

伍拾贰　食人

刺史李廓在安徽颍州的时候，曾经抓到七个明火执仗的强盗，这些人杀人之后，一定要把死者煮来吃掉。

审问时，李廓问他们吃人的原因，盗首说："我们这行的前辈曾经点拨我们，吃了人肉再潜入人家，那家人就会昏昏沉沉，或者噩梦不醒，为了提高作案时的安全性，我们要吃人肉。"

盗贼们也有一些暗号，在洛阳长安一带的客栈里，画着很多鸲鹆和茶碗的图像，这里面就藏着暗号，盗贼们说"鸜鹆辣"的时候，意思是"有情况，要小心"，说"碗子辣"的时候，是"事有缓急"的意思。